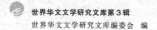

世界华文文学研究文库第3辑

世界华文文学研究文库编委会 编

华英缤纷

白舒荣选集

白舒荣 著

Research Library of Global Chinese Literature

SPM

南方出版传媒

花城出版社

中国·广州

图书在版编目（ＣＩＰ）数据

华英缤纷：白舒荣选集 / 白舒荣著. -- 广州：花城出版社，2016.8（2021.7重印）
（世界华文文学研究文库. 第3辑）
ISBN 978-7-5360-8019-5

Ⅰ. ①华… Ⅱ. ①白… Ⅲ. ①华文文学－文学研究－世界－文集 Ⅳ. ①I106-53

中国版本图书馆CIP数据核字(2016)第172491号

出 版 人：肖延兵
责任编辑：李 谓　李加联　杜小烨
技术编辑：薛伟民　凌春梅
装帧设计：林露茜

书　　名　华英缤纷：白舒荣选集
　　　　　HUAYINGBINFEN：BAI SHURONG XUANJI
出版发行　花城出版社
　　　　　（广州市环市东路水荫路 11 号）
经　　销　全国新华书店
印　　刷　北京一鑫印务有限责任公司
　　　　　（北京市顺义区北务镇政府西 200 米）
开　　本　880 毫米×1230 毫米　32 开
印　　张　8.875　1 插页
字　　数　265,000 字
版　　次　2016 年 8 月第 1 版　2021 年 7 月第 2 次印刷
定　　价　45.00 元

如发现印装质量问题，请直接与印刷厂联系调换。
购书热线：020－37604658　37602954
花城出版社网站：http://www.fcph.com.cn

出版说明

　　有海水的地方就有华人，有华人的地方就有中华文化的流播，也就伴随有华文文学在世界各地绽放奇葩，并由此构成一道趋异与共生的独特风景线。当今世界，中华文化对全球的影响力不断扩大，无疑为我们寻找华文文学创作与研究的世界性坐标，提供了有利的条件和新的机遇。

　　改革开放三十多年来，中国大陆华文文学研究界的老中青学人，回应历经沧桑的世界华文文学创作，孜孜矻矻地进行了由浅入深、由少到多的观察与探悉，取得了相当丰硕的研究成果。为了汇集这一学科领域的创获，为了增进世界格局中中华文化和不同文化之间的交流与对话，为了加强以汉语为载体的华文文学在世界文坛的地位，也为了给予持续发展中的世界华文文学以学理与学术的有力支持，中国世界华文文学学会与花城出版社联手合作，决定编辑出版"世界华文文学研究文库"。

　　这套"文库"，计划用大约五年的时间出版约50种系列图书。

　　"文库"拟分为四个系列：自选集系列、编选集系列、优秀专著系列，博士论文系列。分辑出版，每辑推出 8 至 10 种。其中包括：自选集——当代著名学者选集，入选学者的代表作；编选集——已故学人的精选集，由编委会整理集纳其主要研究成果辑录成册；优秀专著——世界华文文学研究领域的最新学术专著，由编委会评选推出；博士论文——世界华文文学研究的博士论文，由编委会遴选胜出。

"世界华文文学研究文库"将以系统性、权威性的编选形式，成就华文文学研究领域的大典。其意义，一是展示中国世界华文文学研究的整体性学术成果；二是抢救已故学人的研究力作；三是弥补此一研究领域的空缺，以新视界做出新的开拓；四是凸显典藏性，有较高的历史价值与人文价值。

"文库"在编辑过程中，参考并选用了前贤及今人的不少研究成果，在此谨向众多方家深表谢忱。由于时间仓促，遗珠之憾和疏漏错差定然不免，尚祈广大读者多加赐教。

花城出版社

2012 年 10 月

目　录

二、东南亚华文文学辑

三、北美华文文学辑

我与世界华文文学的缘分（代序）

介绍到我时，有人曾这样说："她一辈子和世界华文文学打交道。"这话当然能拧出水分，在我的履历表上还填过别的职业；不过也有一定真实性，在我二十几年的主业——编辑生涯中，有十七八年经手的稿件和打交道的对象基本都和台港海外华文文学有关。

人生的许多变数，也许真是冥冥之中早已注定。

1982年我到人民文学出版社《当代》杂志当编辑，那时是按地区分工，即每个编辑负责一定省市的组稿和审稿，我除分了一个大的行政区外还加上港台作品，尽管当时港台的稿件很少也不大受重视，这个分工却为我与港台海外华文文学结缘架设起了桥梁。

踏着这座桥，我走进了1985年人民文学出版社创办的《华人世界》杂志。

还记得那天我刚到办公室，社长点名让我和一位编书的资深编辑立刻动身前往石家庄出差。没说为什么，也没让回家拿东西，稀里糊涂上了火车。同行的还有社长和中央统战部一位同志。

行进途中，社长才将原委相告：有位作家在石家庄市筹备了一份叫《华人世界》的杂志，专门刊登中国大陆以外的华文作品，因为种种原因，不宜在当地出版，经中央统战部同意，转给人民文学出版社办。

人民文学出版社在国内出版界有着龙头老大的地位，国家将第一个发表港台海外华文原创作品的杂志相托，再自然不过。

在石家庄的河北宾馆，见到了那位《华人世界》的初创者。社长和统战部的人与他商谈杂志创办的一应问题，我和同来的资深编辑主要看基本成型的创刊号稿件，香港作品居多，大多数作者是我陌生的。

《华人世界》的诞生与政治有密切关系。不是改革开放，港台海外华文文学哪能大摇大摆进入中国大陆；不是政策变化，我们哪敢放心接触港台海外华文作家。

不过当时除广东福建沿海地区，港台海外华文作品在内地尚属稀罕。对于这个杂志的意义，我那时想得不多，于我来说只是换了作者对象，换了领导，换了同事，由编辑提为编辑部副主任而已。

同年，《华人世界》杂志在深圳的翠湖宾馆召开了一次组稿会，正式向港台海外华文文学界擂响了开场锣鼓。出席这次会议，我尚记得住姓名的有，从香港来的彦火、严浩、施叔青，以及吴正和夫人美美，泰国的岭南人侥俪、年腊梅……还有大陆作家张贤亮、苏叔阳、贺捷生……加上统战部的同志和杂志社的负责人及编辑，规格比较高，很郑重。无论是从中国大陆外来的，还是中国大陆作家，都给我留下了一些难忘的记忆，如果真实地写出来，会很好玩。会后我写了篇年腊梅的专访，发表在《文艺报》上。她的奋斗精神，她的淳朴打动了我。

翌年年尾，我参加了在深圳大学召开的第三届港台海外华文文学研讨会，那次出席会议的浩浩荡荡三百多人，多数是大陆学界研究界编辑新闻界人士，大陆以外的华文作家也不少，从美国还来了个团，其中有不少著名作家。还记得，我曾同一位美籍华人女作家同室居住，她在会上发表了关于"权、钱、性和文学的关系"等一些犀利的高论，令我惊讶。

日后，由于工作的原因，大大小小国内境外各类相关的会参加了数十次，但我正式结识港台海外华文作家却始于这两个会议，所以才特别提一下。

《华人世界》的编辑部在人民文学出版社，对外活动联络机构设在一个宾馆，参加领导阶层的由人民文学出版社社长、社里一位资深副总编辑、杂志初创者，及统战部的同志组成。领导阶层的成分比较复杂，合作之路走得颠颠簸簸，曲曲折折，最终《华人世界》移交统战部，我们又新创办了同性质的《海内外文学》。

《华人世界》直至《海内外文学》，上层人事矛盾重重，我只是个做具体工作的，并不想卷入，但被封了个芝麻官，一仆几主，加上我个性耿直，习惯对事不对人，很难八面落好。

这时认识了几位广州和北京研究港台文学的学者，他们劝我参加《四海》的工作。《四海》当时全称《四海——台港澳海外华文文学》，从正名可见其目的性很清楚，它是以著名散文家秦牧先生为首的港台海外华文文学研究先行者和中国文联出版社几位有远见的领导共同创办，那时是用书号出版的不定期丛刊，也就是说还不是国家承认的正式杂志。

拿到已经出版的几期《四海》看了看，其外包装比《华人世界》《海内外文学》杂志都醒目大气，内容也更厚重些。我已经对港台海外华文文学产生了兴趣，也积累了些关系，很愿意将这条路继续下去。于是，1987年便参与了《四海》的编辑工作，不久调离了人民文学出版社。

经过不懈的努力，1989年5月《四海》终于被国家有关机构批准为正式杂志，真正的创刊号决定在1990年1月问世，并计划同时举办一次港台海外华文文学大的评奖活动。

可以说《四海》有点命途多舛。

首先，其生也难：从初创到国家发给正式准生证用了四五年；刚进入1990年，不幸主办单位停业整顿，在数不清的会议中，《四海》屏声静气落生，创刊号没有例常的喧嚣鼓噪（当时有人提议把它灭掉），筹备了许久的隆重庆典——经中央领导特别批准，也已经在海内外广泛做了宣传的评奖活动，烟消云散；领导层发生了变化，初创者先后离去，我"上蹿下跳"勉力维持住了《四海》，磕磕碰碰完成了全年的出刊。不能不说先兆不祥！

再者，其养也艰：从 1990—2000 年，从《四海》到《世界华文文学》，杂志的最高领导不停走马换将，我先后担任执行编委、副主编、执行主编兼社长，无论什么名分，始终是这个杂志的实际主持者。

走马灯似的主办单位头头兼任的顶头上司们，对杂志投入的精力非常有限。

主办单位在负责杂志的基本出版费用外，再多花一分钱都得去求爷爷告奶奶找领导签字。作为具体负责人，我的不少心思和精力都用在协调各种关系上，暗气不知生了多少。

1995 年主办单位建议杂志社自负盈亏，即所有办刊费用自理。明明知道纯文学杂志在商品大潮中很难靠发行量养活自己，何况《四海》本来就没有什么经济基础，也没有在社会上做过必要的宣传，无钱无名，没有力量去打知名度，但我还是接受了主办单位的建议。

之所以如此，出于两点考虑：其一，用不着再为用十几元小钱，花费时间去奔走求告，少生些气，有利身体健康；其二，有了自主权便于开展工作。

1997 年主办单位新领导更让我们连杂志社人员的工资和奖金全面自理，负担更加重。

自负盈亏后，主办单位每年给几个书号，通过出书可以筹措到一部分资金。这当然是好事，却严重占用了我们的时间和精力：要找到能赚钱的书，要投入人力和财力编书卖书。如此一来，还能有多少精力折腾杂志！

随着国家改革开放不断深入，中外文化交流日益扩大，地球村观念广受认同，我们觉得杂志的原名《四海——台港澳海外华文文学》的内涵有些局限，且全称累赘，经国家新闻出版署批准，1998 年初更名为《世界华文文学》，简明大气，更符合华文文学在世界广泛发展的状况和动向。

办刊中我越来越认识到它的重要价值和积极意义。

有那么多老一辈华人出于对中华文化传承的执着和热爱，在异域他乡，谋生之余坚持用汉语写作，甚至出钱出力，组织华文文学社团、办杂志、建出版社、举办活动、召开会议，为促进华文文学事业的发展和繁荣任劳任怨尽其所能。

有那么多新一代华人，无论出自中国内地、香港、澳门，还是宝岛台湾，他们在世界各地求学、创业、高速拼搏奋斗的同时，拾笔挥洒，用母语抒发，其情可悯，其志可嘉。

看到这些，我很受感动和鼓舞，更加坚定了积极开展工作的信念。

我认为，作为母语国，理应为异域他乡的华文作品提供展示的舞台，理应将这些辛勤耕耘的华文作家和作品介绍给世人。

《四海》——《世界华文文学》不仅仅是一本发表华文作品的杂志，它更肩负着神圣的使命，它是团结世界炎黄子孙，增进了解沟通，有利中华文化在全球发扬光大的事业。

为此我们努力联络尽可能多的作者；肯定已成名作家，更面向那些在艰难条件下努力追求的未成名作者，他们是世界华文文学事业的明天。

台港澳、东南亚、欧洲、北美、南美、大洋洲，我们杂志的作者面日益广大，对各地区华文文学发展的基本状况，如有哪些文学社团，它们之间的关系，它们的文学环境，它们如何生成发展，有哪些重要作家和文学活动，等等，基本有大致的了解和认识。

从《四海——台港澳海外华文文学》到《世界华文文学》，从1990—2000年，经我手策划了两次评奖活动。

第一次在1992年，我联络国务院侨办，并联合新加坡文艺协会，共同发起"首届台港澳暨海外华文文学徐霞客游记奖"，这是一次征文活动。评委会主任是秦牧先生，来自中国香港的曾敏之、中国台湾的郑明娳、新加坡的陈美华、马来西亚的戴小华、泰国的梦莉、菲律宾的柯清淡、法国的张宁静、瑞士的赵淑侠、巴西的朱彭年、美国的许以祺等十个国家和地区的华文作家获奖。在北京人民大会堂，他们接受了国家领导人李瑞环亲手颁发的奖杯。这次活动在海外广有影响，也成就了一些作家知名度。

其间，中央人民广播电台台播部进行了十届"海峡情"征文活动（每年一次），从第三届起邀我加入，聘为顾问，连续八年推荐了不少作家加入这个活动。计有大陆作家秦牧等名家五六位，中国台湾作家陈映真、朱秀娟、郑明娳、丘秀芷，中国香港作家曾敏之、彦火、梁凤仪、陈娟，瑞士作家赵淑侠，新加坡作家尤今、骆明、黄孟文，马来西亚作家戴小华，泰国作家梦莉，还有美国等国家和地区的一些作家，约有二三十位。这些知名作家的参加，大大提升了该奖项的地位和意义。在协助台播部搞活动的同时，也帮助和促进了自己的工作。

第二次评奖，是2000年的"首届盘房杯世界华文文学优秀小说奖"，与昆明盘龙房地产公司联合举办。从1998—2000年7月之间发表在《世界华文文学》杂志上的短篇小说中评选。获奖作品十五篇，作者有来自美国的周愚、李国英、少君、周琼，加拿大的冯湘湘，法国的张宁静，澳大利亚的沈志敏，日本的华纯，中国香港的董启章、海辛，中国台湾的黄春明、吴梦樵，中国澳门的梁淑琪，泰国的黎毅，菲律宾的吴新钿，当年在昆明隆重颁奖。

从《四海——台港澳海外华文文学》到《世界华文文学》，从1990—2000年，经我主持编辑出版了不少相关图书。

如洛夫、白先勇、高阳、李蓝、郭良蕙、温小平、曾焰、郭枫、刘以鬯、曾敏之、颜纯钩、犁青、陶然、黄维樑、彦火、梁凤仪、李鹏翥、周桐、赵淑侠、简宛、杜国清、张宁静、林湄、尤今、陈瑞献、梦莉、黄孟文等，近百位台港澳海外华文著名作家的著作，另有各选收数十人集的丛书十余种。

我们杂志社寥寥数人（最多时八位，最少时四位），一手编杂志，一手编书，连踢带打，一切环节和资金全是自己负责，如今屈指算算，还真做了不少事。所以在华文文学圈子里建立了一定影响，在世界各地收获了不少友谊。

我是受中国20世纪五六十年代理想主义教育培养成长起来的文化人，自觉不自觉总肩负着一种使命感，做起工作来，往往对意义的重视多于对经济利益的考量，这在金钱挂帅的新时代，很不合时宜；我不大看重虚名，处世态度偏于多做少说不事张扬，这很影响杂志理应在读者和领导中得到的了解、重视和关爱。如今回头来看，真是缺憾多多。

从《四海》到《世界华文文学》，从1990—2000年，因为编辑工作的繁重，我在华文文学研究方面没有多少时间下功夫，但因为需要和方便，参加了不少会，结识了不少业务范围内的作家，也就抽空动笔，于八九十年代在中国大陆、台港澳，以及新加坡、泰国、菲律宾、美国等报刊发表了一些相关的文章，出版了相关的书。

这些微不足道的作品，和我们这个圈子里的研究专家比，无论量和质，实在很惭愧。

因为年龄的关系，我需要退出杂志的主要负责岗位，没有人再愿意维持这个需要自己找钱办的《世界华文文学》。

为生存和发展，主办单位决定从2001年起将之改为综合性文化杂志。

消息在昆明参加颁奖活动的海外华文作家中引起震动，他们沸腾着热血，自发联络与会的二十多位来自世界各地的华文作家签名，写信给中央有关部门，挽留他们"喜爱"、与之息息相关的《世界华文文学》杂志。

事后，他们曾将此事告诉我。

受委托，邓友梅先生将此信转到中宣部，中宣部将之发回中国文联，中国文联将之发回中国文联出版社，中国文联出版社领导将之交给我，我苦笑了一下，将之束之高阁。后来成为废纸。

给点经费资助，这不过是每年节省一点点饭桌公费就能解决的问题而已。

《世界华文文学》杂志终于追着20世纪的脚步隐去。它静悄悄地出生，静悄悄地退出舞台；还经常念叨它的，只有世界不少国家和地区的华文写作者。

我为它的命运不平，由衷遗憾和悲哀。毫不带私心。

我坚信，随着中国的强盛，随着中国国际地位的高涨，随着江河般奔流不息的留学和移民潮，中国大陆以外的世界华文文学，必将与世长存，新人代出。

21 世纪起始，《世界华文文学》正式脱胎为《华人世界》，它仍然肩负着《世界华文文学》的一部分任务。

我被聘为总编辑，不用再为经费发愁，浑身轻松。

20 世纪 80 年代，我参加了北京人民文学出版社《华人世界》杂志的创刊，转了一圈儿，跨入新世纪，我的人生轨道又落在了《华人世界》上。天意乎！

一、台港文学辑

台湾文学研究在大陆

20世纪80年代中国文学界巨大成就之一，是打破了海峡两岸冻结数十年的坚冰，相互由隔膜而开始交流。90年代尾的今天，回望一下前十多年台湾文学登上中国内陆的旅程，对两岸文学的发展和进一步交流，将会有一定促进作用。

一、台湾文学研究与两岸政治

如果从1982年6月、第一届台港文学研讨会在暨南大学召开算起，中国大陆研究台湾文学至今已有十六年的历史。

其研究者人数之众多、研究领域之广博，及研究成果之丰硕，恐怕连台湾文学界自身，也难望项背。

为什么会出现这种状况？

台湾文学界有人认为，大陆学者研究台湾文学的热心，是出于政府支使的统战行为，纯属为政治效劳；大陆学者对于上述见解则不能苟同。

这一歧见几乎至今犹存，时有直接或间接交锋。

出现这种分歧十分正常，两岸实在是敌对和隔膜太久，多年来已习惯把彼此的每一行动和政治挂钩，所以台湾文学研究80年代以来在大陆突然火爆起来，让台湾文学界有如是想法毫不奇怪。

大陆的台湾文学研究确实不能说与政治无关，但大陆学者研究台湾文学不是政府分派的任务，并非受命于政治，准确点说是两岸政治为台湾文学研究提供了契机。

（一）是两岸政治的敌对和封闭造成两岸文学界的诸多误会，是两岸政治解冻使大陆学界有机会认识台湾文学。

在两岸开冻之前，双方只在官方报刊上，得知对方的消极面：台湾以为大陆文学始终是政治图解，"三突出"模式；大陆则以为台湾文学充斥反共叫嚣、荒诞淫秽腐朽没落。所以一旦有机会撩开遮面布，就容易激发起探求真相的热情。

（二）是两岸政治造成台湾文学有别于大陆文学的特殊性，是其特殊性使其具有特别的研究价值。

因文艺方针的差异，大陆文学和台湾文学循着各自的轨道进行，思想内容和艺术追求别有所宗。台湾在固守中国传统文化的同时，割断五四新文化影响，大步追随西方文化；大陆坚持普罗大众文化，视西方文化为洪水猛兽，同时也批判和扬弃着中国的文化传统。两岸的不同文化导向，使两岸文学发展的路向和呈现出的面貌悬殊，这种差异，即是台湾文学有别于大陆文学的特殊性。

如果当年中国全面统一、两岸没有 1949 年后的政治分野，台湾文学虽然也会有诸如地域性、历史性（屡遭殖民）等一些特色，但在强大的统一指导思想下，其发展路向和面貌，基本会像大陆的省区文学一样，小异大同，自然难有特别的价值。

（三）是两岸的政治变化，尤其是大陆改革开放创造的政治清明，使大陆学界有胆量从事台湾文学研究。

这一点是一切的前提，历史刚走过不久，曾几何时，在大陆谁家有台湾关系都是政治上洗不清的污点，避之唯恐不及，更遑论其他。

谈到文化统战，我倒觉得台湾做得实在比大陆要好些，比如台湾拿出大量资金在海外办刊办报，推广各种文化活动，成立世界华人作家组织（最近刚在台北开完会，我认识的不少作家从各国千里迢迢回去参加），在世界许多国家都建有分会。反观大陆，为成立一个世界华文文学研究学会不少人努力了三四年，至今还没被正式批准。就我所任职的《世界华文文学》月刊，专门刊登世界各地的华文作品，想当然该是极重要的"统战"地盘，必有统战部给钱，而事实却是国家从来没有拨过款，现在更是全面自力更生，办刊一应费用甚至人员工资都得自己去找。由此更说明，改革开放后的大陆，学界的行为不再像以前那样受政府和政治的影响。

所以，大陆台湾文学研究热的产生并非直接受命于政治，而是间接受政治的影响和左右。认识这一点有利于两岸学界消除误会，加深理解，团结合作，共同努力，将彼此的文学研究推上新的高度。

二、台湾文学研究在大陆的表现特点

（一）大陆文学界的合力推动，促使了台湾文学研究的发展繁荣。

大陆的台湾文学研究有今天的繁荣发展局面，是大陆出版、教学和研究各界共同努力的结果。

1. 出版界首绽报春花：台湾文学的"登陆"时间，有文字记载的，当是1979年7月《当代》杂志创刊号上，登载出白先勇的名篇《永远的尹雪艳》。《当代》是北京国家级的人民文学出版社主办的刊物，她的地位让她的举动更具有象征意义。

之后各种刊物（也有报纸副刊，不过量较少）逐渐纷起跟进，通俗的、严肃的各取所需，小说、散文、诗，各择所喜。

《当代》杂志后来还刊登过一些台湾作品，不过数量极其有限；为弥补此不足，人民文学出版社在80年代中曾相继主办过《华人世界》和《海内外文学》（后者是前者的继续）杂志，台湾作品在其舞台上是重要角色，90年代初该杂志因故停刊。

在大陆有几家杂志是专业性介绍台港文学的，问世于1981年的《海峡》，顾名思义，台湾作品在其上唱着重头戏，她在80年代有一定影响。

比《海峡》略晚一点创刊的是《台港文学选刊》，地点也在福建，利用其邻近台湾的优势和"选刊"名正言顺"拿来主义"的特权，大力展示台湾作品；不时举办回顾展，名家名篇展，甚至及时将台湾几大报纸副刊的获奖作品连同评语，一揽子往上端。介绍台湾文学所占版面分量之重，量之多，面之广，至今当属该刊。

另外值得一提的是北京中国文联所属、专门介绍台港海外华文作品的大型期刊《四海——台港澳海外华文文学》，80 年代中期她作为不定期丛刊问世，90 年代初正式成为国家批准的双月刊。在介绍台湾文学方面她也出力不少，也较重视相关的评论。随着华文文学在世界的发展，90 年代中期后，她的视野更为开阔，海外华文作品渐成主角，今年更正名为《世界华文文学》，改双月刊为月刊，台湾作品所占比重锐减。

广东汕头大学办的不定期出版的《华文文学》，也时有台湾作品亮相；江苏的《台港海外华文文学研究和评论》（今年更名为《世界华文文学论坛》），是唯一的专业性研究评论杂志。

同杂志配合的是图书出版，也是人民文学出版社当先，继之有专业性的北京友谊出版公司，非专业性、但比较重视台湾作品出版的，还有海峡文艺出版社（早期在福建人民出版社内）、中国文联出版公司、花城出版社，成立较晚一些的还有北京华文出版社、北京台海出版社等。

从地域上看，杂志也好，出版社也罢，多分布在福建、广东沿海和北京，前者邻近台湾，后者是大陆的政治文化中心，都有便于同台湾联系的优势。

经杂志和出版社们的努力，台湾文学作品于 80 年代到 90 年代初，在大陆很走红，元老级作家、旅外作家、军中作家、中年作家、新世代作家、几大著名诗社的诗人等等，从日据时代到 90 年代，有点头脸的写作人，绝大多数与大陆结了缘。

台湾文学作品，之所以受如此青睐，市场因素起了重要作用。台湾经济腾飞，市民文学发达。大陆改革开放前因"革命"的需要，排斥市民文学，相关作品十分缺乏。尤其经过"文革"大革文化的命，人们的心田更加冷硬干涸，极需感性的精神滋补，所以琼瑶、三毛及一些武侠类小说乘开放的自由轻松之风，携浪漫的浓情蜜意之势，风靡神州。即便非通俗作品，对于大陆读者来说，也比较新奇，能满足一些刚打开门看世界的欲望。

出版界的作为，不但促进了学界对台湾文学的关注，也为学界提供了研究资料，和表现研究成果的机会，促进了研究工作的开展。

2. 有关台湾文学的教学和研究，与出版同步成长，三者互相促进相互配合：1980年复旦大学和暨南大学、中山大学中文系开设了台湾文学研究课题，从此台湾文学登上了大陆的大学讲坛。

经十多年的发展，如今台湾文学的教学和研究四处开花，东北、西北、西南、东南、华北、华中、华南，许多大学的课堂上都能见到台湾文学的身影（就连贵州有些偏远小县，也有人研究台湾文学），北京和广东等地还招收并毕业了一些硕士研究生，为研究队伍注入新血。

相关的专业性研究机构，有北京的台湾研究所，北京大学的台湾海外华文文学研究中心，中国社会科学院的世界华文文学研究中心，另外上海的复旦大学和同济大学，武汉的中南财经大学，广东的中山大学、暨南大学、深圳大学、汕头大学，福建的厦门大学，及一些省市社会科学研究院，等等，都设有专业性研究机构或学术团体。

（二）大小学术研究会的召开为台湾文学研究创造了交流机会，壮大了研究队伍。

1982年6月，第一届台港文学学术研讨会在暨南大学召开，由中国当代文学学会台港文学研究会、厦门大学、暨南大学、中山大学、福建社会科学院文学所等单位联合发起，六十多位与会者来自北京、上海、福建、广东、吉林、山东、甘肃、湖北、四川、广西等地的高等院校或研究机构。

如此的主办者阵容，如此的研究者队伍，可见台湾文学研究在大陆，一起步就声势可观。

福建人民出版社出版的该次会议论文结集中关于台湾文学的有四十多篇。题目是：《"五四"与台湾省新文学的崛起》《台湾乡土文学的源流及其理论要点》《闽南风情与台湾乡土文学》《对台湾文学两大流派"合流"一说的质疑》《略论台湾小说中的爱国主义精神》《试论台湾乡愁小说的源流》《"龙的传人"之歌》《一九八一年台湾香港文学一瞥》《台湾香港文学概观》《谈谈高山族民间文学》《赖和——台湾新文学的开拓者》《评台湾省作家杨逵》《评吴浊流的〈亚细亚孤儿〉》《试评聂华苓的两部长篇小说》《试评聂华苓创作的若干特色》《於梨华小说语言艺术特色》《试论白先勇的〈台北人〉的艺术真实》《〈台北人〉艺术构思散论》《论白先勇小说心理描写的艺术特色》等。

从上述篇目看，台湾文学研究在大陆一起步就具有一定的广度和深度。

第一届研讨会开罢，台港文学研讨会基本上是两年召开一次，也有几届是一年一召开。

1984 年在厦门大学召开第二届，继之 1986 年第三届在深圳大学，1989 年第四届在上海复旦大学，1991 年第五届在广东中山，1993 年第六届在江西庐山，1994 年第七届在云南昆明，1995 年第八届在江苏南京，1997 年第九届在首都北京。会议召集者是所在地的大学或研究机构，会议经费由主办者负责筹集。

每届会议确定下届会的主办单位。自由申办，都比较积极，在确定第八届主办者时还出现了汕头大学和南京社会科学院两家争办的局面，不得不采取各申述自己的优势，由会议筹委会投票决定的办法。

由于经费越来越难筹集，从第八届后，北京的中国社会科学院文学研究所被大家公推上阵举办了第九届，从此还未见到争办的热情者。

会议的论文越到后来，主题面越大，再不是早时基本由台港文学平分秋色的局面。

想参加会的人越来越多，不得不严格控制。论文很多，因为涉及的面越来越广，会议时间有限，难以集中论题深入讨论。

这些大型的研讨会虽然存在不少问题，但其以文会友，交流面日益扩大等特点，对于资料难求，有多种先天不足的台湾文学研究和其他域外华文文学的研究和教学，确实发挥了积极推动作用，功不可没。

另外，小型的、专题性、个人性的研讨会各地都有，主办者除大专院校、研究机构外，还有出版社和杂志社。

（三）台湾文学研究在大陆的成果，呈现出研究专著、多种文学史和各类相关辞书并举局面。

大陆学界多年辛勤耕耘，结出丰硕成果：

1. 概论、分类论——

武志纯：《压不扁的玫瑰花——台湾乡土文学初探》

古继堂：　《静听那心底的旋律——台湾文学论》《柔美的爱情——台湾女诗人十四家》《台湾电影与明星》《台湾女诗人五十家》《台湾地区文学透视》

汪景寿：《台湾小说作家论》《台湾短篇小说选讲》

杜元明：《台湾名家散文选评》

王剑丛、汪景寿、蒋朗朗、杨正犁编著：《台湾香港文学研究述论》

林承璜：《台湾香港文学评论集》

黄重添：《台湾当代小说艺术采光》

徐学：《隔海说文——台湾散文十家》

黄重添、徐学、朱二合著：《台湾新文学概论》

潘亚暾主编：《台港文学导论》

王晋民：《台湾当代文学》

封祖盛：《台湾小说主要流派初探》《台湾现代派小说评》

刘登翰、朱二合著：《彼岸的缪斯——台湾诗歌论》

黄重添、庄明萱、阙丰龄主编：《台湾新文学概观》

古远清：《海峡两岸诗论新潮》《海峡两岸诗论新潮朦胧诗品赏》《台港现代诗赏析》《台港朦胧诗赏析》《台港澳文坛风景线》

陆士清：《台湾文学新论》

赵朕：《台湾与大陆小说比较论》

庄若江、杨大中合著：《台湾女作家散文论稿》

2. 个论——

袁良骏：《白先勇评传》

王晋民：《白先勇传》

汪景寿、王宗法、计璧瑞合著：《爱的秘图——杜国清诗论》

汪景寿、白舒荣、杨正犁合著：《殉美的旅人——杜国清论》

黎湘萍：《陈映真评传》

赵遐秋：《十论谢霜天》

古继堂：《评说三毛》《柏杨评传》

周伟民、唐玲玲：《日月的双规——罗门、蓉子创作世界评介》

王宗法：《昨夜星辰昨夜风——〈玉烟集〉综论》

姚同发主编：《解读罗兰》

徐学：《高阳传》等

3. 文学史类——

有通史、断代史和分类史。

刘登翰、庄明萱、黄重添、林承璜主编：《台湾文学史》

白少帆、王玉斌、张恒春、武志纯主编：《现代台湾文学史》
（正修订）

陈公仲、汪义生：《台湾新文学史初编》

古继堂：《台湾新诗发展史》《台湾小说发展史》《台湾新文学理论批评史》《台湾爱情文学史》

古远清：《台湾当代文学理论批评史》

4. 辞书类——

徐乃翔等主编：《台湾文学大辞典》

古继堂主编：《台湾新诗大辞典》

陈辽等主编：《台港澳与海外华文文学辞典》

王景山编：《台港海外作家辞典》

陈公仲主编：《世界华文女作家传记》（待出）

另外，列入"'九五'国家社会科学规划重点项目"，由张炯、邓绍基、樊骏主编的《中华文学通史》（1997 年出版），首次将台湾文学纳入中国文学史进行考察研究：十卷本从"清代文学"开始，出现台湾方面的专章论述，如《顺治、康熙时期的诗歌与散文——台湾明遗民诗文和宦台诗作》《台湾当代诗歌》（上、下）、《台湾当代小说创作》（上、中、下）、《台湾当代散文》（上、下），及《台港澳的当代文学理论批评》等。其论述较详的恰是大陆学者研究成果较多的方面。

以上五十多种著作的统计并不完全，但重要的著作基本包括在内了。至于散篇的研究文章，那就更是数不胜数。

台湾文学的方方面面，和绝大多数作者和作品，都在这些著作和无数研究评介的文章中有所表现。

这些著作的老、中、青作者，主要是大学教授和文学研究者。由于他们的努力为台湾文学在大陆成为一门独立学科奠定了基础。

大陆的台湾文学研究还存在一些问题，台湾文学界对此也有些想法，觉得研究中有统战味、有关系学、有片面性、方法比较陈旧等。

这些是善意的，也不无针对性；但也应该看到，虽然两岸交流日益发展，但毕竟还有不少障碍，社会制度、经济状况、思想观念都有悬殊，所以随之出现的问题有：资料缺乏、少有实地的感性认识、对问题有不同的立场、观念和思想方法——皆难使台湾文学研究尽善尽美，得到两岸的完全认同。这是历史的必然，要说局限，也主要是历史造成的。反观台湾对大陆文学的认识也存在着同样一些问题。

大陆的台湾文学研究，确实还有待进一步深入和发展：进一步全面掌握资料；进一步更新认知观念和研究方法（须突破认知和知识结构的局限），使研究增加科学性和客观性；注意跟上台湾文学发展的步伐（比如对台湾 90 年代崛起的新生代作家的研究）等等（提高个人学养，端正研究动机）。实现这些，须靠两岸文学界的共同努力。

三、海峡两岸对彼此文学的研究，存在不平衡现象

这个问题的提出，是基于这样一个事实，即台湾对大陆文学的研究，远不如大陆对台湾文学的研究那么重视，那么下功夫。

台湾的出版社、报刊，评奖都对大陆作品有所开放，取得了一定的成绩，但没有专业杂志，没有专业研究机构和社团，没有在大学设课教授，更没有专业学位，所以也缺乏相关研究方面有分量的专著。

究其原因，大致如下：

（一）由于体制，台湾没有多少像大陆那样从中央到地方由国家养起来的研究机构和研究人员，致使台湾文学研究界自身不够强大，对岛内文学研究尚且重视不够，对隔膜的大陆文学，自然也难花太多时间。

（二）大陆的研究人员有充分的时间和一定的生活保证，能专心从事文学研究。因为大陆自身的文学研究已很有根基，突破比较难，所以不少研究者转移目光，另求发展，陌生的台湾文学自然是拓荒者们的极佳选择。方针既定，耕耘勤恳，成果自然丰硕。

（三）大陆文学界一向有关心政治的传统，有坚定的两岸统一思想，将台湾文学研究看作自己的天职，尽管杂志和社团基本（或根本）没有国家的经济支持，但受传统使命感的驱使，愿意出力；台湾文学界绝大多数认同一个中国，但大陆的弱势经济，使之对统一缺乏热情，也影响其对大陆文学的关心。

（四）大陆多年集体主义精神的教育，表现在对台湾文学上，研究、教学、出版、学术会议、社团活动等各方面能呼应配合，易于产生厚重的成果（比如联合从事科研和著述）；台湾多年受自由主义的熏陶，各行其是，难用合力。

（五）由于"文革"前大陆政治运动频繁，文学受政治影响较深，台湾学界没有相同的经历，对大陆文学作品中所反映的内容疏离隔膜，阅读障碍较大，影响认知热情。

（六）台湾消费文化的张扬，使大陆沉重的现实主义作品在台湾难有市场。

原因可能还有（七）（八）……

台湾文学研究在大陆是个大题目，非区区数千字能表现，也有限于个人的识见，仅简略概括如述，有待方家进一步深入探讨。

望乡的云

——读罗兰《岁月沉沙》三部曲

我是一朵望乡的云

难得邂逅到

这样的季节风

带我飘回了

童年的海滨

——罗兰《风雨归舟·献》

有幸拜读了罗兰女士的《岁月沉沙》三部曲——《蓟运河畔》《苍茫云海》和《风雨归舟》。

它们是罗兰女士最新在台湾出版的巨著。

关于这部书，她说："我这趟生命的列车，已经在这世界上奔驰很久了。我不想就这样头也不回地沿着这生命末梢随风而逝。并不是我要留恋这世界，我只是想要认真地了解一下自己这几十年生命旅途上，都看到了些什么，和它们究竟都代表着什么意义？"她希望"从岁月的沉沙中，打捞上一页历史的见证"。

《岁月沉沙》的笔触由她的先祖、父辈，古老中国的清末民初新旧交替时代起，一路逶迤，穿越八年抗战的烽火、内战，伸展到宝岛台湾，直至两岸四十年隔绝后的恢复交流。中国现当代史的几个重要阶段，尽在她清明澄澈的娓娓叙述中，由远及近，如一幅长卷般展开在读者面前。

罗兰是在写自传，也是在写历史；还可以说她不完全是写自传，也不完全是写历史。

说她写自传，因为《岁月沉沙》三部曲，自始至终由她个人的经历所带动，着墨处基本是她个人和她家族的事。

言其写历史，因为三部曲反映了民国初年至今，中国现当代的变迁。

从自传的角度看，有关个人生活和事业的一些重要问题，她或轻描淡写或回避略去；如赴台前十几年的一大段生活，基本未做什么交代。

就历史角度而言，她仅把历史大事作为全书的背景铺陈渲染，而并未过多地做正面表述。

《岁月沉沙》三部曲就正是这样什么都是，又什么都不完全是的，具有独特魅力的大书。

一、"家"——永恒的绿洲

在第一部的《蓟运河畔》里，作者首先把我们带到了坐落在河北省宁河县芦台镇的"靳向善堂"，当地人也称作"聚泰号"的"靳"姓大家族。

这个大家族的高祖们是靳家创业的一代，他们由经营粮店即"聚泰号"发家，以后又开了木厂、首饰楼、药铺，还有一些黄酒厂，都以"聚"字排名。还置了许多产业，包括十几所瓦房，本县和外县的庄园土地、芦苇地等，逐渐成为当地首富。不幸到她的祖父一代染上了清末的时代病——鸦片烟瘾，大家族不得不告别繁华走向衰败。

家道中落至她父亲这一辈，除蓟运河畔那所大宅——"中间四层大四合院，两旁是东西两个跨院。第五层是横跨三个院落的大花园"外，已无其他余产。

幸亏她的父、伯、叔奋起经营，齐心拯救，到第二次世界大战结束后，大家族基本上恢复了元气。

作者温馨而饶有情趣地追诉了自己家族一波三折的兴衰史、伯叔父母的事迹，以及留在记忆里的自己小时候的各种趣事。通过这些叙述，我们深深感受到她对中国传统伦理精神的尊重和赞美之情。

她认为中国传统的伦理精神，对社会和人类具有积极意义。对此，有不少正面阐述，她说："这'靳向善堂'第四代的力图振作所显示的意义，与其说是为了恢复当年的荣华，不如说是基于一份根深蒂固的中国伦理。作为后代子孙，先天有责任振兴家业与保护家声。"

"振兴家业和保护家声"，可以说是中国人根深蒂固的观念。"家"是中国伦理的基础。儒家讲的"齐家治国平天下"，就把"齐家"作为"治国平天下"的先决条件，可见"家"的优于一切的重要性。

罗兰从小便受到了这方面的深刻教育。她是"靳向善堂"的第五代中的第一个孩子，父亲对长女的启蒙教育就是经常向她讲述大家族的历史，由此她熟悉了先祖和父辈们的作为，尤其先祖们焚毁借据，周济贫困的乡人的美德和善行。不但使她觉得光荣，更给了她对人间情谊的肯定。

她认为："这些来自先祖的故事，带着温暖的感情和启示，一种循循善诱的慈爱，使我们相信，活在这世上，即使有什么苦难，也一定都能得到呵护与照顾，而可以勇敢地生活。"

"家"不但给人以快乐，且能培养人的乐观精神。

"'家'的意义是如此深远！祖先给我们的是奋斗开拓的历史，是绵延不断的来自先天的亲情，和把这种亲情扩大发扬，嘉惠别人的真诚与善意。"

"是谁说，'家'已不重要了呢？"

"是谁嘲笑过'祖先崇拜'，认为那是落后与迷信而思革除呢？祖先的护佑与监督，难道不是比一般宗教更加真实而有情吗？"

"家"的概念，在罗兰的心目中，不单单是蓟运河畔的"靳向善堂"。她深爱的"家"还有久大精盐工厂——它是中国现代民族工业成功的典范。

民国初年，在荒凉的塘沽海边，几个留过洋的年轻人，决心开发实业建设中国。她的父亲参与了创业者的行列。因而，她的童年、少年和青年时代，都和久大精盐工厂结下了不解之缘。久大精盐工厂，以及紧随其后的永利纯碱工厂的艰苦创业精神和既有中国伦理亲情，又具现代文明的高水平管理，给她留下了磨灭不掉的印象。

谈到"久大"和"永利"的成功，她认为其中很重要的一条原因是，创业先驱者们，"尚能亲沐中国传统遗教"，遵从儒家思想。

儒家重仁义轻利。亚圣孟子说："君臣父子兄弟去利，怀仁义以相接也，然而不王者未之有也。"

"久大"和"永利"两厂在处理劳资关系方面，"特别显扬了中国理念由'情'与'义'做出发点的杰出成就"。

她认真比较了东西方文化的优劣，主张以儒家的"仁义"取代西方文化中特别看重的"利"。

罗兰在中国大陆生活了二十多年，饱受中国传统文化的教育和熏陶，又到台湾生活了近半个世纪，有很多机会与西方文化亲近并受其浸润；所以她的比较和鉴别才更具说服力。

二、中国传统文化——永恒的魅力

1948 年，偶然的原因，她离开蓟运河畔的"家"，告别"久大精盐厂"的"家"，把自己放逐到举目无亲的台湾岛，开始一种全新的人生。

一个孤身年轻女子能有如此的勇气，除凭一颗乐观进取的心外，亦同她由对"家"的信心，而产生出的对生活及人类的信任不无关系吧。

她是幸运的，也许正是出于祖先的庇佑，很快便找到了适合于自己的生活位置。事业顺利，家庭和美。

在《岁月沉沙》的第二部《苍茫云海》里，集中反映了她赴台的经过和赴台后的生活、工作、婚姻、家庭以及对台湾社会商业文化的体认。

历史和现实的原因，使台湾先是深受日本的影响，尔后又为美国式的西方文明笼罩，踏着大步西化。她并不反对接受发达国家好的一方面的观念和影响，但她也通过对台湾社会，甚至海外华人社会的现实，精辟地分析了中国传统文化的伟大。

它能令中国人无论在何种生存状态下，都固执地不肯把它背弃。对它"有一种无形的坚持与自信"。

日本虽然占据台湾五十年，而"民间所保存下来的传统生活形态和传统礼俗，却像是比来自大陆的我们这一代还要传统"。老一辈的文人在写"汉诗"方面的造诣，就远胜过"五四"以后的一般大陆人。

海外华人，"他们越是远离家乡，越是不肯放弃自己的传统，于是中国人在世界上成为最难与当地国家同化的组群。他们自己形成一个社会，坚持要过自己传统的生活，使地主国也深感无奈"。

事实确如作者所言。无论是现在，还是过去，凡是华人较多的地方，大都有唐人街的存在。现在，随着一波一波的新移民潮，它更有遍全球开花结果之势。

中国人的社会，越来越多地建在中国的土地之外，这不知道是中国人的幸，还是中国人的不幸。不过，无论他们的人离中国本土多么远，老祖宗的文化，恰似一条铁臂，牢牢地抓着炎黄子孙的心。这在老一辈中国人身上，更为明显。

不少人在异国他乡生活了一辈子，却仍只会说中国话，只爱吃家乡的饭菜，不渝地坚持着传统礼俗。

只要有机会，有能力，他们就要千方百计，或回乡寻根探亲，或投资乡里造福后人，以求报效祖国。

中国人一贯有"一盘散沙"，善于"窝里斗"的"恶"名，但在自己的传统文化面前，却表现出了亘古长存的向心力。

罗兰说："曾有人研究过，中国是唯一的一个国家，即使被异族侵略占领，也并不能在基本上改变中国的特色。以香港为例，香港在英国治下一百多年，但他们至今的生活方式，举止衣着，风俗习惯，以及语言一切，都还是'广东'人而没有变成'英国'人。"

中国的传统文化为什么在外来强势文化面前，从来没有低下过自己高贵的头颅，其原因，她认为在于，中国人善于"执两用中"，即"所接触到的无论是本土还是外来，只要我们认为好的，就把它采取过来，融入自己的传统，变成我们的一部分；而且会用自己的方式把它加以改良，使它'本土化'"。

中国的文化传统，就在这样不断吐故纳新之中，充实壮大自己，古老而常青。这正是它对中国人具有永恒魅力之所在。

三、中国——永恒的信仰

在走过了"苍茫云海"的台湾里程后，罗兰的生活重心，开始在"风雨归舟"上摆荡了。这是她始料不及的。

当年，全凭年轻不知轻重，勇闯台湾。如果那时能料到此行的后果，恐怕坐在我们面前的就不会是现在的罗兰了。满以为台湾之行，像离开蓟运河畔的家，去天津上学似的，不过是来来去去的事；不想，一场并没有经过深思熟虑的离别，踏上的竟是一条不归路。

海峡两岸的隔绝，使她和自己的先祖亡灵、生她养她的家乡，以及梦魂牵绕的至亲——父亲和弟妹们，四十几年天各一方。

"四十年"的岁月，对于宇宙来说，连眨眼之间都算不上，但对于生命有限的人类，它却是举足轻重的。

它令小孩子变成中年人，它使中年人变成垂垂老者，它也足以催老者再轮回一次生命。

"四十年"，它在我们口中只不过是一个音节；落在纸上只不过是几个符号；在历史书上只不过是一个非常短的阶段……

但对于骨肉分离的个人和家庭来说，它却是一生一世的灾难。

中国历史上不乏战争，不乏颠沛流离，但像时间如此长、涉及的人如此众多、隔绝得几近天衣无缝，该是前所未有的吧。

父亲是她既爱且敬的至亲，弟妹们全是她这个像母亲一般的长姐照顾长大的。她和他们血肉相连，筋脉相通。

就像没料到一去不返，能回大陆探亲，也是她的另一个意外。

世界上没有一成不变的事，政治更像万花筒。

是大陆的改革开放之风和台湾的政治解严，打开了封闭海峡的铁锁。

她稍作观望后，毅然迈上了归程。

但临行前的心情却十分奇特。她说："那是一种把一生的感情都压缩成一片空白的心情，既不是兴奋，也没有悲伤；既不是紧张，也不是平静。它只是一分无声的静止。行前连一封信也没写给住在北京的三妹。我好像不希望任何人希望我去，也不希望自己太热切地准备见到任何人。似乎我只想把一切可能有的心情都摒除在外，好尽量留下所有的空间，去准备容纳一万种即将涌至的感情与激动。这心情从来没有一个时代曾给过我们。也没有任何地方可以找到前人对这种心情的描述。我只觉得自己迷失在一片感情的汪洋，周围天风海雨，使我茫然不知所至。却又有一个坚决的自己，在那里等待与承受。"

"四十年，隔绝一个心爱的古老家园，却始终能有机会回来看它，这心情，是史无前例的。"

虽然是"少小离家老大归"，有些"近乡情更怯"，但自第一次回到亲人身旁之后，她北归的脚步却再也闲不下来了。

短短几年，她十多次回大陆，探家探亲。

父亲早已故去，弟妹们各自安身立命。探访过去的足迹，皆沧海桑田，人非物亦非了。

她先写了一系列的"故土之旅"，记录了此一行的所见所闻和所感。什么都说了，"却总觉得并没有完全说出自己内心这满载、超载着的感情"。因为她在写作时仍有道有形和无形的闸门，将她的思想感情关在这一边，或截在那一边。

这令她十分痛心。

两岸的隔绝，是用多少中国人的生命作为代价啊。

她不无悲愤地诘问："如果'我们'的成功是如此值得歌颂，那是不是说，就因为这样，那许多写不完的痛苦与眼泪，就都算有了代价，而可以抵消？""历史的镜头是不是也应该像美国人回顾自己的南北战争那样，拍摄到那些被牺牲了的叫作'中国人'的'同胞'？"

无限家国事，令她感怀，使她笔下涌动着火山奔腾般的激情。

"我所爱的是一些人，而又不仅是一些人；是一片国土，而又不仅是一片国土。如果不把我这些深浓的感情加上去，我的反应会轻松些，冷静些。但我是带着身为一个中国人的一生感情，重新审视自己与这片国土之间，一生的离合悲欢，我下笔要写它的时候，是那么难以使自己冷静。"

她希望读者能了解属于她这一代的中国人的、世纪的悲伤。她说，这悲伤是"千千万万种感情的混合体，化作了千千万万种成分所汇成的泪"。

这种悲伤只能意会，难以言传。

这是一种切肤之痛。

这到底是一种什么样的感觉呢？

她说：

"如果你曾经向你中年的父母挥手道别，你曾以为自己有机会追求一个梦，而你准备日后能把这份绚丽，完全地奉献在你父母的面前。……

"如果你忘了自己的白发苍颜已不允许你再像孩子一般地在历劫后的父母膝前哭泣。……

"如果你曾经爱过，又曾经失去过，而又有机会重新拾得，却始终无法重拾过。……

"如果你曾经属于过，又曾经分散过，而又重新相聚，却始终无法真正相聚过。……

"如果你有一生的感情要奉献，却始终发现那倾倒的心之殿堂已经无法容纳你的奉献，而你只能在外面的廊柱下徘徊，然后在西风残照中离去过。……"

这种怅惘，无边的苍凉。

这种苍凉是归"家"后，竟发现自己已经反"主"为"客"，找不回多年来塑造的中国梦。

当她见到了久别的家人，四十年的岁月，恰似船过水无痕，她毫无困难地回到了过去。因为经历过艰难困苦的生活，所以大陆上物质条件的落后，她容易适应，回来前也有充分的思想准备；但遇到一些实际问题后，她才突然醒悟到自己已经不再是过去的自己，大陆也已经不再是四十年来，天天梦着的那个大陆。

不同的政治制度、不同的意识形态、不同的思想影响，给两岸社会生活各自打上的深刻印记，是骨肉亲情的重聚，所无法抹去的。她不得不承认这个现实——"我和两个弟弟，两个妹妹，四十年来天各一方，如今重聚，手足之情丝毫未减。我们是名副其实的'一母同胞'。而我的'官称'却是'台胞'，他们是'大陆同胞'"。

她不甘心有这种差别，但又无法不正视它们。

她时常对所见所闻及所亲历的，"台胞"和"大陆同胞"之间的一些差别，哪怕是细微的，有意识地进行反思；其孰优孰劣，她的看法比较辩证，思考问题时，既善用儒家的"执两用中"，亦兼道家的通脱和达观。所以议事论人皆能实事求是，设身处地，少有偏激。

比如在《宁要安定不要钱》一文中，谈到吃大锅饭的问题。她说："大陆的民意调查，会出现77%的人，情愿过以前那种'不必自己经营赚钱'的日子，可能并不单纯地意味着他们'甘心吃大锅饭'；更不一定就是因为人们保守、因循或懒惰，而是说明人们不见得都喜欢经商，也不见得人人都觉得自己工作目的是为了赚钱。世上一定有很多人只是希望有个安定的生活，可以让自己专心去工作，而并不想把精神用在发财致富。"

"对于一些问题的发生，大家所要去正视的，应该不仅是现象，而更是产生这现象的基本原因。"

《岁月沉沙》内容多姿多彩，使人眼界开阔，可读性极强。

它思想蕴含深厚，清纯而丰富，境界极高。

它是纪实性的散文，读起来也像小说。

它既有如歌行板的流畅洒脱，也有细节生动的人物故事。

无论是它优美的文笔，还是它深刻辩证的思想，都表现了作者高雅的文化品位和个人素养，以及于激情中见沉稳的大将风度。

《岁月沉沙》三部曲，十分动人，十分感人，其原因是多方面的，而那最触及我的，是作者充溢在字里行间的，对"家"——包括小"家"和大"家"，终极是"大家"，即"中国"的无限热爱之情。

这热爱之情体现于，作者堂堂地站在一个纯中国人的立场上，冷静而热情真挚地歌颂优秀的中国传统文化。

罗兰著述甚丰。《罗兰小语》五辑、《罗兰散文》七辑，长、短篇小说五部，还有诗论、游记、诗歌等三十余部。

期待着她更多的文学创作成果。

一部颇富创意的作品

——试析香港著名作家刘以鬯长篇小说《对倒》

我策划出版一套《世界华文文学精品库》，拟编选这个范围内有一定影响的小说家、散文家、诗人创作的精华（人各独立成册），旨在广泛介绍、保存并推动华文文学创作。

为此，向刘以鬯先生约稿，他慨然允诺，不久寄来了长篇小说《对倒》。

刘先生说，这篇小说曾于1972年11月18日开始在香港《星岛晚报·星晚版》连载。从发表到现在，将近二十年一直没有出书的机会，原因是它没有"离奇曲折或缠绵悱恻的情节去吸引读者追读"（《对倒·序》）。

它曾浓缩为短篇小说在香港发表，并拍成电视剧演出。

我拜读过刘以鬯先生的《酒徒》《打错了》等小说，其意蕴及表现方法上的不断创新为我敬佩，所以对《对倒》满怀信心。

收到书稿后，一鼓作气读完。诚如作者所言，约十二万字的《对倒》，确实难让以消遣为目的的读者拿起来就放不下，茶饭无心，非得看完不可。

小说里唱重头戏的角色只有两个自始至终毫无瓜葛的男女，老者淳于白，少女亚杏，都是大闲人。前者靠收租收息度晚景，不用为稻粱谋，有精力消费时间；后者不上学也不肯做工，任意挥霍大把的光阴。他与她同在某日，先后到同一闹市区闲逛，目睹了同样的世态人情后，触动各自的兴奋神经，浮想联翩，各做各的白日梦。

《对倒》的故事情节，可以说就是如此"单纯"。但是，"单纯"的等号右边，并不就是"单调"和"浅薄"。细细读罢，掩卷而思，《对倒》是篇很有内涵，颇富创意的作品。

一、"梦"里的繁荣，如"梦"的人生

《对倒》真实地再现了20世纪70年代香港飞速繁荣的步履和畸形的社会生活。

跟着淳于白和亚杏的步履，我们走在香港的某个闹市区：新建的海底隧道，逐渐取代四层排屋的大厦丛林，触目的金铺，叮当作声的有轨电车，疯狂的炒金热、炒楼热、股票热，狗经、马票、乞丐、赌徒、暴发户、黄色电影、琳琅的街招、放臭味的厕所、车祸……以及充斥其中的各种打劫事件。

作者调动了繁复缤纷喧嚣的意象，欲诉诸读者的正是他在开篇中写的那段判词："它是一粒珠。它是天堂。它是购物者的天堂。它是'匪市'。它是一棵无根的树，它的时间是借来的。它是一只躺在帆船甲板上的睡狗。这只帆船一直在惊浪骇涛中挣扎……"

繁荣的香港是个真实的存在，但它又不全是真实的。因为它"无根"，因为它"一直在惊浪骇涛中挣扎"，所以它也许只是一场"梦"，所以整个社会崇尚急功近利。

淳于白和亚杏是其中的成员，既是社会生活的参与者，也兼旁观者，对于自处的现实，有欣赏认同的一面，亦有批评和疏离感，爱怨交织。

淳于白对现实的褒贬，放到天平上，后者偏重些，亚杏却是另一头深。这种差别，由来有自，合乎情理。

淳于白是外来人，二十多年前由中国大陆流落到香港。对于年事已高的他来说，虽然已在香港生活了二十多年，但无论从时间长短，还是从生活的内涵品质上看，他生命的辉煌与绚丽主要在大陆时代，岁月无变，使他愈发留恋不能再现的青春年华，因而走在香港的街

上，触发的总是流逝的韶光。

看见旺角汇丰银行分行，他想起旧日的百老汇戏院。走过一个"香喷喷的女人"，牵动了他对年轻时候风流浪漫史的回望。

目击大小事件，纷纭世态，他的意识立刻辐射向过去：他的家庭、教育、恋爱、婚姻、战争，在上海、重庆、杭州、新加坡、澳门、香港等地的辗转流徙——国事、家事、个人之事，陈芝麻烂谷子，从他的记忆库里全翻腾了出来。

淳于白是棵自他乡移植来的老树，对香港新土总难完全投入，与故土有割舍不断的牵绊。但终究"属于那时代的一切都不存在了。他只能在回忆中寻求失去的欢乐。但是回忆中的欢乐，犹如一帧褪色的旧照片，模模糊糊，缺乏真实感。当他听到姚苏蓉的歌声时，他想起消逝了的岁月。那些消逝了的岁月，仿佛隔着一块积着灰尘的玻璃，看得到，抓不着。看到的种种，也是模模糊糊的。淳于白一直在怀念过去的一切。如果他能冲破那块积着灰尘的玻璃，他会走回早已消逝的岁月"。

然而，"对往事的追忆有点像山谷中的回音。对着山谷，放开嗓子狂喊，撞回来的，同样的声调，却微弱得多"。

这"追忆"其实是种乡愁，"他是习惯于从回忆中撷取欢乐的，赌狗或吃大闸蟹，都能减轻乡愁"（以上引文皆自《对倒》）。

少女亚杏生于斯长于斯，生命是张白纸，任由现实涂抹。她的家庭贫困，父母不务正业无责任心，令她厌恶。香港社会疯狂的物欲、拜金、笑贫不笑娼、用不正当手段暴富等世态，都是污染剂。她没有能力，也并不想抵制污染，而是欣赏并渴望融入，不思刻苦努力，幻想平步登天，睁着眼睛，想入非非，翘首做富贵梦。

淳于白与亚杏，一个迷恋过去，一个寻求未来，都活在自己的绮"梦"里，惜乎前者旧梦难再，后者好梦难成。这种于人生的无奈和无力感，使整篇车喧人嚣、纵横捭阖的作品，弥漫着淡淡的悲凉。

浸入《对倒》心脾的，还有作者对香港前途的隐忧和迷惘吧。

二、"横"冲"直"闯，珠联璧合

《对倒》的结构，于松散、自由、放任中尽极巧思。

第一，它以两个人物的意识流动线，将历史与现实，个人与社会，淳于白与亚杏之间，自然地融汇沟通，把庞大、零散，彼此之间无关联的素材，缝合成有机的整体。

第二，它将两个人物置于同一社会生活舞台，以各自为叙述线，双线并行发展。

意识流与"双线并行发展"为结构《对倒》的纵横两条大动脉。它们"横"冲"直"闯，珠联璧合。

意识流的表现方法，应该说早已有之，但"双线并行发展"在当时尚属少见。采用这种写法的原因，作者称"写这部小说的促动因素是两枚相连的邮票：1972年，伦敦吉本斯公司举行华邮拍卖，我投得'慈寿九分银对倒旧票'双联，十分高兴。邮票寄到后，我一再用放大镜仔细察看这双联票的图案与品相，产生用'对倒'方式写小说的动机。'对倒'是邮票上的名词，译自法文 eye - Beche；指一正一负的双联邮票"(《对倒·序》)。

作者深知"双线并行发展"的写法"不易构成吸引读者的兴味线"(《对倒·自序》)，却甘愿冒此风险。

他有意回避小说的传统写法，做富有创意的实验。

传统小说一般都有曲折的情节，完整的故事，彼此有密切关系的当事人。但现实生活中，往往是人们各自在社会舞台上扮演某种角色，演出属于自己的戏。自己的这出戏也许与有些人的戏有瓜葛，但在大千世界、芸芸众生中，更多的是陌路人。

作者遵从生活的真实，撷取同一舞台上，众多陌路人中的一对，于无关联中找出内在的、人与人之间貌远实近、心疏而不离的基因。这种写法，容量大，比较灵活洒脱，也便于比较对照社会舞台上的各种角色，从而更好地完成人物"这一个"的形象塑造。

"双线并行发展"，并非各顾各挺着脖子直走，全然自扫门前雪。《对倒》中双线并行，时有关照、交叉，布局十分精细，颇见匠心。

全篇共分六十四节。除其中第十七、十八这两节将淳于白与亚杏合在一起叙述外，其余六十二节，两人各占一半。第十六节以前，两条并行线，人物的叙述顺序，单数是淳于白的路线，双数是亚杏的步履。在第十七、十八节的短暂会合，第十九节再分头出发时，作者已悄悄将单数线归亚杏，双数线换作淳于白。叙述角色次序的对倒，使整篇由淳于白开始，至淳于白结束，首尾叠合呼应，浑然一体。作者巧用电影蒙太奇手法，让并行的双线粘连推进，于明明暗暗中会合并进行人物对比，很有戏剧性。

小说的头三节，两个主角各自出发，先后走到同一闹市区。两人在路线上交会。

第四节写亚杏在街上捡了张猥亵的照片，回到家偷看了一番。这段结尾写着：亚杏"站在镜前，望着镜子里的自己"。

紧接着第五节开头即是："凝视镜子里的自己，淳于白发现额上的皱纹加深了，头上的白发增加了。那是一家服装店橱窗的一边以狭长的镜子作为装饰……"照着镜子，淳于白除感慨岁月不留情外，勾起的是"不能回忆年轻时的他"。

第六节亚杏仍在镜子里凝望自己："头发很黑。两条眉毛还是粗粗的……她有一对大大的眼睛。她有笔挺的鼻梁……也一直觉得自己很美。此外，还常常这样想，'要是有机会的话，走进电影圈拍戏，变成另一个陈宝珠！'或者，'要是有机会的话，走进夜总会唱歌，变成另一个姚苏蓉。'……"总之，对着镜子，她在"睁大眼睛做梦"。

第七节开头："镜子里的他，仿佛变成另外一个人了。……那不是一个值得欣赏的脸相。那脸相引起了莫名的惆怅，他甚至有点讨厌自己。""不敢再看。"

在第四节和第六节，亚杏虽已回家，淳于白还在街上，脱离了共同的现场，但一番照镜子的对比，反把他和她拉得更近。

第八节，亚杏继续在家里"做梦"。

第九节，淳于白继续想自己的心事。

第十节，亚杏又出门上街，看到了车后妇人的交通事故。

第十一节，淳于白在"交通恢复常态时"正站在对街。这节结尾写道："救伤车来到，使这出现实生活中的戏剧接近尾声。"

第十二节，开头即"这出现实生活中的戏剧正接近尾声"，亚杏由这起车祸想到受害的妇人家会怎样。

第十四节，淳于白由车祸想到"生命的脆弱"，想到太平洋战争爆发后原子弹夺去二十万人的生命，"心境沉重似铅"。对于同一事件，亚杏与淳于白的联想一个近一个远，一个窄一个宽。

接下来，两人不期而然到同一戏院买票。看到同一份广告。亚杏喜欢男主角，她想，"那男主角长得很英俊"，像她崇拜的意中人"阿伦狄龙"。淳于白的视线却另有所注："那女角长得很漂亮，有点像年轻时代的凯伦希丝。"这种对比令人莞尔。

第十八节很有趣。淳于白与亚杏正巧在戏院里并排而坐。

淳于白转过脸来望望她。

亚杏也转过脸来望望他。

淳于白想："长得不算难看，有点像我中学里的一个女同学。那女同学姓俞，不过，她的名字，我已忘记。"

亚杏想："原来是个老头子，毫无意思。如果是一个像柯俊雄那样的男人坐在我旁边，就好了。"

接下来，两人的心理独白愈发针锋相对。

淳于白看到影片上的一些色情镜头，觉得很不宜像亚杏这样的年轻女孩子，亚杏却对他因关怀而对自己的频频顾望，误认为"色狼"行为，不住暗骂他。

人与人之间的难于相通，难于互相理解以至于此，悲耶，喜耶?!

从第十七节到第二十二节，两人并肩而坐看完电影，两条并行线刹那相交，暗中迸发心灵碰撞，却依然陌路。

生活中，你、我、他多条并行线，也许偶尔会走在一起，但到头来，你还是你，我还是我，他还是他。

这其中隐喻暗示了许多人生哲学。

淳于白与亚杏走出剧院后，一个朝南，一个朝北，背道而驰，渐行渐远，他仍在触景生他的往日情，她依然不断做自己的富贵梦。

两条背行的双线内在仍有关联。

两人同在反刍前面的所闻所见，并继续引发各自的"梦"。但比较集中在对香港社会治安太乱的表现和严厉批评上。

淳于白感慨"香港已变成一座匪城了，劫案之多，冠于全球"。

最后，一天结束，男女主角都上床入梦。

亚杏梦里实现了自己的理想，在"一间现代化的卧房里，与一个长得很英俊的男人躺在床上"，她终于钓得金龟婿。但好梦不永，噩梦接踵，一个"狼头人身的怪物"把她逼到了"绝壁悬崖"。

淳于白在梦中与亚杏相爱。亚杏当是青春的化身。他白日做"梦"追逐逝去的青春，晚上亦在梦中竭力挽留。而最终却见"一条金色的巨蟒"像"绳索般地将他团团捆住"。

亚杏与淳于白各有各的心魔，日思夜想，终于幻化入梦。

无论"狼头人身""绝壁悬崖"，还是"金色巨蟒""没有出路的山洞"，皆非善道。足堪令人悲。

两人的"好梦"皆成虚幻，"噩梦"触目惊心。以此作为全篇实际结尾（第六十四节写淳于白晨运，当然亦有寓意）与《对倒》开篇时的一段描述遥相呼应，深意存焉！

架设沟通人类心灵的桥梁
——以《那一程山水》为例，试探彦火的旅游文学

潘耀明是香港著名编辑家、出版家，也是著名作家。

作为作家，他多以笔名"彦火"面众。

彦火的职场生涯没离开过文学，始终活跃在文坛和编辑出版岗位。

从 20 世纪 70 年代初，彦火开始文学创作，至今在中国大陆、香港、台湾出版了二十多本著作，其中第一部即旅游文学专著。他早年有过编辑《风光画报》的经历。出版于 70 年代初的《中国名胜纪游》，当是这份工作给他机会在祖国大江南北遨游。由此可见他与旅游文学结缘甚早。

相关的著作尚有《大地驰笔》《醉人的旅程》《爱荷华心影》及《那一程山水》等，显然旅游文学在彦火目前的全部作品中，占了不算小的比重。说明他对旅游文学的喜爱和重视。

所以研究作家彦火，不可不研究他的旅游文学成果。

《那一程山水》堪称彦火旅游文学的代表作，故本文即以其为例，管窥蠡测，试探其旅游文学的重要特色。

一、多声部合奏的交响乐章

职业需要、受邀访问、参加国际书展、赴美深造、探亲访友，以及度假休闲等，为彦火外出旅游创造了大好机会。

他的足迹不仅遍及祖国大江南北，更跨洋越海，远行异邦。

"河岸对河流说：'我不能留住你的波浪，让我保存你的足迹在我心里！'"如果将泰戈尔这句话中的"河岸"换作旅者，把"河流"换成游览地，那么游记便是旅者保存自己游览"足迹"的一种重要手段。

当今数码相机普及，即使非专业摄影者，只要将手中的相机或摄像机按动，都能留下自己足迹踏过的山水景物。但照片虽然直观，细腻地表现旅游时的闻见感受，还得依靠文字。照相机、摄像机永远代替不了旅游文学的书写。

彦火当年编辑《风光画报》的时候，就有职务性的拍摄任务，想来拍的照片定然不在少数，但他还是撰写了《中国名胜纪游》。

善于全方位、立体地表现所到之处，彦火的游记颇类由多声部合奏的交响乐章。

《那一程山水》中的四个专辑，即如四组交响曲。其中，除少量文章，如第四辑《湖山走笔》中的《我们自泰山来》，是取游记比较传统的表现手法，基本以作者旅游泰山的时间顺序，做线性的书写描述外，其余单元，大都是由从不同角度，不同侧面，自然的，人文的单曲独奏，结集轰鸣，形成完整阔大雄浑的交响华章。

如，第一辑《旅美浮雕》中的《爱荷华心影》，在他分别描述了萋萋芊芊的玉米带、落叶与松鼠、蜿蜒微漾着的爱荷华河，河畔恒久坚持垂钓的老人，聂华苓家无私对外开放的图书馆，以及赴美学习中国现代文学的台湾女留学生等之后，美丽、恬静、温馨、优雅、可爱的爱荷华形象，完美屹立。

第二辑《扶桑鳞痕》，从文本内容看，彦火的日本之行可能是公私参半，既有随团行走，也有脱团后的工作性访问。他的这组文字，显然多写离"团"自由行后的闻见感受。

这一辑，由《灵的抒描》和《速写东京人》两组乐章构成。每组乐章内仍含着多篇单曲。

《灵的抒描》以《望海的女孩》《更添情谊的藤泽》《小镇的真

趣》《那夜，风吕》《厚厚的苔意》《寄情山水花木》《冷艳的富士与乙女》和《土地的恋情》等为题，侧重描述了日本的山川花木，以及作者对日本民风民俗的生活体验与感怀。

《速写东京人》亦由《迫车与风化案》《摸黑上下班》《恪守信用》等十篇组成，分别记述了东京人的生活、工作、性格、教育，及待人处事的行事作风等，并做理性分析，探讨其利弊得失。

《扶桑鳞痕》可使我们对这个积怨甚深的邻国，多了些比较深入的认识了解，在民族血仇和崇洋媚外之间，找到应有的态度，有利于两国人民相互理解和心灵沟通。

彦火的父亲定居菲律宾，频繁往返探亲，使他有机会深入到菲律宾的城市和乡村，并亲身遭遇过暴雨灾害的磨难，接触了不同阶层的人物，尤其是下层普通百姓。由此催生他的"菲律宾交响曲"——第三辑《岛国风情》。

这一辑单列的小标题有十七个，如《茉莉花的 友谊》《充满色彩的国度》《醉人的绿流》《金灿灿香喷喷的三月》《风雨编织的故事》《温馨的人情》《风雨中的邂逅》《一度友谊之桥》《一盏椰油灯》等。他以深情的文笔，为菲律宾的花草树木、人文历史等分列专章，颂赞了这个由七千多个岛屿组成、热带海洋国家的色香味浓郁甜蜜的华美大地，及温馨醇厚贫贱不移志的善良人民。

笔者于 90 年代后期，曾应邀赴马尼拉参加菲华作家协会组织的菲华文学研讨会。行前被告知，菲律宾治安很差，绑架盛行云云；会中，有幸随新加坡一位女记者去拜访赞助会议的一位当地大富商，他的家不但大门外保镖林立，院落的道路有保镖列队，甚至在会客大厅，也坐着虎视眈眈的黑衣衫裤彪形大汉。马尼拉附近一些本应人流不息的著名旅游景点，门可罗雀。此行，加之传闻，给笔者留下菲律宾不可轻去的印象，从而忽视了她的美丽和可爱。彦火的《岛国风情》，改变了这一观念，菲律宾的旅游部门若用之做成广告，想必能招徕大批游客。

《那一程山水》的四组交响乐章，可谓各有千秋，曲曲精彩。但比较而言，第四辑《湖山走笔》中的《庐山组曲》，更见匠心。

庐山是闻名海内外的中国著名名胜，古往今来，不少诗人骚客和一般旅者，皆为之倾心倾情，赞美她的篇章，说汗牛充栋或许夸张，称比比皆是则名副其实。

作家彦火，登名山，亦情不能已。

彦火的《庐山组曲》，突出表现了他书写游记的创造性。有别于泰山游的写实，他的庐山纪行，颇具后现代装置艺术风格。他将浑然整体的庐山大卸八块，化整为零，肢解成雨、雾、山、路、树、花、茶、松、竹、石、园、湖、昏、牯、麓等板块，逐一加以深入细腻的描绘和认真透彻的研究。

将这些板块组装合拢之，完美的庐山颂，于焉诞生。

二、深入穷探，精描细绘，曲尽山水景物之玄奥

假如一个旅者，对所到之处，走马观花，粗枝大叶，没有全身心投入地认真观察，没有对美产生深厚的感情，即使有生花妙笔，也难写出绮丽感人的游记。

屠格涅夫说："要是你对美没有共鸣，随时随地遇见美却不爱它，那么，就是在你的艺术里，美自然也不会来了。"

彦火认为，穷探一山一水一景之玄奥，是写游记不可或缺的因素。这是他对游记的美学追求，自己也在竭力实践着。

写景状物是游记的必备因素，凡游记作者对此均颇多用心。这也是我们欣赏游记的一个重要着眼点。读者可能忘了某人的整篇游记写了些什么，而对其中有些美的言辞语句却往往能朗朗上口。如，李白的"两岸猿声啼不住，轻舟已过万重山"（《早发白帝城》），白居易的"孤山寺北贾亭西，水面初平云脚低"（《钱塘湖春行》），贺知章的"不知细叶谁裁出，二月春风似剪刀"（《咏柳》），韩愈的"天街小雨润如酥，草色遥看近却无。最是一年春好处，绝胜烟柳满皇都"（《早春呈水部张十八员外》），苏轼的"竹外桃花三两枝，春江水暖

鸭先知"（《惠崇春江晚景二首》），及朱熹的"等闲识得东风面，万紫千红总是春"（《春日》）等。

彦火是个细腻认真的旅者，对美有敏锐的感受力。

在爱荷华晨练跑步时，他犹不忘"驻足拈掇挂满露珠的小树，或跨进柔翠的如碧丝的草地，甚至跑到邻水的河边看水中鱼跃的一道银粼粼的闪光和圆圆的水涡的聚与散"。在藤泽奔赴参观聂耳纪念碑的路上，仍能发现一个穿着红色风褛、湖色小裙的日本女孩，"背立在海滩，眺望着脚下向她涌来的波浪，和那追逐着波浪的沙鸥"。

对周边景物能如此用心观察，所以彦火长于发现美，发掘美，并在游记中以简练、优美的语言再现，甚至提升美，别有创见。

山河美景，在彦火笔下，形象鲜明，生动传神。

闻名于世的加拿大尼亚加拉大瀑布，在他笔下："'未见其人，先闻其声'，尼加拉瓜瀑布轰隆、轰隆、轰隆，声大如三国里几百个张飞，不约而同地呼喝叱咤而来，身在十里之外的我，也不禁为之一懔。"用读者心目中勇而莽、怒目圆睁、所向披靡的张飞为喻，鲜活了尼加拉瓜瀑布超凡的气势和不可一世的张狂。令人一懔之余，又不免发噱。

他描绘的富士山，很像时而拒人千里之外，时而温暖可人的骄矜贵妇："富士山经年覆盖着大雾，但我们几次与她邂逅，她都是掀起盖头，笑脸迎人。晴日下的富士很美，但这种美，也是冷艳的，这不仅仅是富士的山峰经年积雪，而是她的整躯圆锥形体远看的色调也是冷的白与蓝，有一种逼人的艳光。"

精心提炼出自然山水景物独有的特点，是彦火写景的另一出色之处。

在第三辑《岛国风情》中，作者对热带岛国菲律宾，施以浓墨重彩。称其"是属于夏日的，艳艳的赤道阳光，常年照耀，十分绚丽；菲律宾的花卉，品类之多，即使是老练的花王，也难以一一数清；南国的花市是够热闹的了，而菲律宾的花市，就布满浮泛在太平洋的七千多个岛屿上"。

他描写椰树说：

"椰树是值得赞美的，它艰苦卓绝如苦行僧，因它的行脚遍及'千岛之国'的崇山深壑，因它热情健美如菲律宾女郎，所以又是天然的歌手和舞蹈家。

歌，是风起澎湃的椰涛，曼吟如鼓乐。

舞，是修长如少女柔发的椰叶，临风伴着她纤纤的腰肢而摇曳生姿。

风是鼓击手，风起，荡起一片绿色的舞姿；风过，奏起一阕雄浑崇美的交响乐。

舞蹈家邓肯，曾经向它学习过许多优美的舞蹈语言。"

以"苦行僧""歌手"和"舞蹈家"的独特形象塑造椰树的品格和动态，可谓匠心独运。

在《庐山组曲》中，他以"来也匆匆，去也匆匆"定义庐山的雨，言其"不似春雨，缺少那份缠绵，却很像秋雨，有一份潇潇的洒脱"。

称庐山的雾，"来得无踪，去得无影"，"更带有一份诡异，一份飘忽"，"有时你觉得是由山涧升起，有时是四海排空而来。有时如袅袅的轻烟，有时如缕缕的情丝，有时如万顷波涛卷来，有时轻盈如羽衣，有时沉凝如灰铅"。

说庐山的山，"引人入胜的地方之一，恐怕是那一份不经意的缥缈"，"你不管从哪一个角度看，她都是半藏半露的，隐隐约约的"，"有时，她仿佛沉浮于幽奥的山谷，顶峰被雪雾隐没了，仅剩山麓依稀可辨，宛如曾被倚天宝剑裁去了一截。有时，顶峰和山麓都秘藏，只露出山腰那么一角，如飘自天边，显得那么轻松"。因此，"庐山的迷人处，不是高耸的山峰。中国高山大岳多的是，但是论妩媚动人，庐山该是名列前茅了"。

谈到庐山的水，他一言以蔽之："庐山多雨，溪瀑如叶脉，纵横交错，密布全山……"

如此点睛、精炼的描绘，绝非神来之笔，是作者深爱着庐山，融入了庐山，研究了庐山，从而达到物我相知的美学境界使然。

诚如一位评者称：彦火是"那么欣喜而深情地去体会大自然的细致变化的韵律与喘息，并捕捉和珍惜着自然在和生命的融会，情感的交织处，唤起的那份感动和情思。就在一种彻底地融入、交汇里，我们同样感受到了彦火生命的美丽"。

三、从细微处入手，善写旅游中印记最深邃最鲜明的感受

但凡书写游记，尤其是文化人、作家，没有只对景物做不带感情、纯客观再现的，总会直接或隐晦地因景生情或借景抒情。好的游记都具有情景交融的品格。

从《那一程山水》看，彦火对所行之处，处处留情，深情款款。他善于以小博大，从细微处入手，写出自己在旅游中最深邃最鲜明的感受。

情由景生，直抒胸臆，或谈闻见感怀，或赞颂人性善良美好，是彦火游记文本的重要抒情方式。

看到小松鼠在树穴岩石建巢，得天独厚，享受着天籁的禽音，他会"不禁艳羡小屋的主人，结庐在此，也可颐养天年矣"！表达了作者对"采菊东篱下，悠然见南山"陶渊明式中国传统文人对超然世外、恬淡生活的渴慕向往。

在爱荷华晨练长跑时，他不期然想起何达的《长跑者之歌》，因之感怀："人生是一条漫长的跑道，每一个人都有一个起点，呱呱坠地形同一声起步的枪声，不管乌龟还是兔，或徐或疾，你都得迈开步子，只是有的人跑跑停停，有些人没有歇止。我钦佩长跑者的精神。"

参观完日本藤泽的聂耳纪念碑，他想到"一切对人类有贡献的人，都是超越国界的。正如他的荣誉，人们的崇敬和悼念之情，都是无限的"！

第三辑《岛国风情》中，作者还描述了一个个在自然灾难面前勇于面对、乐于助人的感人故事，对那些在苦难中开朗乐观、向他无

架设沟通人类心灵的桥梁

私伸出援手的普通百姓满怀深情，赞颂有加。

有时，在对一些社会现象体验考察研究后，作者也会直接做品评议论。比如谈到东京人的"恪守信用"，他说："东京人恪守信用，所以特别守时，不守时可以构成不守信用，不守信用可以构成不遵守诺言，不遵守诺言则构成蔑视对方，其结果是交恶或绝交。所以宁得罪小人，千万不要失信于东京人。"这段绕口令式的话，透彻地概括了东京人的行事逻辑。

隐晦含蓄，意在言外，也是《那一程山水》的一种抒情模式。

他同友人出发去体验日本的公共澡堂时写道："三人行，在夜的街巷，脚上的拖鞋嗒嗒的响声，划破小镇的睡梦，矮促的板屋在幽暗的灯影下垂低了头，像在反悔白昼的过失，只有消夜店的纸灯寂寞地在寒风中甩着头。我们走着，如走在古昔的路：冬夜、小镇、纸灯、深巷——是民初的，还是戏内的布景？"虽然这段文字侧重于对景象的客观描写，却也看得出来，作者十分欣赏和享受这种朦胧美的意境。

再如，在疾雨滂沱中，他跑去二战美军登陆的地方看太平洋风波时写道："疾劲的海风，卷起洪波万里的巨涛。而在风涛中却屹立着丛丛的椰树，如一个个历经沧桑的战士，在述说一个故事：日本人走了，美国人来了。"这段描述，曲折隐晦地叙述了菲律宾的一段屈辱历史，表现了作者对历遭外强侵略、灾难深重的菲律宾的无限同情。

彦火是著名编辑家出版家，职业的需要和便利，加之个人求知的勤奋，他好学不倦，博览古今中外群书，所以其为文旁征博引，与先哲沟通对话，也成为他文本书写的常态及重要特色。

概而言之，彦火的旅游文学观察敏锐细腻，文笔温婉唯美，结构缜密灵巧，旁征博引，睿智哲思，善于从自然山水、民情民俗民风和人性中，感受美，发现美，发掘美，提升美，从而创造了一个美丽温暖的有情世界。

古人把"读万卷书，行万里路"作为一种理想追求。因为这两者能使人开阔眼界，扩充知识，从而增长才干。大禹是在随父治水行程万里中悟到了"宜疏不宜堵"的治洪原理。孔子通过周游列国，印证自己治国安邦的所学。李时珍、徐霞客、马可·波罗、达尔文、哥伦布都是靠"行路"，写出了宏伟巨著或取得重大发现。

随着社会的开放，经济的发展，交通工具的便捷，旅游已经不再是少数人独享的权利，而成为大众的另一人生需要，成为一种生活时尚或生活方式。亲身实地的经历考察，即使尚无条件远游异邦异域，看看旅者写下的文字，也能增加对异国他乡的认识了解，从而消除一些成见、误解和隔阂；所以附丽于旅游的旅游文学的另一个重要功能，即能增进人与人之间的相互理解和心灵沟通，为人类友好和平相处架设桥梁。

或者可以说，旅游文学是一种桥梁文学。

彦火不但用创作实践表现了他对于旅游文学的喜爱和重视，更用行动，积极推动旅游文学的发展和繁荣。

早在1990年，皇冠出版社出版他的《那一程山水》时，他已在该书篇末的"代跋"——《一株魁伟的大树》中，谈到了旅游文学的光明前景："世界旅游事业发展到今天，已是十分蓬勃发达了。旅游文学应是大有可为，它将磅礴于文学之林而卓然蔚成一株魁伟的大树。"

基于如此识见，2004年他发起并联合四十家海内外文化团体、学术机构、作家协会、传媒、航空公司等共同合办了"世界华文旅游文学征文奖"；其规模宏大，征集稿件的数量之多，可谓罕见。继第一次征文活动，又促成了在香港中文大学举办的"第一届华文旅游文学国际学术研讨会"，同时催生了世界华文旅游文学联会，并担任会长。今年又举办了以"我心中的香港"为题的第二次征文活动，及第二届华文旅游文学国际学术研讨会。

为架设人类心灵沟通、友好和平相处的桥梁，彦火将不渝地添砖加瓦，奉献力量。

时空行走

——多样性的旅游

旅游，是人类在地球上的一种时空行走。我们每天上下班、探亲访友、逛街浏览商店等，只要迈动脚步，都是行走。旅游亦是一种行走。一种放下繁忙工作，放松心情，休闲自娱的时空行走。

"旅游"作为词汇并非新创，我国南朝著名史学家、文学家沈约的诗《悲哉行》里即有"旅游媚年春，年春媚游人"，初唐著名诗人王勃的《涧底寒松赋》中亦有"岁八月壬子旅游于蜀，寻茅溪之涧"。

旅游行为当出现在先，方有"旅游"一词的出现。

同为"旅游"，古人和今人有很大不同。

古人能有机会出游的人多为官宦和知识分子，一般百姓除经商者，受户籍所限、经济能力不足、缺少旅游意识等原因，甚少有人专门离家外出游览。

汉代史学家司马迁受担任太史令的父亲司马谈的教诲二十岁便开始游历天下，南游江、淮，上会稽，探禹穴，窥九疑，浮于沅、湘，北涉汶、泗，讲业齐、鲁之都，观孔子之遗风，乡射邹、峄，厄困鄱、薛、彭城，过梁楚以归。也就是说，他在长江南北兜了一圈儿。

北魏地理学家郦道元撰写《水经注》也因少年时代在父亲为官任上，以及自己做官后，得以两次随皇帝出游，行程万里，考察沿途的山山水水，拜访当地耆老宿绅，参观许多历史遗迹，眼界大开，头脑里充实了大量前所未闻的新鲜材料。

东晋的谢安、谢灵运，唐代的李白、杜甫，宋代的苏轼，明末的徐霞客……他们皆因各种原因足步山水走，心随山水转，诗意地流连于天地间，撰写出无数壮美精致的诗篇，甚至巨著。

旅游催生了旅游文学的兴起和发展。

描摹各地名胜风景的游记类诗文兴起于魏晋南北朝，自唐代起，记录"旅游路线"的作品也开始兴起，为了更详尽的介绍，还出现了配图版的旅行书。它们介绍行路路线，搜罗了一路途经的名胜古迹，细心给出投宿建议、食宿交通的收费标准，以及注意的事项等等。这些书籍不仅起到旅行指南的作用，更诱发出不多人出游的热情和决心。

陆游诗云："此身合是诗人未？细雨骑驴入剑门。"虽然古代旅游日渐兴盛，但古人出行比较艰辛。步行、骑驴、乘车、骑马、舟行……古代的路况更非今日可比，旅者的不少时间耽搁在路途中。

古人无论是宦游者还是骚人墨客，这类知识分子身份的出行者，对山水本就别有情怀，加之行路难、不得不放慢步履，在途中便有比较充足的时间流连山水间，融入自然，物我两忘，所撰写的记游诗文文学性甚强。

如果世上真有所谓上帝，真有所谓天国，那么进了天堂的司马迁、郦道元、李白、徐霞客等古人俯瞰今日的世界，该当何等艳羡！

别的不说，单就旅游而言，随着社会的进步，经济收入的提高，天上地下交通工具的便捷，国家之间的门户开放，只要时间允许，离家外出旅行成为大众的休闲娱乐，再不是文人和官宦者们的专享，且足迹所到之处之广博、山川风物之新异，实在让古人难望项背。

今人普遍认同"读万卷书，行万里路"的古人识见，希望在有限的生命里，通过旅游开阔视野增长知识陶冶性情，所以对旅游的热情与日俱增。世界太大，诱惑力太强。一般人出游都想在有限的经济能力和有限的时间里，多走走多看看。所以不同的出行样式应所需和条件产生。

走马观花式，在我国目前仍比较普遍。主要表现在出国旅游方面。时间或经济能力所限，想多观赏些地方，于是糖葫芦串式的东南亚、欧洲多国游等等，颇受大众游客欢迎。

此种步履匆匆，打一枪换一个地方，快节奏、高速度，对异域扫盲性质的游览，堪谓快餐文化。有广度少深度，娱乐性强，难有深入于心的认真体察。

那年我和一些文友去荷兰开会，会后共同参加了一次旅游。中国大陆的几位学者和澳大利亚、日本、美国、加拿大等数十位文友，同做了六天五晚的荷兰、比利时、法国、意大利、奥地利和德国等多国游。

说来惭愧，离开荷兰，第一站是比利时，只在该国门边看了三个天文大球。在古文物满大街的意大利，仅于米兰大教堂周围停留一个小时，时值米兰大教堂正遮面整修，旁边的名店街尚未开门迎客。到巴黎，夜游了塞纳河，远望凯旋门，但对久负盛名的巴黎圣母院和罗浮宫仅有时间目扫外墙，更遑论香榭丽舍大街、凡尔赛宫等了。车行至音乐之乡奥地利，仅有时间逛逛卖水晶饰品的店铺。晨起夜宿，终天多与旅游大巴为伴，参观游览时间有限，难能深入体验感受异国文化。粗粗一算，在各国分别观览的时间大概还不如乘旅游车在沿途加油站停靠的时间长。每天午饭食在加油站，购买送亲友的物品也多在加油站完成。所以我将此行戏名之曰："欧洲加油站考察之旅。"

各国加油站皆明亮干净宽广，饮食和商品内容基本雷同。其中只有德国加油站稍为有别，它的卫生间要收费，并有位膀大腰圆的守门员站岗，一个横钢管式装置拦路，不交买路钱休想进去。此行浮皮潦草，两位导游难以应付求知若渴的文化人，遇到路边有关文化知识性的建筑，只能提醒大家"往左看""往右看"。大家索性不再提出讲解要求，一位有准备的文友把手机下载的有关资料，一路念给大家。

虽然此行旅游得十分粗放，但事后回忆起来还是十分美好。一者难得有许多文友相伴；再者，荷兰多姿的风车、巴黎风光无限的塞纳河两岸，历史悠久的米兰和科隆教堂，德国的新天鹅堡，遥远的阿尔卑斯山，奥地利的施华洛世奇水晶店等，往日影视或图片中的所载，终究多多少少成为自己眼中的风景。

类似我所经历的这种旅游，目前带有普遍性。旅途中眼花缭乱赶路忙，少能有古人慢节奏的闲适品位，即使回家后可以对着照片追忆所到之处，却难有当时当下的心境。

除了扫盲游，其他旅游方式日渐增多，可谓五花八门，百花齐放。

比如背包游，专城游，专题游，以及旅居游等。

所谓背包客也称驴友。泛指三五成群或者单枪匹马四处自助游逛的人，他们主要以群体登山、徒步、探险等寻找刺激为主，提倡花最少的钱，走最远的路。自由任性，随心所欲。目的在于通过游历认识世界，认识自我，挑战极限等。这类旅游多以年轻人为主。

专城（专地）游是专门去一个城市或某地进行旅游。这类有适合国内的节日小长假。

专题游，即循着一个文化主题进行旅游。如：寻觅美食，走红色路线，探究丝绸之路，追访作家艺术家足迹，等等。

专城专地专题游，适合不同游客的需求和品位，体现出旅游的精致化。

我今年8月下旬9月初，即参加过一次为纪念中国抗日战争胜利和世界反法西斯战争胜利七十周年、由中国世界华文文学学会和中国世界华文文学联盟等单位组织的一次专题旅行活动。

海内外学者和华文作家数十人，从广州乘飞机飞赴云南芒市。在从芒市到腾冲，我们乘坐旅游大巴奔跑在举世闻名、英雄的滇缅公路上。

1937年卢沟桥事变，日本全面发动侵华战争。为打通国际交通线，滇西二十万同胞毅然抛家舍业加入筑路大军，他们开山辟土，无数百姓被人力推拉压路面的大石碌子压成肉饼，以血肉之躯筑成了滇湎公路。这条路由中国云南省昆明通往缅甸，与缅甸中央铁路连接，直通缅甸原首都仰光港。

这条路修建竣工未久，1938年日军进占越南，滇越铁路中断，滇缅公路就成为中国与外部世界联系的唯一国际运输通道，在第二次世界大战东方主战场中，扮演了重要的角色。

当年南洋华侨机工就曾在这条路上奉献过宝贵的青春。

从这条公路，由缅甸仰光运送回外援和购买的大量客车、卡车，装载着战时短缺物质驰回西南大后方。

汽车成为这条路上的灵魂，有了汽车，这条路才有了生命，才能发挥作用。从1939—1942年的三年期间，滇缅公路一共抢运回国一万多辆汽车。汽车问题解决了，却面临大量司机和修理人员的短缺。这时旅居海外的华侨向祖国伸出了救援之手。

东南亚华侨领袖陈嘉庚先生，在得知祖国的需要之后，发出了"南侨总会第六号公告"，号召华侨中的年轻司机和技工回国参加抗战，与国家一同战斗。

通告当即得到响应，众多爱国华侨踊跃报名，有的甚至放弃了优越的工作和生活条件志愿回国。援助抗战的华侨前后共有3192人。他们被称为"南洋华侨机工回国服务团"，先后9批回国。

离别之时，父母送子、妻子送郎，场面壮烈感人。当时在新加坡的码头马六甲，送别场景人山人海，包括许多外国友人。那一批回国的南侨机工共500人左右，他们站在船的一边挥手告别时，船都被压歪了。

南洋华侨机工们到达后，都进行了两个月左右的军事训练，尤其是防空知识在滇缅公路上抢运物资之时，起了非常大的作用，拯救了很多机工的生命。在前面几批南侨机工已经投入到紧张的运输工作和修理工作时，后面几批南侨机工们也紧跟着前往祖国。

滇缅公路一共抢运了50多万吨军需物资和15000多辆汽车，另有无法统计无计其数的其他物资及用品。抗战中中国军队的物资和装备几乎有一半是通过滇缅公路运进来的，运输这些物资的汽车，正是由南侨机工们和其他司机一起驾驶。

如果滇缅公路意味着抗战的物资保障，归国服务的南侨机工们就是运输这物资的人。他们为抗战做出的贡献，正如"南侨机工抗日纪念碑"底座上书写的四个大字"赤子功勋"。

当年回国服务的南侨机工共有 3000 多人。有 1000 多人因战火、车祸和疾病为国捐躯，另有 1000 多人在战后回到居住国，而剩下来的 1000 多人则一直留了下来。目前，幸存者不及百人……

陈嘉庚先生生前一直对那 1000 多名南侨机工的牺牲感到不安，他嘱咐后人，每隔几年要去云南昆明代他祭奠那 1000 多名长眠于云南的华侨青年。

从 80 年代初起，因为工作，我就不断跑云南，前后三十几年，不知去过多少次，这次所到之处也曾多次行走，但都没有这次在历史性时刻专题性旅行对我的心灵触动深。

旅居，是新近流行起来的另一种旅游方式。

相对旅游而言，旅居是旅者在一个地方或一个国家住下来，利用比较充裕的时间，细致地观民风品生活。

同旅游相比，旅居是一种慢生活。

20 世纪 80 年代末期，意大利人首先倡导"慢生活"方式，他们希望放慢生活节奏，主张"慢餐饮""慢旅游""慢运动"等。这里的慢，并不是速度上的绝对慢，而是一种意境，一种回归自然、轻松和谐的意境。专家认为，从某种意义上说，"慢生活"是一种积极的生活方式，是一种健康的心理状态，是一种"富"的充实、"穷"的快乐的生活状态，"工作再忙心不乱，生活再苦心不累"。

不知从何时开始，我们身边多了群慢游族。他们一般不会选择一天之内跑三四个景点的跟团游，而是随心所欲随意适性地停停走走。每到一处，都会放慢脚步，慢慢地体验领略地域人情的微妙，慢慢逍遥休闲吃喝引朋谈笑，慢慢参观游览，对自己感兴趣的所在驻足。

慢游族的享受方式应有尽有，既适用高端自助游，也适合无钱打工穷游。可以乘兴而起，兴尽而归，若南朝人王子猷雪夜访问隐士好友戴逵。

现代都市生活节奏紧张，许多城市人出游开始倾向于选择度假旅居式的休闲慢旅游线路。

尽管慢旅游以游客自行发起为主，但嗅觉敏锐的旅行社已经关注这一动态，开始在短途游线路上推出自由行的懒人游概念，即在某个地方某国家住下来，每天的作息、旅游景点和路线，完全由游客自行决定。

对旅居性质慢游族来说，讲究富的充实，穷的快乐。家底足够厚的人，把精力更多放在生活新理念的追求上。而对于穷游的人，也能游出个性和精彩。住几十块一晚的家庭旅馆，坐公交车代步，吃饭专找当地人聚集的小食摊。日出日落，雨浓风骤，都会令旅程增添无穷乐趣。慢旅游也是漫游，不强调赶场，不规定内容，而是随心所欲地起坐住行。

需要说明的是，移民不是旅居。地球村观念的树立，人们对别样生活的追求向往，离开出生国，落户成为另外一个国家国民的人越来越多。这种移民定居，异国已成为"家"的"旅居"，非旅游性质的旅居。

诚如台湾政治大学英语系教授胡锦媛所说："旅行之所以与'流放''流浪''流离'或'移居迁徙'不同便在于旅行者终究将回到原先所出发离去的'家'。"（转引自陈美霞《当代台湾旅行文学论述：大众文化与性别视野》，《华侨大学学报》，2009 年第四期）

具体而言，旅游是一个"离与返"的起点和终点。离开的是家，返回的亦是家。家就是旅行结构的坐标，明示着一段流程的开始与结束。与家这个坐标对应的是旅行的目的地，即离开家到达的地方，亦是终点返家的地方。家——目的地——家，构成了一个完整的旅行结构。

旅游的多种样式表现了多元社会的多元需求和多元文明。

旅游是认识世界的过程，也是认识自我的方式。对世界认识了解愈多，对自我的了解认识也就愈深。这自我，即指个人，也指所在之国。

旅游催生了大量旅游文章，尤其网络的发达便捷自由，人人都可以点击键盘记下自己旅游的闻见感受。如同旅游的多种样式，游客的身份爱好有别，旅游的文章自然良莠不齐，其中不乏精品和专著。

旅游文学在大众不同层次的旅游中，不断发展繁荣，成为文学创作家族中健硕亮丽的重要成员。

唤起同胞对历史的温情

——台湾著名历史小说家高阳

高阳，本名许晏骈，浙江杭州人。他善写历史小说，也是著名红学专家，读者遍布全世界华人社会，有"有井水处有金庸，有村镇处有高阳"之誉。

他的历史小说有《李娃》《荆轲》《少年游》《缇萦》《王昭君》《大将曹彬》《花魁》《正德外记》《曹雪芹别传》，以及最为大陆读者所熟知的《乾隆韵事》《慈禧全传》《胡雪岩》等。这些也不过是他近70部著作、约2500多万字中的部分而已。他的作品一般都先在报纸上连载，然后结集出版。他平均日写3000字，最多的时候，同时为五家报纸写作。辛苦如此，却不用助手。

去年4月初，上海复旦大学主持召开全国第四届港台及海外华文文学研讨会。代表来自中国大陆、香港、台湾，以及新加坡、美国，可谓盛友如云。当会议主席宣布来宾名单中有高阳先生时，大家热烈鼓掌，对他的光临尤为兴奋。他清癯、潇洒，颇有中国传统知识分子的味道。在掌声中，他做了简短的致辞。可惜他的话本来就说得少，再加上较重的乡音，能送进听者耳朵里的就所剩无几了。

在会议期间想见到高阳先生不大容易，因为他1949年离开大陆后四十年第一次归来，家乡杭州近在咫尺，上海也曾是他读过书的地方，亲朋好友闻讯而来，每日欢聚；再者，他还要挤出时间逛书市，访旧地。他说大陆的书太便宜了，不多买些太可惜。

说他嗜酒如命，可能并不过分。酒对于他是食粮，是兴奋剂，是话匣子，几杯酒下肚后，人全然鲜活了起来，一改寡言少语为滔滔不绝。这是与高阳聊天的最好时机，也是他最不吝啬语言、思维尤其敏捷的时候。会议结束的晚宴上，大家都忙着穿梭敬酒告别，他却坐在桌旁，一杯又一杯独酌，似乎无暇他顾，他自称是"高阳酒徒"。

至今，当时的与会者中还传着这样一段佳话：会议结束时，高阳在宾馆门前贴了一张启事，遍告同他合过影的诸位，请把照片寄到某指定地点……

在杭州亲自料理完父母迁葬的事后，4月中下旬，高阳来到北京。

他的不少历史小说都以北京为背景，对这里的风土人情、重要名胜都曾有过十分详尽的描述。读者会毫不怀疑，作者当然是位北京通。哪承想，此行竟是他有生以来第一次进京！

虽然是头一回，可他走进故宫，东南西北熟得很，好似"老友"重逢，用不着任何人介绍。

许家是士族，历来有不少京官，现在仍然有许多亲朋好友，所以一到北京他又"陷"入重重包围之中。新朋自不待言，慕名的学术界、新闻界、出版界，甚至香港大名鼎鼎的导演李翰祥也特意北上追踪而至。

我作为高阳作品的崇拜者，趁陪他游长城和十三陵的机会，就历史小说的创作问题向他请教。

他有一段话颇令人深省："历史是我写作的主要题材，也是我的兴趣。搞历史的目的之一，就是唤起同胞对历史的温情……国学大师钱基博说过，对历史有温情，民族才有办法。的确如此，了解历史，了解民族的创造多么艰难，民族才会有向心力，才会团结起来，不然，民族的感情定是淡薄的，这个民族就好不起来。"这也许正是高阳偏爱和选择写历史小说的主要原因。

高阳还对我说，他坚持新理性主义，历史观基本上是保守的、传统的，但传统里也有很多不合理的东西，对此他断然扬弃。他认为，从前讲丁忧，父母死了，要回家为父母守制，再大的事情都丢下不管，而去尽个人的三年之孝，这毫无道理，多少有些虚伪。他说："我就不会去赞扬这种事。我选择题材和下笔描写，要有客观的标准，取持平的态度。我要做律师，不做法官，不把人物轻易否定，不是确实证明他们行之有愧，我总采取辩白的态度。"他还认为，历史小说也是现实（过去）的反映，人生的反映，所以我们必须掌握当时的主要特征和主要势力。如明末，政治上的中心势力就是宦官和外戚，那种情况是最糟糕的。清朝的中心势力是八旗，八旗得了天下后，从康熙开始就极力培养知识分子，那时的中心势力又转为翰林等读书人，一直到光绪。后来又恢复重用旗人，就完蛋了，这是没落的征象。

高阳过去一直在军队供职，写历史小说开始于1962年。当时，他刚由军校文官转入新闻界。在这以前他主要写散文、杂文，出版过几本现代小说，如《避情港》《桐花凤》《红尘》等，大都是些爱情故事。

以后《联合报》有位编辑请高阳写历史小说在报上连载，他从小喜欢历史，便答应试试看。第一本写的是《李娃》，刊登后反映不错，从此便欲罢不能了。

谈到《李娃》这本书，他告诉我，当时的制度为什么有那么严重的矛盾冲突，原因要讲清楚。历史小说基本上有一个要点，要从历史本身的事件、制度里头把趣味挖出来。如自唐朝开始的考试制度，不能死板板地讲理论，要用写故事的方式把它们介绍出来，大家看了就比较有兴趣。还有唐开元年间有很特殊的风俗，如唱挽歌，节度使很有钱，不少人家里常常大办丧事大宴宾客，这就可以把悲伤的事化成娱乐性。高阳说："李翰祥的古装电影与别人不同的地方就在这里，他能把里面的故事、趣味挖出来，大家就比较容易接受。"

我问他，怎么样才能挖掘出趣味来？

他举了《慈禧前传》里杀肃顺的故事。刽子手从出场到刑场，这里头有很多讲究，一般人都不晓得，如果能描写得很详细，就要下功夫研究，如对"砍头"，我们过去有很多误解，像描写北洋军阀军警执法队在天桥拉着辫子就往下砍，这是不对的。正确的应该先是用手把刀摆正了推，像切火腿一样，按纹理切下去，这样就很轻松。怎样才能保全尸？脑袋脖子一分家肉马上就翻开了，缝上去非常困难。本事大的刽子手，就可以从后脖颈切过去，前面还能连着皮，这当然要花钱才成。如果把这个奥妙描写出来，读者就会觉得很有趣味。

听了他这一番话，我又翻开书看了看这段的描写：

"说'斩'，说'砍'，实在都不对，应说'切'。反手握刀，刀背靠肘，刀锋向外，从犯人的脖子后面，推刃切入。大致死刑的犯人，等绑到刑场，一百个中，倒有九十九个吓得魂不附体，跪都跪不直。于是刽子手有个千百年来一脉相传的方法，站在犯人后方，略略偏左，先起左手在他背上一拍，这时的犯人，草木皆兵，一拍便一惊，身子自然往上一长，刽子手的右臂随助推刃，从犯人的后颈骨节切进去，顺手往左一带，先锋拖过，接着便是一脚猛踢，让尸身前仆。这一脚踢得要快，踢得慢了，尸腔里的鲜血往上直飙；就会溅落在刽子手身上，被认为是一件晦气事。"

如此这般，光割肃顺的头就写了洋洋几大页，读起来不但毛骨悚然，而且颇有兴味，没想到刀起刀落的刹那间竟有如许文章和学问。

可见历史小说同现实作品创作一样，细节的生动真实十分重要。

但现代人与古代的生活十分隔膜，描写真实的细节很不容易，我问他如何克服这个困难，他说，要先给自己设想许多疑问，然后进行研究和访问。就刽子手行刑这件事，他曾查阅过不少资料，后来问到一个朋友。那个朋友告诉他，自己堂房有个舅舅就是刽子手，大家都讨厌与他应酬。与他同桌吃饭时，他老看别人的后脖子，好像在琢磨怎么切容易，你说吓人不吓人！

高阳的历史小说范围很广，从秦汉至近代都有所反映。由刺杀秦王壮志未酬的荆轲，直至近代的政界要人汪精卫，其间著名的帝王将相、才子佳人、英雄豪杰、富商大贾等都在他的作品中有所表现。如果把他的70多种书从头至尾读了一遍，所看到的不只是千姿百态的人物和饶有兴味的故事，还包含了中国政治史、经济史、地理史和文化史，真是一座庞大的知识宝库！

高阳何以如此博学？他说都是看书看来的。他酷爱读书，也懂得如何发掘资料。他认为一般人都看过不少书，只是不知道该如何利用，更不要说找出资料间的相互关系了。

他读史书十分注意地理环境。他认为历史的重心在经济，经济的重心在交通；如果不了解中国的几条大河——黄河、长江、运河——就无法了解政治上兴亡致乱之所由和社会经济的发展。为此，他对每条河都做过认真的研究，包括历史沿革、有多少支流、通到哪里等，他都了如指掌。比如《儿女英雄传》讲嘉庆时的事，其中说安学海到了有名的水陆码头王家营子，当时这里是个很热闹的码头，可是后来由于黄河决口改道荒废掉了。如果不了解这段变故，就容易写错。

他研究地理环境，是为了研究经济关系，然后引到人文状况，以便把笔下的人物还原为历史的本貌。

高阳搜集资料的能力说来很为惊人。有一年他写董小宛的故事，托在北京经商的本家亲戚、美籍华人许以祺先生代找资料。他指名道姓地要得到李天馥写的《容斋千首诗》，特别关照只要康熙年间刊本（后附有"古宫词"百首）。他还说明某某人有这本书，并听说已捐给中国社会科学院。这件小事例可以看出他写小说的同时也是在做学问，十分精细和认真。

陪同高阳从长城、十三陵回来之后，他送我一本北京中华书局出版的《梅丘生死摩耶梦——张大千传奇》。翻开细读，吸引我的不仅仅是这位艺术巨匠的浪漫生涯和艺术造诣，更使人叹服高阳的广博学识。是他，使这本17万字的传记成为一座琳琅满目的艺术画廊，满储着各种宝贵的绘画知识，尤其是对艺术的鉴赏和裱画技术的描写，使我惊叹不已。

这类传记作品高阳只是偶然为之，他的拿手戏当然是历史小说。

刻画历史人物和描写当代人物，在艺术手法上应该说并无二致，但如何能使人物真实，这是至关重要的。

52　　　高阳认为形成人物个性特点的，古往今来皆有共性，比如，教育程度、家庭影响、政治背景等等。掌握了这几个方面，就能对人物有预见性。怀才不遇的当然爱发牢骚，很重感情的人往往到大事时为私人情感所支配。慈禧太后为什么能驾驭那么多人，她有什么特长，连恭王都怕她？能干的人有的是，为什么偏她行？诸如此类，都必须掌握得当。要研究慈禧和那段历史，不可不认真读读高阳写的《慈禧全传》。

我读过高阳的几本现代小说，写得也蛮有味道。问他为什么不再写下去？他说没有时间了，历史小说很花时间，要看很多书，每天用四个小时读书。看一天书写不到一段，东找西找，还要附带做考据工作。他的小说里用了很多考据的成果，像对《红楼梦》的考据，对乾隆身世的考证就用在了小说《曹雪芹别传》和《乾隆韵事》中了。

高阳这次回大陆会见了一些红学专家，本来约好当年 10 月再来京参加国际红学讨论会，因为形势变化，会议延期，没能来成。四十年后的第一次来归，略偿了他怀乡心愿，却留下了更深长的眷恋。

以前他不敢离开台湾远游，因为经常要同时完成几家报纸的连载稿，自从有了现代化的图文传真，不论他到哪儿，稿子当晚都能移转到报社了。

目前，他正完稿一部 30 多万字的长篇《安乐堂》，它以明孝宗的故事为题材。

我问到他将来的打算，他说计划认认真真写楚汉相争那段波澜壮阔的历史故事。写完这本书后决心封笔，专门从事考据。

高阳的诗也写得很好，他的才华是多方面的。他生于 1926 年，现已年逾花甲，在《生日述怀》中，他倾吐了自己的心愿：

> 一枝鹪借凤城东，
> 小视长瓶花数丛。
> 笔底每惭名不称，
> 书中真觉味无穷。
> 渐消剑气萧心白，

犹斗诗肠酒胆雄。

倘问余生何所愿，

环瀛万里补游踪。

　　最近《高阳小说选译》由香港以中英对照方式出版。英文序言中盛赞高阳在历史小说上的"卓越成就"，并认为他是少数几个值得向英语世界介绍的中国作家之一。

坚持理想无怨无悔
——台湾著名女作家陈若曦

为离开美国回台湾定居，与数十年相濡以沫的丈夫分手；再婚后，又因政治上的统、独观念尖锐对立，重返独身。这位女性，就是鼎鼎大名的台湾作家陈若曦。

这两次婚姻的抉择，绝非一般女子所能为。

20 世纪 60 年代初，陈若曦毕业于台湾大学外文系。在校期间，她与同学白先勇、王文兴等共同创办了载入台湾文学史册的《现代文学》杂志。以优异的成绩毕业后，她给美国四所名牌大学提出留学申请，四所大学都愿意给予全额奖学金。她最终选择了美东著名的七所私立女校之一的蒙何立克，后来转读约翰·霍普金斯大学写作系，与同校力学博士段世尧结成夫妻，并决定，毕业后同回祖国大陆，用所学建设社会主义。

《陈若曦七十自述——坚持·无悔》一书中，谈到这段回大陆的经历时，有这么一段话："人在美国，自己都不想当美国人了，哪能让孩子生在美国呢。我希望自己的孩子生在台湾或祖国大陆。""我这一代中国人，生于日本统治时期，民族意识特别强烈，感叹中国百年积弱才备受外侮，知识分子当以天下为己任，且先天下之忧而忧，学成报效祖国是理所当然之事。"

1965 年 6 月，夫妻两人一同毕业，一位力学博士，一位文学硕士，放弃美国的优越生活，束装迁回欧洲，经中国驻法国大使馆联络，终于在 1966 年 "文革" 之火正如火如荼燃烧时，落脚北京。之前，在国外已得知著名作家老舍投湖自尽的消息，也没动摇两人的决心。

在那个以阶级斗争为纲的年代，有海外关系者人人自危，何况新从美国归来的他们。一入国门，可谓步步艰辛。在北京等候工作安排时，为了给国家节约，主动要求将伙食待遇从甲等降至丙等，并志愿到西部偏远地区服务，只希望所学能有所用，发挥己长。

最终，两人被分配到专业不对口的南京华东水利学院，其间的遭遇可想而知。最大的收获是两个儿子都出生在了中国。七年后，陈若曦和丈夫离开大陆，落足香港。因拒绝认同"政治难民"身份，未能重返美国，她说"向外国政府控诉自己的国家，我做不到"。最终以技术移民移居加拿大，数年后，受聘美国大学，方到美国定居。

陈若曦著作丰厚，至今出版了《尹县长》《完美丈夫的秘密》《远见》《纸婚》《突围》《慧心莲》《青藏高原的诱惑》《我们那一代台大人》等短篇小说集、长篇小说及散文集等40余部，并翻译成多国文字。曾获台湾中山文艺奖两次、联合报小说特别奖、吴三连文艺奖、吴浊流文学奖等。她是世界华文文坛的著名作家，其作品评论者众，并有大陆学者撰写的评传列入中国作家协会主持的"台湾作家研究丛书"，在北京出版。

作家的成名，往往不是靠作品的数量，丁玲的"一本书主义"固然惹争议，但令一位作家成为"大众情人"，必由某篇或某部作品获万众瞩目使然。古往今来，多能列举。

陈若曦的声震文坛，得力于20世纪70年代的一部"文革"小说《尹县长》，为此她受到海峡两岸当时最高领导人胡耀邦和蒋经国的接见。可谓殊荣空前。

尽管回归大陆岁月，让出生于台北附近下溪州的陈若曦失望过，但她的爱国心，企盼祖国统一的愿望，却始终没有因之动摇。

在大陆改革开放后，她自觉承担起海内外文化交流任务。她在柏克莱的家，经常高朋满座，盛友如云，有"陈若曦旅馆"之誉。海峡两岸到美国的作家，下榻其家多日盘旋，组织座谈演讲，受其热情款待者，不胜枚举。大陆老中青作家，如艾青夫妇、王蒙、丁玲、沈从文、萧乾、萧军父女、吴祖光、曹禺、英若诚、茹志鹃、王安忆等等大约五十多位，曾在她家留下过深深浅浅的足迹。

同美华作家王性初、戈云1988年8月在美国柏克莱陈若曦家有感于大陆的作家协会组织，为便于文学交流，她决心把海外散沙般的华文作家组织起来。海外地区辽阔，作家多若繁星，她决定先团结女性，时机成熟后，再扩而大之。策划"海外"的定义时，她"相信，中国必会统一"，所以"'海外'首先排除台湾和港澳地区"。1989年7月，她发起成立了"海外华文女作家联谊会（后改称协会）"，并担任首位会长。至今海外华文女作家协会仍健康蓬勃开展活动，会员遍及世界各地。我曾在德国法兰克福和上海，参加过她们两次隆重的双年会。

陈若曦的生命足迹和生活内容潮起潮落，色彩斑斓。翻阅履历，在南京华东水利学院后，又曾任教于香港新法书院、柏克莱加州大学东方语言系、台湾"中央大学"及慈济医学院等。还当过房地产经纪人、报刊编辑、"中央大学"驻校作家、第一届南投县驻县作家、台湾著作权人协会秘书长。现为台湾"中国妇女写作协会"理事长，台湾大学驻校作家，晚晴协会、荒野保护协会和银发族协会终身义工。

我与若曦结识甚久，在她美国的家、台北、上海、北京，曾多次相聚，但联系比较频密是今年4月我邀请她参加了"四海作家赴滇西采风"行之后。

5月，应成都报业集团邀请，她赴成都察看灾区重建情况。7月酷暑，她从内蒙古飞来北京，小住数日后，赴西安参加了"情系长安——两岸文化联谊行"活动。我满以为她今年的大陆行该画句号了，不料9月同余光中又应邀去上海参加了"同根·同文·同心"的文化讲坛。

以增进两岸文化交流，促进祖国和平统一。作家陈若曦，始终不渝地实践着。

走笔至此，脑海里突然出现了一个短发，T恤，拖着拉杆箱的精干身影。

台湾杰出乡土文学作家黄春明

　　元月 2 日上午，接到黄春明、林美珠夫妻从台北打来的拜年电话后，心里一股暖流涌动，唤起了在刚刚走过的 2006 年，与他们夫妻多次相聚的美好记忆。

　　去年春天，参加中国作家协会组织的赴台访问团首站落脚台北。接了我报到的电话，当晚他们夫妻立刻赶到宾馆看望；在结束访问临别前夜，又郑重设宴，并邀请了陈映真伉俪、尉天骢、李瑞腾伉俪、季季等作家朋友，一同聚会送行。

　　时有感慨：一些作家只能"远看"，不能"近瞧"。"远看"指看其作品，"近瞧"指视其人品；往往在作品里表现得高风亮节、正义凛然，为人处世却蛮不是那么一回事。

　　我十分敬重黄春明的原因，就是因为他的作品和人品协调一致，既可"远看"，又经得住"近瞧"。

　　2000 年秋，黄春明荣获我编的那个杂志的小说奖，参加完在昆明举办的颁奖活动后，同来自世界各地的华文作家，共做云南境内的广南游。

　　广南一带较多少数民族地区原始风貌，很值得一看，但当时这里尚不是旅游线路，道路颠簸，住宿条件较差。在往返十几天的行程中，黄春明总开开心心随遇而安，上车下车主动协助接待方为大家装卸行李，耍宝搞笑娱乐团友。在一次篝火晚会上，他答应送给两个献茶的少数民族小姑娘学习用品，回台湾后很快寄去不忘兑现。那次活动中，他曾深情地题下："云南名声引我来，来后我心带不回。"

出生于台湾宜兰的黄春明，于1962年步入文坛，其《儿子的大玩偶》《看海的日子》《青番公的故事》《锣》《溺死一只猫》《我爱玛莉》等小说创作，代表了台湾乡土文学的最高成就，在世界华文文学界亦颇负盛名。台湾当局曾许以高官，拉他进入政权核心，都被他回绝了。所以他的这个题词，颇存深意，令人感动。

　　2006年我与黄春明第二次相见是11月。他应邀参加第五届全国作家代表大会，入住北京的莱佛士酒店。我去看望，先在香港作家代表潘耀明处小坐，然后一同到了他的房间。很巧，黄春明的所在，竟然曾经是孙中山当年下榻过的。他半玩笑半认真地说，昨晚他们夫妻在这间豪华、精致的房间里，东看看、西摸摸，一夜舍不得睡；受此隆重招待，觉得有点奢侈，很不敢当。

　　潘耀明邀请他出席11下旬香港召开的"世界华文旅游文学国际学术研讨会"，以及随后于12月初仍在香港召开的成立"世界华文文学联会"会议。我已受邀，便竭力拉他前往。他在台湾的活动日程已经排满，经不住我们的一再动员，当即让妻子打电话给台湾的助手，商量了时间的腾挪，最后说定赶到香港参加第一个会议在中央图书馆举行的公开演讲。

　　香港的两个会议，有三四天的间隔。黄春明如期履约做完公开演讲后，和我一样，等着参加下一个会。同会的美国华文作家尹浩镠医生邀约我和黄春明伉俪共做深圳游，说要请我们去好好休息享受一番。我以为是度假村之类，欣欣然。

　　那天，尹医生带我们去的所在，门面高大堂皇，刚迈进去，便见一群衣着华美的俊男靓女此起彼伏朗声邀客，除尹医生外，我们三人立刻被这阵仗吓得直往外跑。只见黄春明本来不大的脸，似乎突然缩小了一半。我脑海里闪过了电视剧里看过的风月场。尹医生一再解释这里很正规。黄春明辞谢说，自己是个土包子，从来不到任何娱乐保健场所，在台湾住在温泉附近，也绝不光顾，早年曾在外企任职，有汽车配备，那时多数人尚未有车，自己也就轻易不用。

　　尹医生见状，便为我们做了另外安排。后来和深圳的出租车司机，以及香港文友说及此事，皆笑谓：想去而不得！

"世界华文文学联会"成立会议，于 12 月 1 日报到。当晚，会议主办方——香港作家联会，特别举办了一场"黄春明文学座谈会"。来自世界各地的几十位华文作家和评论家在座，聚精会神地听他诙谐幽默的演讲。他说，自己永远忘不了宜兰乡下秋天雨后的黄昏，忘不了小桥下的流水，还有田野间小童骑在水牛背上向他微笑的情景；在文学日益市场化、商品化的今天，自己仍然坚持着一贯信念："绝对地赞成以真挚的人生态度为基础关心人，关心社会的文学"；作家要有社会良心和责任，一旦为名利写作，文学便成了商品，出卖了灵魂。

听着他的这番话，我不由得联想起文学界关于他的一些评说：黄春明喜欢简单普通的生活，更喜欢普通人，普通人也喜欢他，回到故乡，住在他所深爱的土地和人们中间，他很快乐。诚如陈映真所言："黄春明的人民性很强，对人有最大的热诚和兴趣，无论大人、小孩、男人、女人、贩夫、走卒，都喜欢跟他说话，瞎眼的、瘸脚的，甚至疯子、白痴都有办法沟通，叫旁观的人叹为观止。"美国汉学家葛浩文也表达过类似的看法："黄春明既是乡下人，又是大都市的市民，他的见识因此有两种不同的来源，使得他所关心的人物及事物也来自这两种来源。但无可否认，黄春明心底最惦记的地方、最关心的，都是小地方的小人物。"所以他的创作，始终紧贴着土地和人民。

回到黄春明的演讲。他再三强调了儿童文学在当今的重要意义，为了纯洁下一代的心灵，他准备用全副精神，致力于儿童文学创作。他认为，中国自唐宋以来文学的优良传统，只有在儿童们幼小的心灵中生根，才能使中华优良文化流传久远！

黄春明是这样说的，也是这样做的。除小说、散文外，他创作的不少儿童文学作品，已经被翻译成英法等多种语言文字，颇获好评。配合儿童文学创作，近几年来他在家乡宜兰自筹资金，组织剧团，编导儿童剧，带着他的剧团在台湾、日本等处巡回演出。去年他曾在信中告诉我："9 月份，我们在宜兰演了两出儿童剧《小驼背》和《小李子不是大骗子》，我的儿童剧童叟无欺，大人小孩看了都乱感动的。我们也想上京去演，给我们邀请书，我们试着筹一点路费就可以上路。"

祝愿黄春明的这个美好愿望早日实现。期待着北京张开怀抱，接纳这位台湾杰出乡土文学作家，为中华文化得以世世代代传播所做的辛勤努力！

拨开历史迷雾

——台湾报告文学作家蓝博洲

当我在中国作家协会为台湾作家访问团召开的一次座谈会上，听介绍到"蓝博洲"这个名字时，立刻联想起他的《幌马车之歌》。台湾著名作家、创建中国统一联盟并曾担任主席的陈映真先生向我编的杂志郑重推荐了这篇作品，台湾著名导演侯孝贤曾据此拍摄成获奖电影《好男好女》。

出现在面前的蓝博洲，黑葱葱的胡子把承载着五官的脸，生生逼成了配角，乍看之下，难以读出他的年龄。

从第一次见面后，我和他还有过多次远远近近的接触，但真正对他有所了解和认识，还是通过今年8月底、中国作家协会在长春为他和台湾诗人詹澈举办的作品研讨会。

为了去开会，我翻阅了他在北京新出版的六大本砖头厚的书——《幌马车之歌》《藤缠树》《消失在历史迷雾中的台湾作家》《台湾好女人》《红色客家人》和《台北秧歌》，令我对他肃然起敬。

当然他的作品并不仅于此，20世纪80年代初登上文坛时，以小说起步，短篇、长篇，成绩斐然。但让他最下功夫最花费心力的，应数探索和挖掘被湮灭的台湾50年代那段白色恐怖历史的系列报告文学。

朝鲜战争爆发后，美国把中国大陆当作头号假想敌，为了取得大陆的各项情报，美国中央情报局（CIA）在台湾大肆活动。国民党把重庆"中美合作所""白公馆""渣滓洞"等对付共产党和爱国人士的手段搬到了台湾，继续进行反共反民主逮捕、拷问和虐杀、监禁，美国则以 16 亿美元的经援、40 亿美元的军援给予台湾。在 50 年代那段恐怖时期，有 4000～5000 个本省和外省的所谓"共匪"、爱国主义者、文化人、工人和农民被杀害，另有同样数目的人被投入 10 年以上到无期徒刑的牢狱，直到 1985 年，最后一个 50 年代的政治终身监禁犯才被释放出狱。

台湾客家工人的儿子蓝博洲，1960 年出生在台湾苗栗。在辅仁大学法文系读书期间，从读到的台湾老作家吴浊流的《无花果》，和与台湾左翼老作家杨逵的交往中，初步接触到抗日时期和台湾 50 年代那段讳莫如深的历史，促使他在 1986 年尚未"解严"的时代，便十分关心并开始了相关的挖掘工作。曾和他相投志趣的同学，出校门后渐渐向世俗生活的压力妥协，迷失在消费社会的金钱追逐中，只剩下他踽踽独行的孤单身影。

1987 年春，他有幸加入了陈映真主编的《人间》杂志报告文学工作队伍，借助《人间》提供的条件，终于走入了那段历史的现场，走入那段犹空白着的台湾民众史。在经历了一年多寻访之后，他初步撰写成关于抗日知识精英钟浩东、蒋碧玉伉俪悲剧一生的《幌马车之歌》。

钟浩东和蒋碧玉夫妻舍弃台湾比较优越的生活，和另外几个志同道合的青年，义无反顾地奔赴大陆投入抗日洪流。为了筹措前往大陆的经费，把买的金条"烧成细条状"，让"三位男同志塞入肛门，先后夹带出境"。但当他们几经磨难好不容易到了广东惠阳，却被惠阳前线指挥部一口咬定是"日谍"和"汉奸"，"硬要枪决他们"。幸得一位台湾同胞之助，免于死刑，被押解到桂林军事委员会。虽然被如此对待，他们抗日意志和热情依然。为了方便从事抗日斗争，蒋碧玉把大儿子就地托给别人，直到 50 多年后母子才得以重逢。钟浩东夫妻和其他台湾青年，在大陆南北转战吃尽千辛万苦，抗日战争胜利后才返回台湾。但他们却被国民党逮捕虐杀了。当时杀害许多抗日志士的理由十分简单而荒谬："像你们这种人，会反对日本，当然也会反对我们。"

这篇纪实性的作品在《人间》发表后，"获得前所未有的热烈反响"。出于不同立场的考虑，有肯定的赞扬，也有负面批评。蓝博洲抱定尊重历史、当客观历史记录者的态度，不顾毁誉，执着地继续投入，彰显那些被历史遗忘的社会良心。

蓝博洲为此在台湾南北奔波八方跋涉，他遍查官方档案，抽丝剥茧寻找当年的亲历者或知情者，将几方面得来的资料比较核对，寻找出真实。有时为写一个人竟花费十几年的时间。如《幌马车之歌》虽然发表，他犹不放过继续寻找"钟浩东"，两岸关系和缓后，他跨越海峡，深入广东惠阳、梅县、蕉岭、韶关、南雄、始兴、罗浮山区，以及桂林、北京等地，进行历史的现场核查和进一步采访史料。由此可见他工作态度的认真执着和对历史的负责尊重。

为专心调查、研究和写作，他甚至隐居起来，把一家四口从热闹繁华的台北搬到清静寂寞的苗栗乡下。

经过艰辛努力，他撰写那段历史时期各类人物的篇章多有时代背景、官方档案（包括立案和审讯资料）、所访查到的知情者或亲历者的证言等几部分内容组成。这些真实的材料加上文学性的组合结构和平实的语言，他的报告文学读起来带着侦探小说的味道。

陈映真高度评价蓝博洲的工作说："《人间》杂志休刊，并没有使蓝博洲停下他的笔。他继续揭发这沉埋在谎言与阴谋的荒芜中长达四十年的、悲壮而又凄惨的万人之冢，把20世纪50年代国际霸权主义和内部对外扈从、对内进行凶残的次法西斯蒂铁腕统治的暴力和恐怖下，对生与死，对意义和虚无做了最勇敢而艰难的选择，在激烈的壮怀中，为民族和阶级的自由解放，打碎了自己，向不知以恐怖与暴力为耻的国内外法西斯主义和帝国主义做出了震撼山谷的怒吼和抗议的一代最耀眼的形象，重新构建和显现出来。这是1950年大恐怖以来台湾史学界、言论界、文艺界近乎绝无仅有的重大贡献。"

近几年，蓝博洲曾参选过地方立委，因为担任了"夏潮联合会"会长，把家从苗栗乡下又搬回台北。他频繁往来于海峡两岸，或参加会议，或带着青少年学子，有时是他的"夏潮社"成员，进行两岸文化交流。一年之中，在北京我能多次见到他，小胡子还是那么黑乎乎地耀眼。

宠辱皆忘做个人

——香港作家联会创会会长曾敏之

如今多尊曾敏之先生为"曾公",出于习惯和亲切,我仍顽固以"曾老总"称之。

9月24日至26日在杭州金溪山庄举办了"曾敏之文学生涯七十年笔会"。报到那天我到得早了些,见办会者太忙,便自动请缨到肖山机场代为接机。曾老总由数位香港作家和广东著名学者陪同而至。八十八岁高龄的他,儒雅和风采依旧,走路断然拒绝任何帮助。

7月中下旬,上海复旦大学中文系陆士清教授来函说,今年是曾老总八十八岁米寿,他和香港诗人、企业家秦岭雪先生发起举办"曾敏之文学生涯七十年笔会",邀我参加。看了他的信,不免惊怵时光于无声之中的飞速,广东省社会科学院文学研究所在曾老总八十岁诞辰时,为他举办的"文学创作六十年"的纪念活动——岭南四大名园之游;同时经我手配合出版了《文传碧海——曾敏之文学创作六十年》一书,这一切,仿佛还是昨天才发生过的事呢。

这次活动并非官方组织,也没有任何单位挂靠,纯粹是私人性发起,粤、港、京、津、沪、杭等地的四十多位著名专家学者、作家和杂志主编朋友性地自动聚集,足见曾老总的人格魅力。

20世纪80年代初,因为工作的原因,我结识了时任香港文汇报副总编辑和代总编辑以及其他许多重要兼职的曾老总,多得他的支持和帮助。

中国大陆改革开放后,在曾老总的倡导和带领下,80年代初期由沿海和北京地区一些学者筚路蓝缕的开拓，经过二十多年的努力，港台海外华文文学研究领域，从无到有，由广州暨南大学于1982年举办的"第一届"有关国际性的研讨会起，"第十四届世界华文文学研讨会"即将在明年举行。据粗略统计，至今大陆已有七十五所大学不同程度地开设了世界华文文学课，不少年轻博士学者纷纷向这个领域进军。

出于学科发展和建设的需要，在历届会议的基础上，成立了"中国世界华文文学学会筹备委员会"，曾老总被推任为筹委会主任。他不顾高龄，奔波跋涉于香港与北京之间，多次为学会的成立，亲自到民政部洽谈申请事宜。因为种种原因，几经周折，用了"八年抗战"的时间，"中国世界华文文学学会"才获批准。这时曾老总已年逾古稀，超过当学会会长的年龄。他无怨无悔，让位给后辈。不管职务如何，仍为这个学会和世界华文文学事业出力和操心。在每两年举办一次的"世界华文文学国际研讨会"上，总有他坐在主席台上的身影，总能听到他对这个领域的建设和发展热情诚挚的鼓励和展望。所以曾老总被公认为世界华文文学研究领域的开拓者、领导者、组织者和活动者。这次杭州笔会上有位青年学者称颂其"用一只手托着这片天"，此言毫不夸张。

曾老总也是"香港作家联会"的创会会长。在他的领导下，香港作家联会已经走过了二十几年的历程，从幼苗长成参天大树。如今曾老总虽已退居幕后，却退而不休，犹"老骥伏枥"，以一颗"年方二八"的蓬勃热心，再接再厉，活跃在文坛上。他萌生于20世纪80年代后期、在香港成立"世界华文作家协会"的夙愿，经过锲而不舍地努力，今年也将告实现。

作为著名的散文家、诗人、新闻工作者，曾老总笔名望云、丁淙，从1939年开始发表作品，短篇小说《孙子》为茅盾先生选入《抗战时期小说大系》。抗日战争时期转入新闻工作后，所撰写的《十年谈判老了周恩来》，名噪一时，成为中国新闻记者描写周恩来革命生涯的第一人。后来他当过教授，有多种社会职务，业余从事文学创作，主攻散文随笔，兼及古典诗词，主要著作有《望云海》《文史品味录》《文苑春秋》《听涛集》《春华集》《诗的艺术》《观海录》《曾敏之散文卷》《曾敏之散文选》《望云楼随笔》《望云楼诗词》《文史丛谈》《人·纪事》《绿到窗前》等二十多部，百余万字。至今仍每年一书，笔耕不辍。

笔会上，谈到曾老总的散文创作成就，暨南大学教授、中国世界华文文学学会会长饶芄子激情地从诗情、文心、史志三方面做了论述，称其为学者型作家，作家型学者。另有学者盛赞曾老总的散文有记者的敏锐、学者的智慧、哲人的思想，并以诗人的激情、哲人的超然，构成其文学人生。

中国作家网评价曾老总的散文说：

> 曾敏之的散文极具个性色彩。其作抒至美之情，倾肺腑之言，这固然是其个人禀赋、才华、品德的表现，同时也与他植根于坚实的中华大地是分不开的。他循着从史学进入文学领域的路线，长期研读经史典籍和中外文学名著，从中国古典文学和五四新文学中吮吸琼浆，使之成为中华文学传统血脉的继承者。曾敏之的散文中常常引用一些史料典故，他用史用典不是为抒发一点个人的怀古之幽思，而是以古为鉴，寄托自己对国事的关注、对世变的深思。他始终认为，文人的真性情，文章的真感情，不是与生俱来的，而是靠后天"修行"得来的……

曾老总自道自己是"右手拿笔，左手拿梅花"。所谓"右手拿笔"即继承中国知识分子"文以载道"的传统，以笔报国；所谓"左手拿梅花"，即坚守做人的气节和操守。

在笔会的开幕式上，受主持人委托，我代读了北京著名作家邵燕祥先生写于"中秋后二日"的贺信和贺诗。邵先生作的五首七绝，句句字字道尽曾老总的为人和为文，让与会者无不为之感佩动容，故引录如下：

望云楼上望风云，风动诗情云入文。
最是不着一字处，疾首何堪复痛心。

此生谁道不逢辰，宠辱皆忘做个人。
老杜至今犹破胆，屈原应有未招魂。

七十年间不顾身，支离漂泊总风尘。
朝朝暮暮一支笔，不愧东西南北人。

回头俱是百年身，只问苍生不问神。
遥举一杯贺寿酒，何时聚首再论文？

秋风今又到京门，翘首相迎皆故人。
见面亦无要紧事，不来难免常思君。

最后补充一句：曾老总是酒坛老将，牌坛常胜将军。

生活必须勤力　成果应该随缘
——香港著名财经小说家梁凤仪

4 月份，有人由香港带回一本梁凤仪的财经小说《强人泪》。

前此，在香港三联书店，我曾亲眼见过梁小姐的财经小说系列几十本排成长龙，浩荡而壮观，便有一睹为快的欲望，见此书正中下怀。

香港，这座世界级的金融大都市，理应有宏伟、波澜壮阔的财经题材作品出现，不然，怎对得起如此天赋的机缘！

曾给香港一些作家朋友谈过这些想法，他们说，商情内幕了解不易，了解的人又不是写作人。

他们说得有理，真令人感到遗憾。

看了梁小姐的《强人泪》，又从梁小姐的北京代理人李樵女士处得到《花帜》《今晨无泪》等书，读后对梁小姐其人和她的其他作品顿生一睹为快的期望。

由李女士安排，5 月 1 日下午，我们到了梁小姐下榻的香格里拉饭店。

她比约定的时间晚回来了一会儿。顾不上回居室休息，立即为我们张罗饮料，在大厅的咖啡座坐定。

她解释了迟到的原因：拜访、塞车、绕道……不用说，我们能理解，大忙人无论到哪儿都没有清闲的自由。

同每次由香港来京一样，她的活动日程都排得环环相衔，密不透风。

从书上看过她的照片，清爽精干，本人比纸上的形象丰满，更增成熟的风韵。白色的套装，衬着洁白的皮肤，高雅脱俗，女性味十足。

梁小姐是位讲效率的人，接下来还有节目，我们便不多客套，几句话进入正题。

交谈主要围绕着她的财经小说，探讨她的写作动机，也顺便提及现代女性的困惑。

她说话的节奏很快，像香港人走路一样，一只脚紧迫着另一只脚。

嗓门儿不大，音量颇有力度，与娇柔的外貌似乎有些矛盾，但一深想，她不但是文人，而且成年在商战中与大男人们一块决断杀伐，容不得她慢条斯理婆婆妈妈。

对于写作，梁凤仪独有怀抱。

引述她的谈话，不加修饰，是为了让读者了解她的真性情。

她说："我希望有能力写文章、用故事的形式，把我感觉到的都写下来，加强彼此之间的了解。

"中国人，不一定是大陆，还有海外的其他华人，对香港的情况都可以通过那个故事知道普遍来讲的工商业的情况、心态。这是一个目的。因为我的博士论文是做晚清小说的，简单来讲，我研究的是晚清小说的社会功能。

"晚清小说除了大家熟悉的少量可以流传下来，像《孽海花》《老残游记》等那些很出名的，在文学方面有贡献的，此外还有几百本不流传民间的。为什么不流传，因为它们文学的价值不高，可是从历史的角度来讲，非常有用处。因为晚清那个时候政治很腐败，中国已经沉沦了，文人特别想办法，用粗浅的文字，写一些故事出来，让一些普遍的、大众的、妇孺的什么人也看得懂，也明白。政府这么腐败，情况这么坏，外头这么强，我们这么穷，各种各样的情况，都通过小说的形式讲给全国人知道，达到思想上传播的功能。

"我的博士论文就是研究这个问题。对我来讲，很有意义。我自己鼓励自己，写出来的小说不可能在文学方面有什么成就，可以是思想记录，我可以从自己的角度，做一个历史的经见，这也是很重要的。

"我希望可以做得到这样有意义的事情。特别是 1997 年来了，香港人面对着很多事情，他们只是自己不知道，我敢老实讲一句话，英国人在历史上对殖民地从来就没有很好的对待，总是弄得乱七八糟，留下很多问题，要人家去解决，他就是不服气'自己'的土地要还给人家，要是这种心态也在香港发生的话，那是很可惜的。也可以讲，实质上尤其是金融界，英国政府这几年以来对金融界的压迫，我身在其中，看到他们怎么样用手段压迫华人华资。

"就以最近发生的几件事情，第一件是银行的倒闭。银行倒闭的事情他们明明知道，牺牲了香港、企业的利益，他们的大机构可不可能有故事在里头呢，没有人能拿出证据来，可是每个人心里都有数。比如最近香港的一家英资银行，也拿自己的基金往外面流出去，也就是赶快用香港人赚的钱都投出去，投资到英国人身上去。很多不公平的交易都完全不是为香港长远的利益来设想。

"从这儿之后，发生很多这样的事情。简单一句话，就是英资在最后这几年怎么样利用机会，没为香港长远的前途做什么事情，我很想从一个工商业的工作者，以我的知识，以我的思想，领会到的，都放在我的故事里头，可以做一个民间的经见。

"报纸报道的也不是全的，每一份报也有它的立场。而且有些事情也不是全能清楚的。每一件新闻也不是全面去报道的。当然新闻报道也是历史的见证之一，可是我觉得民间的小说，也是历史的见证之一，晚清小说，就是一个例子，所以我就尽量去写。从这方面发展。

"让我受鼓励的是，这三年在香港出版的书都很畅销，对我来讲，畅销的意义不只在赚钱，畅销的意义在于很多人都在看，开始注意、留意，达到了传播的功能，这个最重要。所以，我的书在与中国大陆的同胞见面时，我希望，通过小说让大陆同胞知道香港人的感受，知道香港人虽然生活丰富，但过渡时期里所发生的事情，都给我们一定的压力。作为一个中国人，要回到自己的国家的怀抱里头，有不同的表现，有些香港人还是与英国人一起联手做很多对不起香港的事。觉醒与反省是需要的。

"我们不能说，有世界大战发生才能为自己的国家尽什么力量，当人家用经济戕害，不给我们一国两制顺利地过渡，还在刁难，放下很多埋伏，让我们以后，可能受不好的对待，接受国际的不好的批评。

"最近英国人跑到美国去掏苦水，说不是要我们维护香港的安定与繁荣吗，你们美国人要都注意，要弄一个香港的法案，看看中国是不是履行诺言。有些香港人也跑到美国做这样的说客，引用外来力量，把香港从英国的殖民地变成美国变相的殖民地。这种事情，作为一个中国人要三思，作为一个香港人也要三思。觉醒和反省都是必要的。

"有些事情普通人无法知道真相，如果也存在这种心态，那是非常可惜的。我愿用我的知识，我的思想，把发生在他们身边的故事讲给他们听，把问题提出来，让普通民众都能很好地认识这一点。"

话到此处，我们都为她的一腔正气，一片拳拳爱国爱民族之心所深深地感动。

梁凤仪出生于 1949 年，曾在中国香港、英国、美国接受高等教育，1985 年在香港中文大学获博士学位。

1979 年，她创办了碧利公司，成为香港引进家庭劳工的第一人。1981 年为新鸿基证券及银行公关及广告部高级经理。1985 年，为香港联合交易所创设国际及机构行政事务部，并主持了联合交易所的开幕典礼和国际金融交流研讨会，受到国际金融证券业人士赞赏。1991 年在兼任永固纸业集团董事的同时，又创立了"勤＋缘"出版社。她经年不息的奋斗历程和卓有成效的出色工作，为她的财经小说创作提供积累了丰富而生动的原始素材。

梁凤仪一足踏在商场，另一足深入文坛。

她从 1986 年开始为香港各大报纸撰写专栏，很有读者缘。后来利用工余时间从事写作，仅自 1989—1992 年约三年时间，就创作出版了四十二本小说及散文集。

她的小说近几年常列入香港畅销书榜首。今年 2 月被香港市政局和香港艺术家联盟联合举办的艺术家年奖选为 1991 年度最佳作家。

其作品深深吸引读者的不仅是由于她的小说"以香港商场及政场之刀光剑影、尔虞我诈为经，以现代大都会爱情、人情之缠绵复杂、荡气回肠为纬，交织成一个个令人战栗与感慨之故事"，更难能可贵的是，她有意识地将自己的作品及主人公的命运，置于 1997 年香港回归祖国这样一个历史大转折的背景之下，从而使其更具内涵。

作为奋斗在商界和文学界的女强人，对于女性在大都市生活中所扮演的角色，更有深切的感受。她说："一方面香港可以给我们女性发挥力量和才华的机会，这是公平的，也是幸运的。但另一方面由于时代的不同，我们既要做一个职业女性独立的角色，但回到家中又要做好我们另一面的角色。这是一个极大的冲突，谁也不会被放过。不出去工作，人家会说这个女人没什么用处，只会煮饭；出去工作，如果做不好，人家会说，这个女人怎么这么笨；做好了，人家会说你厉害，这是很不公平的。放弃机会难，不放弃机会也难。去做事，去奋斗，就会在婚姻上、感情上、人情上都受到压力。到底应该怎样做才好?! 这大概是 20 至 21 世纪间，大都市社会生活中女性所特有困惑吧?"

采访是短暂的，但就是在这短短的交谈当中，仍深深地感受到了她的直率。其思路敏捷，快言快语，有执着的追求，坚守牢不可破的做人准则。但她仍然能够站在不同的角度，采取不同方法，去理解和分析人情事理上的是与非，这大概也是她能得到不同阶层人士喜爱的原因之一吧。

她说："在都市中，做什么并不重要，重要的是真诚。"她是这样说的，也以此见诸行动。

她生命的信条，似乎可以用"勤"和"缘"二字概括，因为，她常以"生活必须勤力，成果应该随缘"自勉。其出版社亦以"勤

+缘"命名。

由于时间极有限,许多问题无法深谈,但就其行为准则,梁凤仪身上兼有儒家和道家思想的积极方面。

衷心祝愿她在商界和文坛有更出色的表现。

香港作家陶然

最近偶尔翻到我 90 年代初出版的一本旧作，忆起其中有组记游文章多得一位朋友的支持和鼓励，它们连续刊登在他担任副总编辑的香港刊物《中国旅游》画报上；这时正好收到最新一期《香港文学》杂志，它的现任总编辑，仍兼任《中国旅游》画报副老总的香港著名作家、香港作家联会副会长陶然，顿时在我脑海里跃跃然。

20 世纪 80 年代，1986 年尾，深圳大学举办第三届"港台海外华文文学研讨会"，那次的与会者空前浩荡，好像数字接近三百，不过也只有在用餐的场合才能感觉到人欢马壮的气势；开会，尤其分组讨论的时候，好多人似乎突然被风吹浪打去，蒸发得无影无踪。著名作家陈若曦带着台湾旅美的曹又方、许达然、施叔青、非马等十几位名家到会助兴。近水楼台，香港作家也出席者甚众。就在那次会上我结识了陶然，他儒雅文静、少言寡语、笑微微的腼腆。得知他是从北京移居香港的，同为北京人的亲切感油然而生。

陶然，本名涂乃贤，祖籍是广东蕉岭的客家人。办过小学的祖父母移民印尼，他出生在印尼万隆。十六岁的陶然和哥哥姐姐被父母送回祖国大陆求学，中学毕业后，60 年代初他考入北京师范大学中文系。正好赶上十年动乱，自知华侨身份没有资格折腾，一动不如一静，明智地当了逍遥派，用大把时间啃读中外文学名著。鲁迅的作品、梅里美的《卡门》、雨果的《悲惨世界》，以及巴尔扎克的"人间喜剧"系列小说，都是他的最爱。

1973 年，他离开北京取道香港准备回印尼与家人团聚，却遭遇了印尼政府不接受中国移民回流的禁令，便在香港滞留下来。是缘分呢，还是宿命？如今，他一点也不后悔当年这种没有选择的选择。

像许多那个年代由大陆迁居香港的新移民一样，他也经历过失落和困苦，大陆学历不被承认，在灯火璀璨的"东方之珠"，看不到光明。还算幸运，中文系出身的他，刚到港时一时找不到工作，便去一家英语专科学校读英语，不久进了《体育周报》当记者，再挤时间圆文学梦，拼命写作。处女作名曰《冬夜》，正暗合了他初到香港时的心境。

当年他为香港《中报》《快报》撰写专栏的时候，临时用过"余澜"等不少笔名。"陶然"之名得自意外，竟然拜一位服务小姐所赐。千万莫想歪。那是他刚到香港不久的一次酒宴上，接待小姐彬彬有礼地询问他的名字，以便登记。他用"普通话"的粤语自报家门"涂乃贤"。不想这三个字听在小姐标准粤语的耳中，落笔竟写成了"陶乃然"。友人在一旁提醒：你不是需要个笔名吗？他也觉得确实不错，"陶然"比"涂乃贤"写起来好看，读起来好听，再说自己来自北京，北京有个著名的公园叫"陶然亭"，用"陶然"当笔名，也算对青春年华的一份怀念吧。关于这个笔名，他曾对一位法国访者说："'陶然'二字本身含有陶然快乐的意思，我并不是一个快乐的人，但我希望自己是。"

他以"陶然"之名纵横香江文坛三十几年，出书三十多本，开个清单出来的话，洋洋洒洒一大篇。主攻长、中、短篇小说，兼顾散文和散文诗，可谓多种经营。颇为丰厚的成果垒起来有半身多高。想来当作家的实在不宜长成像篮球明星姚明那样的巨人，追求起著作等身来会格外辛苦。

陶然的个性似乎矛盾，热情含蓄，波涛汹涌不事张扬，像一座闷着熔熔岩浆的火山。他的作品情感丰富奔放细腻内敛，文笔优美诗意盎然。近期出版的含《赤裸接触》《走出迷墙》和《一笔勾销》三本一套的"陶然新概念小说"，尤其体现了他在小说世界探索的新成果。著名文学评论家、山东作家协会副主席吴义勤称其具有"新颖别致的想象，复杂多元的艺术手法，历史与现实的嫁接，现代艺术与古典情怀的融合"，使其"好看耐读，别具一格，且自呈魅力"。苏州大学博士生导师曹惠民教授主编的《阅读陶然——陶然创作研究论集》，亦可证明评论界对他作品的重视和肯定。

香港常被视作"文化沙漠"，却偏偏有不少人像陶然这样执着于文学创作。他主编的《香港文学》外包装清淡素雅，内涵丰富多元，立足香港本地，亦放宽胸怀为世界华文创作开辟窗口。在香港举办的各类文学讲座和评奖活动中，陶然经常是坐主席台的人物。甚至从香港坐到了北京，直至巴黎。

2001年12月，作为香港特区特邀嘉宾之一，陶然赴京参加了中国作家协会第六次全国代表大会。2003年11月同香港其他三位作家应邀参加在法国里昂举行的"香港和他异性体验"文学研讨会。翌年3月，香港民政局破天荒首次支持作家机票，他同另两位香港作家应邀参加法国举办的"中国文化年"活动，并和大陆、台湾、澳门及海外享誉盛名的莫言、铁凝、苏童、格非、韩少功、陈建功、李昂、朱天文、杨炼、北岛等世界各地著名华文作家躬逢巴黎"书籍沙龙2004"盛事，同时成为巴黎乔治五世大街中国使馆盛筵的座上嘉宾。

香港文坛老黄牛张诗剑

　　看到最近一期《香港文学报》上所刊的《龙香文学现象》一文，不由得想起一件往事。

　　20世纪90年代初，经我组约、为张诗剑领导的香港龙香文学社出版了一套《龙香文学》丛书，含小说集《浅水湾之恋》、诗集《写给情人》和散文集《萍影春情》三部，为此受邀赴香港访问。那时内地客去香港，办起通行证（回归前赴港澳尚用护照）来，比到外国简直可以说难十倍。好不容易拿到护照，如期飞抵广州歇脚一宿。翌日午后，兴冲冲奔赴火车站搭乘赴港直通车，不料在即将通关时，一位同事翻遍所带的衣箱，护照竟然无影无踪。情急之下，他突然想起，临出门前换了件衣服，护照就放在被换下的衣服里。

　　我急忙到候车大厅给张诗剑打电话告知这一突发事件，只听他在电话那头，连声："哎呀！哎呀！哎呀！"他说当晚已订餐，有龙香文学社的三十几位作家为我们接风，恰逢周末，时间又接近，临时通知取消活动很困难。事已至此，他又转而安慰了我一番。

　　第二天，我们想方设法，将同事的护照弄到广州后抵达香港。谈及昨晚的聚会，张诗剑的夫人陈娟告诉我，时间太紧，有些作家电话通知不到，张诗剑只好守在酒楼门口说明原因。

　　在香港我也见到了龙香文学社之外的其他作家朋友，听到关于张诗剑和陈娟夫妻的一些飞短流长。或者，根本不承认龙香文学社的存在；或者，讥讽他们开"夫妻店"。对这些闲言碎语，我虽不好当面表态，心里却不以为然。

张诗剑和陈娟夫妻，20世纪70年代从内地移居香港，1985年创办龙香文学社，将以福建籍为主的一些南下新移民作家组织起来，在高度商业化的香港，为了所喜爱的文学创作，彼此促进，共同发展。不管他们组织的是哪部分作家，还是夫妻为同一团体奋斗，都是做有益的好事，无可厚非。而且与之相处愈久，交往愈深，我越发喜爱和敬重他们。文人相轻，文学社团之间彼此不服，可谓普世现象。

　　张诗剑，原名张思鉴，毕业于福建厦门大学中文系，移居香港后，担任中国新闻社香港分社高级编辑，撰写了数百万字的政经文化评论，于1991年退休。对热爱文学、立志积极贡献社会的张诗剑来说，退休不是人生的句号，而是事业的新起步。他将完全由自己支配的时间和精力，全情投入文学创作，积极组织社团活动，倾力从事编辑出版，为生命赋予了更丰富多彩的内容。

　　诗人、散文家、评论家，书画艺术亦自成风格，张诗剑具有多种才情。主要著作有《爱的笛音》《诗剑集》《流火醉花》《秋的思索》《生命之歌》《张诗剑短诗选（中英对照）》《香妃梦回》，及大量未结集的诗文和文学评论作品。他是香港回归后少数几位被首批吸收为中国作家协会的会员之一。曾获意大利1999年国际学院艺术与文化国际奖，为美国世界文化艺术学院荣誉文学博士，受聘为上海同济大学、暨南大学港台海外华文文学研究中心、洛阳大学文学院客座研究员、北京师范大学珠海分校客座教授。

　　在张诗剑退休的同一年，龙香文学社易名为香港文学促进协会。该会在创会会长张诗剑领导下，成立二十五年来，会员发展到二百多人，在香港、内地、澳门、台湾、菲律宾等地，主办和合办过大小近百次文学和文化交流活动，邀请并接待内地、台湾及海外访港作家数百人。

　　同时他又同友人牵头组织成立了香港中华文化总会，在这个下属二百个文化团体的民间团体里，担任副会长兼理事长。同时，他还担任香港作家联会副会长，世界华文文学联会副会长、中国散文诗学会副会长，香港政经文化学会会长，国际诗人笔会创会主席团成员兼秘书长等职。也曾任香港市政局文学艺术顾问，香港艺术发展局增选委员和审评员。

如此多的兼职，张诗剑绝非浪挂虚名，哪里需要他，他总是尽心竭力，无偿当义工，老黄牛般任劳任怨。大到策划、组织，小到布置会场、到机场和车站接人等劳务性杂事，甚至出钱出力招待不属他负责的访客等等。

张诗剑创办并担任总编辑的《香港文学报》和香港文学报出版社，扶植了不少文学新秀成为作家或诗人。为促进社团作家的创作，他主编出版了《香港当代文学精品丛书》六卷、《龙香文学丛书》二百多部，包括十四个国家和地区诗人的短诗选萃、中英对照的《龙香诗丛》及汉英对照的《夕照诗丛》共七十五部、《香港作家作品研究》文学评论集八部。如此勤力和无私付出，他赢得香港文坛活雷锋之称。

我过路香港时，多次在他家落足，亲眼看到他们夫妻是如何生活，如何工作，如何对待朋友的。近几年他们才另购房作为居室，之前的二十几年，其家既当过陈娟的医馆，又是他们夫妻的创作室和编辑出版办公室。他们的作品、《香港文学报》、香港文学报出版社的出版物，数百套丛书的编辑，都出在这间六七十平方米的所在。他们并不富裕，却总是尽心竭力招待和帮助朋友。那时，我主编的杂志资金短缺，见我四处化缘，张诗剑主动联络当时香港艺术发展局的有关委员，想方设法协助我从艺展局得到一笔资金。

香港回归祖国时，张诗剑是香港各界庆祝回归委员会委员，是香港文学界少数出席香港回归交接仪式和香港特区政府成立仪式的代表。香港《紫荆》杂志曾发表过采写他的文章，题为《草根阶层托起香港文学梦》，表扬他"揭起'龙香社'大旗，默默为香港文坛耕耘，为推动文学创作和推广文学活动做出了不可忽视的贡献"。

"抬头做人，低头处事。"这是张诗剑的座右铭。

"人人争着'下海'去，我自甘心耕荒原。不怕人穷，最怕文穷，志穷，义穷。"张诗剑如是说。

这位香港文坛老黄牛，立志拉文学车不松套。

奋翼展翅

——香港才女蔡丽双

每年都有丽双的著作以及从中央到地方刊登她作品的各类文学报刊川流不息地寄送到家。她出版和发表新作的频率在我结识的五湖四海文友中，简直少有人能及。

1998年春，我从台湾回京途中停留香港，小住陈娟家。一天，门铃响后，突然旋风似的"飞"进来一个美丽的女孩，声音高而尖细，像燕子展喉，如瀑长发，若柳细腰，紧身短衣，飘逸长裙，近看肤色白皙，眉目姣好。她热情地向我嘘寒问暖，并告诉我，自己正向张诗剑和陈娟夫妻学习写作。

回京后，有感于年轻美丽的丽双，虽嫁入豪门，尽享菲佣、汽车、华屋、名牌衣饰，却不甘于优游度日虚掷时光，而在亲自抚育一双儿女、照顾丈夫之余，能坚持读"香港公开大学"，刻苦学习写作，为此撰写了《小友丽双》一文，刊登在时由著名老作家刘以鬯主编的《香港文学》上。但是，当年那个青涩的文学青年，十余年后，竟扶摇直上，如明星般光彩夺目，却是我始料不及的。

如今的丽双，多了香港商学院的学历，成为文学博士，身兼企业家，更堪称著作等身。出版的各类诗、词、散文、散文诗集《星光下的情怀》《一片冰心》《感恩树》《芙蓉轩诗词》等六十多部，合集五部，主编专辑三十多部，有关评论她作品的专集和专著十余部。不少作品被翻译成英、法、德、西班牙、葡萄牙、希腊、波兰、俄、日、韩、泰、波兰、孟加拉、瑞典、蒙古等十多国文字。并在国际国内多次获奖，如希腊国际作家艺术家协会所颁"2002年优秀诗歌奖"、国际作家协会所颁"2003年度图书贡献奖"、美国作家协会所颁"2005年年度人物奖"，亦在北京获颁"中国时代新闻人物十佳卓越贡献奖"和"中国当代十大优秀青年诗人"称号，等等。此外，她还是《香港文艺报》《香港文学报》等多家报刊的负责人，并经常出资出力举办各类诗歌朗诵会，及以"故乡情"等命名的多项征文活动。

丽双多才多艺，刀、枪、剑、棍、拳等武术样样精通，皆有造诣。她的书法更是英姿飒爽剑气逼人。每读她书法，总让我联想到《红楼梦》中的柳湘莲。当年还在读小学的女儿，曾为诗这样形容自己的妈妈："外出的时候/妈妈真可爱/好像一只五彩的蝴蝶/风姿绰约漂亮又和蔼//在家的时候/妈妈好奇怪/却像一只辛勤的蜜蜂/不停工作飞来飞去/妈妈也会变魔术/一时变作我的老师/一时变成诗人/一时又在天台舞剑变女侠。"

出书多、才艺多、获奖多、评论多、文学兼职多、组织活动多，一个美丽且多金的年轻女子如此这般全方位地抢尽风头，难免会生出一些闲言碎语："被人捧红的""用美色包装出来的""评论是金钱买的"……

暨南大学台港暨海外华文文学研究中心主任、国际儒商学会会长潘亚暾教授撰《蔡丽双现象》一文，对此有感而发："人美才有诗美。先做人后写诗，才是人间正道。正因人美才追求唯美。其诗美在于内容健康高洁，毫无杂质，且题材广泛，天地人合一，笔锋所至，爱洒篇章，爱家爱港爱国爱家乡，爱父母爱丈夫爱子女爱亲友，爱文学爱艺术爱社会爱人类爱大自然，爱为其主旋律。她尽情讴歌壮丽河山，英雄豪杰，赞美一切美好、新生事物，颂扬光明、正义事业，因诗美人也更美了。"

中国作家协会副主席、著名诗人高洪波认为，丽双的诗从内容到形式，都形成了自己的特色，她"用一双善良的眼睛，用一颗慈爱的心，去寻找、感悟人世间的真情。她在孜孜不倦地讴歌世间一切美好的东西"，盛赞她有"昂扬的爱国主义激情""是个有风骨的诗人"。

丽双没把一些飞短流长放在心上，她择善固执，我行我素，理直气壮坦然面对，并以《雄鹰》一诗明志："万里晴空/任我奋飞/纵有狂风暴雨/即使雷电交加/也不会跌落深渊//天地/是我的胸襟/飞翔/是我的本色。"

金钱或许能"买"来几个荣誉头衔，美貌或许容易博取别人的好感，无原则的吹捧或许能得到一时的声名，却无法换来自足的艺术才华和久长的实力表现。一个人的成功，固然离不开师长的教诲，朋友的鼓励，但最重要的还是靠个人天分和刻苦努力。白天打理家族企业，照顾丈夫和子女，为了喜爱的文学，她只能起早贪黑，熬夜写作，每天仅睡三五个小时，赚得眼圈发黑。我戏称她黑着眼圈当才女。

十分难能可贵的是，丽双富而没有骄娇二气，尊重师长，关爱家人，珍视友情。为了二十多年长卧病床的母亲，她日夜祈祷，长年吃素，戒食牛肉。对于一双儿女，她言传身教，严格要求，使两个孩子皆如母亲般多才多艺，能诗能文，学业优秀。

我与她结识以来，每到香港，她总会在百忙之中，邀约聚谈。最令我难忘的是前几年我去印尼开会，与陈娟约定过路小住香港。起程时不巧北京浓雾黑云压城，本来早八时的航班，直等到下午近四点，才登上飞机。其间与约好接我的陈娟无法联络上。当我在万家灯火疲惫地走出机场大厅时，万没想到，丽双竟笑吟吟地出现在眼前，她同陈娟一起在机场苦候了我多半天。对于超常忙碌、很少晚上离家活动的丽双来说，此举很不容易。至今，每想起这件事，当时的画面犹历历在目。

最近，收到她一大包书和报刊。在《香港文艺报》上，醒目地读到这样一则信息："庆祝建国六十周年，举办'蔡丽双杯'祖国情全国一百所大专院校散文诗大奖赛"，高洪波、陈建功、吉狄马加、郭风等文坛名家担任顾问。参赛主题为"建国六十周年感怀，改革三十年的感受和希望，热爱祖国、为祖国贡献什么"等。由此再现了丽双的一颗拳拳爱国之心。

二、东南亚华文文学辑

东南亚华文文学与北美华文文学比较

　　东南亚华文文学和北美华文文学无疑是近多年来中国大陆海外华文文学研究领域的研究重点对象。从 20 世纪 80 年代开始，对大陆之外华文文学研究的对象，继港台作家之后，因与中国大陆地缘邻近，比较容易接触交往等因素，东南亚华文文学继而走入大陆研究者的视野，成为研究重点，彼此颇情投意合了一段时间。后来因北美大陆新移民作家的崛起，不少学者将研究目光投向北美华文文学，使东南亚华文作家有被冷落之感，时而为之鸣不平。

　　因为工作的原因，我与这两大板块的华文文学界和作家有较多接触，不由得兴起将两者比较一番的欲望。

　　一、身份：东南亚华文作家基本是土生土长的二代华人，北美华文作家基本是第一代移民，两者的华文文化底蕴有先天的差异

　　五千多万海外华人中，东南亚即占五分之三之数。华人多，掌握汉语的人多，从事华文创作的作家队伍也很庞大和壮观。新加坡、马来西亚、泰国、印尼、菲律宾、文莱、缅甸、越南、老挝、柬埔寨，十个国家中绝大多数有华文文学社团组织。其中除马来西亚是一个统一的华文作家协会外，其余国家的华文文学社团琳琅满目。如菲律宾从事华文写作者约一百人，文艺团体即有亚洲华文作家协会菲华分会、菲华作家协会、菲华文艺协会、耕园文艺社、晨光文艺社、千岛诗社、传统诗社、现代诗研究会、辛垦文艺社、新潮文艺社、辑熙雅集、三三读书会等。

一个组织也好，多个社团也罢，目的都是为了鼓励和促进华文文学创作。就创作队伍而言，马来西亚由戴小华任总编辑、叶啸为主编曾主编过《当代马华作家百人传》，新加坡老报人谢克也曾主编过《新华作家百人集》，新加坡文艺协会会长骆明主编的年选，每年入选作家亦有百人之多。泰华作协成员亦不遑多让。印华作协有二百多位会员，文友俱乐部成员亦二百多人。文莱华文作家虽不算多，却曾承担过组织国际性华文文学研讨会的重任，越南、柬埔寨、缅甸、老挝的华文创作者，近年也逐渐进入研究者的视线。如此粗略估算，东南亚的华文创作队伍可谓浩浩荡荡。

北美有多少华文创作者呢？美国的北美华文作家协会下辖各州有十多个分会，加拿大东西岸亦有不同的华文文学社团组织。另有以北美华文作家为主的国际新移民华文作家笔会等。每个分会的成员多少不等，但估算起来华文创作者的数目当与东南亚在伯仲之间。

东南亚和北美两个地区基本相类的华文创作者数量中，两者之间的差异不仅是地域，更是作者的出身。

东南亚华文作家除极少数20世纪30年代初出生于中国大陆的年长者外，基本全是土生土长在东南亚各国的第二代华人。以马来西亚为例，《当代马华作家百人传》中，出生在中国海峡两岸的仅有云里风、姚拓、戴小华等不足十人。其他东南亚国家大致类此。

北美华文作家则基本是中国海峡两岸，以及香港的第一代移民。土生土长于北美的华文作家十分罕见。

由于政治等因素，东南亚曾不同程度地限制过华文文化：泰国军政府时代，政治上的反共连带将华文教育视为共产主义宣传，进行严格限制。印尼专制军政府更将汉字和汉语书与黄色书籍、毒品、枪支弹药同等对待，列入被禁违者同罪之列，排华长达三十二年。被普遍认为完好地传承了中华文化的新加坡，李光耀总理主动地取消了中文教育，关闭了新加坡唯一以中文为教学的南洋大学，全体人民学习英文，多数新加坡人的母语成为英语。唯一的例外是马来西亚，从小学、中学到大学比较完整地保留了华文教育。虽然如此，在当地，华文仍然属少数民族语言难入主流。

当年从福建、广东一带下南洋的第一代移民多是为谋生离乡背井的穷苦百姓，自身的文化程度不高，但他们深受中华文化传统影响，在移居国立足后念念心系祖国，尽管华语普遍不被看好，他们依然自觉坚守祖宗的文化，坚持说中国话，努力让自己的下一代学习母语，所以才使华文创作没有断根。随着中国大陆改革开放，华文在东南亚不再像以往那么受限，尤其随着经济交往的增加，不少人加入学习华语、运用华语的行列，华文创作者逐渐增多。

反观北美华文文学，其华文作家基本是来自中国的第一代移民。不管是早年出去的胡适、林语堂、王鼎钧，还是五六十年代后移民的王蓝、琦君、聂华苓、於梨华、白先勇、陈若曦、欧阳子、郑愁予、丛甦、施叔青、张系国、李黎、许达然、非马、曹又方、喻丽清、吴玲瑶、简宛、朱小燕、彭丹、张凤等，从欧洲转移美国的赵淑侠、赵淑敏姐妹，新近移民加拿大的洛夫、痖弦等（文中所有排名均不分先后）。他们中有的移民前已经是名家，有的在台湾受完高等教育，到美国继深造后留居。中国大陆改革开放以来，更有大量大陆新移民留学或谋生移民北美。这些生长、受教育于中国大陆的新移民在生活安定后执笔写作，年深日久，华文创作队伍日渐壮大。在北美出现了严歌苓、少君、苏炜、刘荒田、李彦、张翎、陈瑞琳、陈谦、施雨、宋晓亮、程宝林、沈宁、王兴初、孙博、曾晓文、笑言、刘彗琴、宇秀等，以及移民自香港的梁锡华、陈浩泉等一大批活跃的新移民作家。

无论移民自中国台湾还是大陆及香港，北美第一代移民的华文作家，比之东南亚第二代移民的华文作家，在中华文化底蕴和运用母语创作的能力上有先天的差异。相比之下，东南亚华文作家在华文创作道路上需要付出更多更艰辛的努力。

二、题材：东南亚华文作品的题材基本反映作者所在国的生活内容，北美华文作家的书写题材与母语国息息相关

东南亚华文作家和北美华文作家在书写题材方面有雷同处，更多的是差异。

雷同处在于：东南亚华文作家和北美华文作家都有不少作品反映移民异国他乡时遭遇过的艰难困苦。但在这一雷同中，亦有很大差别。东南亚华文作家表现的是其先祖下南洋的间接经验，而北美新移民作家表达的则是亲历感受。

东南亚华文作家，没有在母语国的生活经验，其创作、关注和表达的只能是其所在国的现实生活。即使有关于母语国的一些书写，也带有家史性质，或者是到母语国旅游的游记。

翻看东南亚华文作家的著作，随篇可见其书写题材的地域特性，以及语言运用特征。比如泰国著名华文作家、多届泰华作协会长司马攻的微型小说《故乡的老屋》，即是一个出生在中国潮汕地区的老华侨带着他土生土长于泰国的第二代华人妻子回到祖国探亲的故事。他的另一篇《小丘上的故事》描写一位华人在泰国独资兴建"侨兴中学"奠基仪式时的感怀。泰国著名女作家现任泰华作协会长梦莉的《我家的小院长》纪实性地书写了自己出生富家、留学西方毕业的医生女儿，如何执着地服务于泰国穷苦百姓。新加坡著名女作家尤今不少散文作品，表现她童年在家与亲人共同生活的温馨。新加坡作家协会现任会长希尼尔的微型小说《变迁》，通过20世纪末刘氏三代的讣告实录，形象地传达了新加坡由表及里的西化过程。女作家张曦娜的《出身》反映了新加坡看不起华校毕业生的普遍现象。从女作家陈华淑的中篇小说《阳光依旧》中，可以看到新加坡60年代初到70年代初，十几年的脉搏律动。那正是新加坡从自治到独立、历史大转折时期的多事之秋。种族冲突、英军撤退，以及由此产生的经济困境；独立后经济起飞，人们生活和思想受到的冲击变化等。这些在小

说里都有形象的描述。说明新加坡也曾芜杂黯淡，困苦动乱，贫穷落后，饱受强者的压迫欺凌。

新加坡亦商亦文的女作家蓉子，以秋芙之名，为报纸主持信箱三十余年，关注的全是新加坡国民，以及新移民斯土者的婚恋及生活，为之解疑释惑。

菲律宾庄子明的《光荣的故事》以一个华人青年为国牺牲，喻示华人第二代已将自己的生命融于菲律宾。

马来西亚华人文化协会总会长戴小华即使生长于台湾，而其成名作却是嫁到马来西亚后，以反映马来西亚股市风暴实况的《沙城》。

印尼的不少华文创作反映了他们在印尼政府排华时如何艰苦地捍卫华族文化，如何像做地下工作似的有人站岗放哨，保护偷偷学汉语的后代。

在语言运用上，东南亚也有自己的一些特征，如，将汉语常用的百分比，称作巴仙等。

从广为熟知的作家和作品看，北美华文作家，无论自那个地域移民，其创作题材，还主要来自于祖籍国。

移民自台湾的北美华文作家，因为台湾承认双重身份，所以他们既可称为北美华文作家，也可称为中国台湾作家。因各种原因有的作家陆续返回台湾定居，如琦君、曹又方、平路、陈若曦、郑愁予等，近些年白先勇基本放下文学创作，把精力用于中华传统承传和保护方面，奔走在北美和海峡两岸。而也另有著名诗人如洛夫和痖弦老年从台湾移居加拿大。施叔青虽然嫁洋人，定居纽约，但她兢兢业业为香港写完三部曲后，又为台湾原乡立传，也是三部。她始终把台湾视作自己写作的库藏，每年多次往返。在会议场合，她更愿意被介绍为中国台湾作家，而不是美华作家。她所获的文学大奖既来台湾，也来自香港和大陆，唯独没有美国的。

墨西哥伟大的艺术家狄耶哥·里维拉认为，伟大壮美的艺术的根源必须种在自己的土壤。施叔青始终这样一个信念，即"写作者不能没有原乡"，她不愿意断了根，断了根她无法创作。

七八十年代自大陆移民北美的华文作家与北美的台湾作家基本雷同。

大陆不承认双重身份，但大陆新移民作家的状况和台湾的北美华文作家的状况差不多。不少大陆新移民作家除反映移民生活的艰辛困苦和心路历程外，书写题材多来自自己植根的原乡——中国大陆。

也就是说，无论移民自台湾，还是从大陆移民，北美华文作家们虽然身在外国，根却留在国内，言说的仍然是中国人的事儿，拿的也是中国给的文学奖。

严歌苓可谓大陆新移民作家中的佼佼者，她的作品不但屡获大奖，而且几乎是部部与影视结缘。她的书写题材，很有代表性。翻翻看，近些年有影响的几部长篇，《第九个寡妇》《小姨多鹤》《金陵十三钗》等，哪一部写的不是发生在中国大陆的事儿。张翎的成名作《余震》，李彦的成名作《红浮萍》（汉语版），孙博和曾晓文的获奖剧本《中国制造》，陈谦为大陆文学期刊重视获提名奖的《特雷莎的流氓犯》，沈宁的家族书写，少君近些年为多个大陆城市创作了名片，等等。

即使像哈金这样用英文写作、获得美国主流社会认可的华人作家，他书写的依然是关于中国大陆的内容。

一个作家脱离了自己熟悉的土地，很难有大作为。如，古华以《芙蓉镇》一书成名于中国大陆，当他移民到加拿大后，他的创作才华再也无力展露，没见写出过像样的作品，只能靠编造些杂乱的故事谋生。原因就是他没有了根。

移民自台湾的北美华文作家，台湾是他们的根，是他们熟悉的耕耘土地，他们的创作，多与台湾和旧中国有关。移民自大陆的北美华文作家，中国大陆是他们的根，是他们笔耕的沃土。在这种意义上来说，起码目前的北美华文作家，从本质上看，他们不过是生活在外国的一些中国作家。他们的创作该归为中国文学的海外分支。

东南亚土生土长的第二代华文作家，除了语言传承之外，他们从来没当过中国人，不了解、不熟悉中国的事儿，他们笔根的土壤只能是自己生长的原乡，而非祖籍国。即使有些与祖籍国相关的作品，也多是些先祖移民往事或者是旅游后的游记之作。

比较之下，东南亚华文作家才算得上真正意义上的海外华文作家，他们的创作当是正宗的海外华文文学。

三、前景：东南亚华文创作和北美华文创作都有广阔前景，但东南亚华文作家的后继者主要须靠自身造血，北美华文作家的后继者则主要靠不断拥入的外援

海外华文文学的发展前景是经常被提的话题。

东南亚华人对中华文化传统一向非常重视。东南亚华文作家常有华文创作后继乏人的担忧。如菲华女作家范鸣英感慨"菲华写作的接棒人亮起红灯"，说："由于环境使然，在商业文化生活下的年轻人，虽然在华文学校中在接受完整的中英文教育，然而对中文的渴求却较英文大为逊色。目前，从事华文写作的后继人成为菲华文坛极为忧心的问题，纵然各文艺团体皆在努力培养下一代的年轻作家，但这实在是一件艰辛的路，是份任重道远的工作。"（见《菲华文学在茁长中·菲华文学与东南亚华文文学的异同》，厦门大学 2005 年 3 月版 87 页）

诚如所言，东南亚的华文文学社团，为激励下辖作家的创作做多种努力，更为培养新一代华文作家殚精竭虑。

新加坡文艺协会设立每月"文艺沙龙"、举办校园歌词创作比赛、亲情创作比赛、新华文学评论大赛、新蕾奖创作比赛、全国中学生华文文艺营、新文化运动九十年展、新华文学奖和连士升文学奖评选，出版年度文选，建立网站，定期出版《新加坡文艺》和《新加坡文艺报》，筹设新华文学馆，组织国际文化交流活动，等等。

马华作家协会设立了世界华文作家网，召开马华国际研讨会、马华文学节，举办诗歌创作比赛、中学生文学一日营、中学生文学创作比赛、语文及文学嘉年华、推动文学走进校园活动、全国中学生文学创作比赛、国中华文文学营、文学写作工作坊、文学新苗童诗奖、海鸥文学奖，出版《马华文学大系》等。

在华语被视为黄、赌、毒被封杀了数十年后，印度尼西亚华文作协设立了印华网站，召开研讨会，成功地颁发了第一届游记征文金鹰奖、第二届微型小说征文金鹰奖及第三届散文征文金鹰奖，举办读书会、青年组和学生组作文比赛，定期出版会刊《印华文友》，两年内出版图书三十五种。另外，还举办了苏北文学节、印华文学节、作协十周年庆典等大型活动，并积极开展国际文化交流。

泰华作协设立作家图书数据室，建立网站，开展微型小说比赛，与崇圣大学华文硕士班学员举行文学座谈会，坚持编辑出版纯文学杂志《泰华文学》，为会员出书数十种。

菲华作协举办了文学论坛、好文共赏会，坚持出版《菲华文学》和《薪传月刊》，文莱华文作家协会虽然成立较晚，也曾举办了第六届世界华文微型小说国际研讨会和我眼中的中国大型华文征文活动，并借多家报纸版面编发《汶华文选》。

越南有华文"寻声诗社"，借其他报纸的版面编发作品，也建立了网站。缅华文学和柬华文学为走出缅甸和柬埔寨正积极努力着。

为说明问题，再举个具体些的实例：今年5月新加坡文艺协会与莱佛士女中联合举办了2011年"全国中学生华文文艺营"，其主题为"唐宋的月亮，今天的诗情"。举办这次活动的目的是"希望通过活泼多元的形式推广经典文学作品。通过讲座、对谈、朗诵、阅读、赏析、创作、趣味问答与多媒体，让莘莘学子轻松走进唐诗宋词的美妙境界，接受古典诗词与中华文化的熏陶，从而激发中学生对诗歌的兴趣，提高鉴赏能力，鼓励文学创作"（见《新加坡文艺报·文讯》2011年6月版，27~28页），主讲嘉宾请的是本地编剧、导演、新加坡国立教育学院助理教授李集庆博士，新加坡文艺协会理事、著名诗人、新加坡文艺季刊主编长谣及新加坡传媒学院前院长、新加坡新传媒前电视总裁蔡芙蓉等。

东南亚华文作家对培养华文文学后继人可谓用心良苦，不遗余力。

　　有如此努力的文学社团，有如此努力的作家们，加之东南亚各国和中国经济贸易的密切，人员往来的频繁，孔子学院的广泛成立，华语越来越受到重视，这些都是东南亚华文文学赖以发展和繁荣的保证。

　　关于华文创作的后继者，我认为，东南亚华文文学的传承基本要靠自身造血。如出生马来西亚的著名青年女作家黎紫书、柏一、朵拉等；另外，有不少学子到中国海峡两岸留学，为之培养和造就了一些较高水平的华文作家。如留学台湾的马华作家黄锦树、潘雨桐、陈慧桦、陈大为、林幸谦等，留学大陆的马华作家潘碧华、爱薇，新加坡的丽茜，泰国的曾心等。

　　相比之下，北美华文文学社团的作用，基本表现在对自我创作的关心上，没有像东南亚华文文学社团操这么多心。

　　北美的华文作家，尚没有什么土生土长的第二代华人。即使第二代华人有从事创作的，也基本是用英文，诸如谭恩美、汤亭亭、邓蔼龄、李群英、余兆昌等。

　　土生土长的北美第二代华人，将来能有多少人从事华文创作，尚难预料。这些第一代移民的后代已经全面西化，他们的先人——现在的新移民，为美国梦留学移民世界上最发达国家，他们虽然也关心子女学习母语，但不像坚守中华文化传统东南亚老移民那样，对祖宗的文化那么执着，把传承中华文化看得那么重要。当然，中美经济往来的频密，孔子学院的广泛建立，会促进中华文化和华语在北美的推广运用，未来出现土生土长的北美第二代华文创作者，也不是全无希望。

　　北美华文作家的后继人，就目前看，主要还得要靠勇往直前、一波波的中国海峡两岸四地的留学生和新移民来补充。显然，新移民现在是、也将是北美华文文学的主力扛鼎人。

　　近一二十年来，为求学、结婚、教书、经商或工作定居，东南亚也拥入不少中国海峡两岸的新移民，为其华文创作注入新鲜血液。

遗憾的是，不少新移民只把东南亚作为向西方社会迈进的踏板，无久留之心，所以难以成为东南亚华文创作的主流生力军。对东南亚来说，解决华文创作是否后继有人问题，还得主要靠本土的不懈努力。

东南亚华文文学和北美华文文学是近多年海外华文文学研究的重点对象。同为华文作家，但他们在身份、书写题材和发展前景上有很大差异。认识和正视这些差异，对我们研究和对待这些地区的华文文学创作很有意义。

东南亚华文女作家在中华文化中游走

"游走"和出游、游逛、走动等词同义，均是指离开原地到异地的流动。

另外，它也会随着所用之处的不同，出现另一种引申含义。如晋陶渊明大约五十出头时，因经历一场病患，恐在世不久，就给几个儿子写了封家信，即《与子俨等疏》，信中他对几个孩子追述自己的过往时说："吾年过五十，少而穷苦，每以家弊，东西游走。"这里所谓的"游走"，并非一般意义上的出游闲逛，根据作者的经历，当指出仕当官、在官场走动、谋职等含义。陶渊明"游走"的结果，难展宏图，失望负气之下，方"归去来兮"，决心再也"不为五斗米折腰"。

我在读东南亚华文女作家的作品时，也从中看到了另一种"游走"，一种纯文化生态的思想流动。

地球上分散着一百多个国家，每个国家都有自己固定的居民，遂有中国人、俄罗斯人、新加坡人、马来西亚人、泰国人、美国人、英国人、德国人、法国人、瑞士人等固定的国民身份。

如地球在不停转动一样，地球人从来没有停止过流动，或迁徙，或移民，或旅游，或留学，或商务活动，或临时性到异地异国工作等等。

中国人移民欧美始于 19 世纪，而早在 17 世纪，中国人便开始了大规模向东南亚移民。五千多万海外华人中，东南亚即占五分之三之数。

东南亚的华文女作家基本是中国移民的第二代甚至第三代，她们土生土长于东南亚所在国家，因其父祖辈十分坚守对中国传统文化的传承认同，她们对中华文化有种天然的、基因里带来的亲近感，所以在其作品中往往自觉或不自觉地呈现出她们在中华文化之中的游走流动。主要表现在：

一、在国民身份认同上常有不确定性的恍惚，呈现出因时因境而变化的游走

20 世纪以来，尤其是中国改革开放后，不少中国人移民入籍外国，转变了自己的国民身份。但他们在因探亲、旅游、开会、商务等等原因回到中国时，常会有自己是外国人还是中国人身份上的恍惚。他们出现这种状况不奇怪很好理解，因其基本是第一代移民，出生、成长、受教育于中国，在移民国扎根尚浅，而且多有父母兄妹等近亲仍生活在中国，且这些移民作家的创作题材基本都取自中国。

东南亚华人女作家与之不同，她们多数是根深蒂固的所在国的国民，扎根融入当地年深日久，但在她们的作品中，却常于不经意间表现出其身份认同因不同场合、不同友众而变化的流动性。

菲律宾女作家陈若莉曾和几位住家较近的华文作家组织了一个"三三读书会"，因其聚会时间定于每月的第三个星期三下午三点而得名。她在《一举三得——纪念菲华三三读书会五周年》一文中写道：大家通过采用"三三读书会"之名。原来"'三'在中国文字里是表示多数，非凡一、二所能尽者，借示其多"。竟是个极有意义的数目字。《三字经》，无三不成礼，三思而后行，一日三省吾身，三人行必有吾师，等等。对自我省视、为人处世、勤力学习、"三"字都起了重要的作用。而说文解字本义作"三字是指天、地、人为最大者而言"。我们不敢妄自称大，感恩平安活在天地之间，有幸与书结缘，与人结缘。

看来这些菲律宾华人女作家在同类相聚时，显然完全忘了自己是菲律宾人，想到的全是中国人的观念和中华文化。

"三三读书会"在交流罢读书心得，谈文论艺后，还有一个活动，即展示各自的拿手美食，文章说："中国人是个美食主义的民族，美食是中华文化的一部分，源远流长；写文章何尝不是如烹饪一样，都是艺术。成员中多为善饮食者，且有烹饪高手在内。经常吃到月曲了、王锦华小店内具有中菲特色的美点小吃，齿颊留香，其他成员也是供应不同风味的食品，及其拿手好菜，如谢馨的红烧狮子头、炒米粉等。"

理直气壮地称"中国人是美食主义民族"，这时的作者和读书会的文友，模糊了自己的菲律宾国民身份，显然身在马尼拉，心却游走回了中国。

泰国女作家吴文君在《"荒屋学堂"出来的汉语老师》谈到教育时，写道："当时中国人重男轻女的思想还存在老一辈人的头脑里，认为女子无才便是德，女人是不应该读书的。"出生成长在泰国，却自然而然地说"中国人"的传统观念，这时的她，显然模糊了自己的国民身份。

新加坡女作家君盈绿在其《雪地上的奇葩》中谈到学做潮州名菜"卤鸭"，直称自己是"百分之百的福建人"。

泰国女作家林桦，在其散文《梅雨》中，将上海和曼谷并置描写，她说："无论身至浦江畔或眺望湄南河，阳光依然在云上照耀；即使是在梅雨时节，游子的心始终为着那无风的细雨而感动着。"此时的她，既是泰国曼谷人，也是中国上海人。

女作家心枫是菲律宾第二代移民，她的《三城》里写自己和家人常在出生和生活过的马尼拉、香港与台北之间穿梭来往，"不管飞机即将降落哪个城市，这几个地方都是我至爱的家园"。她的身份认同带着鲜明的随遇而安的流动性。

新加坡蓉子的《榴莲情结》涉及中国、新加坡，及童年居住过的马来西亚。菲律宾张琪的《两头都是家》也涉及中国大陆、菲律宾、中国台湾。

　　祖籍河南，在台湾受教育，落户菲律宾的范鸣英在其《异样的月光　一样的情》中这样写，她使劲地追逐着马尼拉的日出日落"乐此不疲，追着，追着，突然发觉我追逐着的是故乡的月，是埋藏在我心底深处的一种永不褪色的情怀呀"！"几年来，无论我的足迹踏遍多少异地的路程，看过多少异样的月色，却怎么也改变不了我那种一样的情怀"。

　　马来西亚许心伦的《十五的月亮》，深情描述九十三岁高龄、"年老力衰"的母亲，不顾劝阻"带着长大成人的一挂孩子，回乡探亲，认祖归宗"。被母亲带回乡的这挂孩子是马来西亚人还是中国人呢？

　　缅甸出生、新加坡受教育的段春青在《我与缅华情》里写道：作为缅华后代，对缅甸华文文学发展有义不容辞的责任。

　　凡此种种文本，均说明作者在自我身份认同时而恍惚，时而呈现因时因境变化的流动。这种身份游走流动现象，在其他移民地区的华文作品中不多见。

二、中华文化在其作品中永不厌倦地奔腾流淌

　　读东南亚华文女作家的作品，常能看到，中华文化时而如长江黄河，时而如涓涓泉水，永不厌倦地在其中奔腾流淌。

　　泰国女作家吴文君在《"荒屋学堂"出来的汉语老师》中详尽记述了自己艰难的学习汉语过程。她于20世纪50年代初出生在一个贫穷多子女的家庭，没有上学的机会，她父亲因为"自己认识不了几个方块字"，但为了不让子女成为文盲，"坚持每天晚上在一闪一闪的煤油灯下，教哥哥姐姐们念一些他自己读过的书，背过的儿歌"。这些书和儿歌，显然不是泰文的。

　　庆幸在她八岁那年，有一位来自马来西亚的业余汉语老师，到她们村里教汉语。当时村里没有学堂。这位老师的到来，让村里的父老们如获至宝，齐心协力在一所荒屋里为孩子们建起了学堂。她也被父

亲送进这所"荒屋学堂"学习中文。父亲"常常语重心长地对自己的子女说，我们是炎黄子孙，虽然远离家乡，但祖宗几千年传下来的语言文化总不能忘掉啊！你们要好好把'唐人书'——汉语学好呀"。吴文君当时对父亲的话似懂非懂，不大理解爸爸讲的是什么意思。那时她只知道她一定要把汉语学好，以后也要当一名汉语老师。

在那个年代，泰国军人政府对本地共产党的活动严厉扫除，对社会主义中国采取敌对的态度，把进行华文教育等同于宣传共产主义思想。所以当时的泰国政府对华文教育进行种种限制，还没有全面开放。警察有时还会突然来检查有没有共产党员。

当时的政府还限制上课的人数，不准超过七人，假如哪一个班的人数超过七人，就会以进行非法活动论处。可见她那时学习汉语是件十分危险的事。为免受干扰，村里的父母们会为孩子们把风，凡有动静，"就会通知我们波立（警察 Police）来了！波立来了"！信息火速传播，"荒屋学堂"里的孩子们闻讯立刻四散，有些孩子躲在草丛里捉蟋蟀，有些则到园里拔草、锄草。

吴文君就在这种环境中接受了八年的汉语教育。学堂因老师离去解散后，她又自学了两年汉语，于 1969 年秋，通过了泰国教育部学术厅的中文师资合格考试，终于实现了她多年的人生目标——成为一名汉语老师。

拿到了师资文凭后，她单身匹马从泰南的偏远地区，跑到了繁荣闹市曼谷执教。从那时候起，她便一直东奔西走在泰国侨社所办的华校当老师。

后来泰国政府为了提高民众教育素质，实行提高教师的文化水平政策，汉语老师也不例外。"在泰国成功创业的华侨，都十分欣喜、兴奋，大家策划、出钱、出力，通过各个侨社机构与中国国务院侨办屡屡开办汉语老师培训班，一方面响应泰国政府的教育方针，另一方面则为振兴华教，发扬祖国文化而努力。从而表现出海外华侨崇高的爱国精神。"之后，她又在侨慈善机构的努力下，接受了大学教育，成为拥有师范大学学历的汉语教师。后来又获硕士学位。

她在文章最后有这样一段十分感人的文字：

> 当我穿上硕士袍接文凭时，我心中感慨万千，回想起小时候在菜园里的生活，我真的连做梦也没想到自己能获得今天的硕士学位。接了文凭走出大礼堂，孩子的朋友，笑吟吟地举起大拇指对我说："妈妈，您真棒！"我报以一个会心的微笑，表示默认也表示感谢。
>
> 我衷心感谢各个侨社机构给我机会，充实自己，提高自己的汉语文化水平。
>
> 站紧岗位啊！吴文君。有人在叫我呢！
>
> "女儿啊，你真棒！你没使爸爸失望，你终于把祖宗的文化烙在身上了，爸爸高兴，爸爸觉得骄傲！"在天之灵的爸爸在对我喊出了他心里的话。

吴文君在这篇文章写的虽然是她个人的经历，却有一定代表性。

在华校执教四十年的菲律宾女作家李惠秀，在其《弘扬中华文化的春天》里，她说："菲华教育的艰巨千秋大业，前景虽已渐见光明在望，而传承和弘扬中华文化的长程工作，尚如一场盛大的教育奥运会中，'漫无止境'的马拉松接力赛跑，参赛的有心人，必须奋起图强，发挥潜能，各尽所长，无私无我，集思广益，传承创新，同心协力，团结一致，以锲而不舍的精神，期待充满新希望的春天早日来临！"

她传播和弘扬中华文化的坚毅精神同样令人叹服。

印尼华人在三十二年的排华灾难中，蒙受了巨大屈辱和伤害。专制军政府将汉字和汉语书与黄色书籍、毒品、枪支弹药同等对待，列入被禁、违者同罪之列，但同泰国一样，当年仍有不少华人冒死偷偷教汉语、学汉语、读汉语书，顽强地捍卫中华文化。正因如此，虽然经历了漫长的残酷镇压，汉字和中华文化在印尼没有被消灭。民主新政权废除排华法令后，中华文化和华文文学很快蓬勃发展起来。

印尼华文女作家晓星的《不眠之夜话恩师》中深情描述了当年高中一年级老师如何让学生默写《卖炭翁》《木兰辞》《石壕吏》，另一位老师在解释《晏子使楚》一文时，"每念到'楚人以晏子短，为小门于大门之侧而延晏子'时，就比着手势晏子只有这么高。陈老师个子不高，却又嫌晏子长得矮，引得我们全班大笑"。

　　中华文化在东南亚华文女作家作品中几乎无处不在。陈若莉的《品味饮食文化》里，详尽介绍了与茶有关的中国神话传说，称"唐代陆羽《茶经》谓：'茶之为饮，发乎神农，闻于鲁周公。'可见茶之源远流长，与中华文化息息相关，茶本药用，亦显示先民以农立国，与大自然抗争的艰辛"。她在该文中还专家似详论了茶具、茶香和茶名。谈到茶名，她写道："最爱浏览茶罐外，标上的茶名。好的茶名，不但有画龙点睛之妙，且有置身于绮丽风光的太湖，奇峰突兀之武夷，烟波浩瀚之洞庭，重峦叠雾的云贵高原……令人遐思飞扬，驰骋在辽阔的想象草原上。"

　　已经在中国海峡两岸出版过十五种短、中、长篇小说与散文集的马来西亚青年女作家柏一，数十次涉足中华神州大地，留学浙江宁波大学，并参加中央台举办的留学生汉语大赛。她的《宁大东夏情》一文即记述了她对宁波大学的款款深情。

　　东南亚华文女作家的作品中，还有不少篇章呈现出在传承与融合之间徘徊挣扎。她们既希望自己后代融入所在社会，又希望自己的孩子不要忘"本"，将中华文化持久传承下去。

　　菲律宾女作家林素玲在《糖在茶水里溶化了》一文中深切表现了这种矛盾。引述如下：

　　　　已不能完全要求泡出原汁原味的茶，只希望还能保留些许来自祖辈家乡的味道。或许，要孩子们泡什么样的茶已是其次，重要的是趁孩子们还在自己身边时，多陪陪他们，让他们自己感受那所谓的文化传承。

　　　　另一个不能够没有的"亲子活动"就是"吃"，笔者可以说是在庆祝中国节日里"吃"大的。至今，从第一个月圆的元宵到最后一轮明月的"尾牙"，都不曾被遗忘。有次中秋，我们一家四人围着一只小碗，玩"博饼"（掷骰子）游戏。围在一起的感觉真好。骰子撞碰瓷碗的悦耳叮当声，使记忆回到小时候。父母亲逢中秋夜就与我们姐妹一起玩"博饼"游戏，当时也只有四人；然而那叮当声足以让我们感受到父辈离乡背井后，那种"海上生明月，天涯共此时"的情怀。

父母亲都是厦门人，对于"博饼"、民族英雄郑成功屯兵厦门的故事感觉特别亲切。据知，一群满怀反清复明的豪气将士，因留守他地，每逢中秋月圆时都会思念家乡的亲人。因此，郑成功的部下洪旭就发明了"博饼"游戏，让士兵赏月博饼，排解思乡之苦。即使厦门月饼已被广东式的月饼代替，"博饼"已被改进，父母辈思乡亲之情却不曾淡化。

因此每年的中秋，我们坚持与孩子们玩"博饼"游戏，掷骰子的叮叮当当清脆响声、孩子们的欢笑声，只为了那美丽的传说和传承。窗外是否看得见月亮？月亮是否真的最圆？这些都已不是很重要。一样的圆月，不同年代的中秋月，但愿下一代能把那叮叮当当声传承下去，让"故国的明月"永远在他们心中升起，不忘"共此时"的珍缘。

从《功夫熊猫》动画片到中国文化，以本土的角度看新生代的华文教育，无形中分享了一些想法和感受。可能是受父母辈的中华文化熏陶较浓，以及环境的助缘，现代孩子们对中华文化可能有着很深的情感；然而，说不定再过几代，那种温度和热情自然而然地会随之冷却、淡化、消失……

这位女作家的所作所为和担忧，很有代表性。正因为有这种"说不定再过几代，那种温度和热情自然而然地会随之冷却、淡化、消失……"的忧虑，东南亚女作家们正同华文男作家们一道，为中华文化永不消逝的传播而共同努力奋斗着。

她们自己辛勤笔耕不辍，更通过华文文学社团、征文评奖、华文文学讲座、经常到中国做文化交流等多种形式的活动，不断在各自所在国不倦地弘扬中华文化，并着力培养青年华文写作队伍。

　　随着中国国力的强盛，相信，中华文化将会永远流淌在东南亚，传播遍世界。

新加坡微型小说的繁荣及特色

　　微型小说在英美叫小小说，于日本谓掌篇小说或掌上小说，中国台湾多称极短篇，大陆和新加坡一般多用"微型小说"之名。不管其命名如何，在小说家族中，于长篇、中篇、短篇之后，它排行队尾；就篇幅之大小，情节之繁简，人物之多寡而论，它不只不可望长、中篇之项背，短篇小说在它面前亦属庞然大物了。

　　但是，它的"微"小并非与"渺"小画等号。第一，它历史悠久。中国古代的《山海经》《穆天子传》，先秦寓言，六朝志人志怪小说中已见其雏形；在西洋文学传统中亦不乏见它的踪影，有的学者认为于英语世界，在散文诗、速写速描、现代前卫实验小说和长篇著名片断之中，都有它的根苗。第二，它的繁荣兴旺与社会发展脉搏加速，节奏加快有密切关系。它是社会向高度现代化、高度商业化前进的一种文学现象。第三，它形制虽小，却内涵丰富，艺术构制精巧，在小说家族中自成一格，与中长短篇兄姐们恰如"嘈嘈切切错杂弹，大珠小珠落玉盘"，在文坛上协奏出动人的和弦。

　　一、新加坡历来重视微型小说，近几年尤其成绩斐然，创作与出版都有骄人的表现。

　　20世纪70年代末期，微型小说在新加坡已崭露头角，不但有人写还有人研究，当时的《南洋商报》和《星洲日报》起了诞育的温床作用。这一段的创作成绩，在1986年中国一家出版社出版的《海外微型小说选》中有所表现，像黄孟文等一些重要作家的作品已然入选。1988年上半年，新加坡自己先后推出周粲的《恶魔之夜》和洪生的《掌上惊雷》两个微型小说集。同年 8 月，首次出版了专门刊登诗和微型小说的双月刊《大地》，虽说两种文体共分秋色，却也足以说明微型小说已受到特别的重视，而且从作者的阵容看，已有二十几位。翻过一年，阿裕尼文艺创作与翻译学会出版的《新加坡微型小说选》更选收了四十七位作者的八十篇作品。

翌年，林锦的《我不要胜利》、张挥的《45.45 会议机密》、周粲的《抢劫》等单行本微型小说集和贺兰宁编选的《幸福出售》问世。同时，在中国还出版了新加坡微型小说选《赤道边缘的珍珠》，收录了黄孟文、周粲、南子、张挥、林高、长谣、林锦、希尼尔等二十九位作家的七十三篇作品。中国专门为新加坡出版选集这件事，足证新加坡的微型小说创作已有相当的规模和引人注目的成绩。

1992 年夏，周粲主编的《微型小说季刊》面世。这是新加坡前所未有的纯微型小说刊物，它的创办使有兴趣从事这种文学样式创作的作者有了用武之地，从而也更推动了微型小说在新加坡朝向一个更高的阶梯攀登。

《微型小说季刊》立足本地，放眼世界华文文学，除刊本地作品外，作者面遍及五湖四海，其胸襟之广阔，说明了编者的魄力和为世界华文微型小说的繁荣发展做贡献的决心。

创刊一年后，该刊便出版了两本有关的丛书。一者为周粲主编的微型小说集《万花筒》，专门展现微型小说的各种创作方法，和中国学者刘海涛所著《规律与技法——微型小说艺术再论》，专门对微型小说的创作艺术进行理论性总结和探索。可见，新加坡的微型小说创作在更上一层楼。

由上述发展进程，可见新加坡的微型小说日趋繁荣发展而专精。这固然是由于创作者的辛苦耕耘，但也不可忽视外在力量的推动作用。欧洲著名比较文学者高迪奥·纪廉指出，在世界文学发展史上，一个文类及其典范的逐步形成，选家的识见及选集的刊行往往扮演不可磨灭，但有时并不炫目的角色。

就新加坡微型小说能有今日的局面而言，显然新加坡作家协会功不可没。

作协会长黄孟文本人就是微型小说高手，量多质精，所以在他领导下的作协，80年代起有意识地做推动工作。如1988年6月出版的《掌上惊雷》即由胜友书局与作协两家联合推出。1991年初与新亚出版社又联手推出林高的微型小说集《猫的命运》和含部分微型小说在内的黄孟文小说选《安乐窝》。1992年更在"逆境中出版了一份定期刊物《微型小说季刊》"（见刘海涛《规律与技法》黄孟文《前言》第1页）。

新加坡作协不仅从事出版和办刊，还与春雷艺术研究会联合主办了微型小说讲习班，传播微型小说艺术，又与台北圆山扶轮社、新加坡狮城扶轮社联合举办了专门针对微型小说的"亚细安青年文学奖"，以此鼓励青年作者，使微型小说创作薪火不绝。还同中国大陆和香港多家文学社团、新闻媒体联合举办规模和声势浩大的"春兰·世界华文微型小说大奖赛"。

另外值得一提的是为中国学者出版专著。其难能可贵及重要意义，黄孟文在该书出版前言中谈得十分明确："我们非常乐意出版此书，并且把它作为新加坡作家协会小说丛书的第一本。这是破天荒的，因为新加坡作协经济能力有限，它从来没有替任何其他外国作家或学人出版过专著。我们这次所以做出这个决定，一方面是为了进一步提倡与支持微型小说这种新兴的文体；另一方面是我们非常重视具有较高水平的文学著作"，他希望通过这本书的出版"能够在新加坡文坛激起涟漪，我们更希望这本著作能够有助于把世界华文微型小说创作与研究，推向最高的层面"。

为了更进一步实现这个美好愿望，新加坡作协更以非常的识见，于今年12月在狮城举办国际微型小说研讨会，将微型小说的创作与研究正式推向国际视野。

二、新加坡国力强盛，经济发达，高度现代化，其居民多为华人，但国家的第一语言却是英语，在经济形态上，它靠拢西方，而治国精神颇多儒家传统，但是这种传统亦渐为西方文化浸濡与瓦解。这是新加坡社会的一些特点。

　　新加坡的文学作品多走现实主义路线，反映社会直面人生，作为文学样式之一的微型小说，虽娇小玲珑，却不空虚苍白，它在表现新加坡社会固有的特色方面，颇具精神。

　　如希尼尔的《变迁》，作品通过 20 世纪末南洋刘氏三代的讣告实录，十分形象地传达了新加坡社会由表及里的西化历程。

　　刘家第一代先人在 70 年代初（1973 年）去世后，讣告行文全是华文不说，且文白相间，如"遵礼成服""谊哀此讣"等。家属中除"未亡人"唐代妹是他到南洋后的妻子，接下来，孝男孝媳各七，孝女孝婿各二，死者五男二女，且六孙，四孙女，足见华人多子多孙的传说。其中长子长媳长孙长孙女都人在中国，想来为留居中国的妻子所生。这些现象是早年到南洋谋生的华人的家庭特征。子女孙男孙女中也有少数在外国的，一般是日本和英国。

　　十年后，刘家第二代有人去世。讣文较前简洁且全是白话。他的老婆称"妻"不再用"未亡人"，妻子名字洋化叫"李玛莉"，再不用那个"未亡人"叫什么"唐大妹"之类，土得掉渣的名字。后代只有男女各一个（媳、婿各一），孙男只有一个。儿子儿媳儿孙子的名字全是洋文，女儿女婿都在美国。

　　显然，中华传统文化痕迹淡了许多，不再多子多孙，后代多认同西方，尤其是美国。死者不再向往华人坟场而归属基督教坟场，这也正表现了生者的信仰。

　　又是十年之后，刘家第三代有人去世。这次讣告一律全是英文，再也见不到一个汉字了。

　　刘氏三代三份讣告，图解了新加坡从 1973—1993 年二十年的巨变。同一家华人，由传统而开放，由开放而归化，生活观念、生育观念、文字习惯及至信仰等等，渐趋全面西化。

　　范北翔的《参观记》，写的是参观一家当地华文报馆的故事。这家报馆的"新大厦真够宏伟，外表堂皇庄严，像一座坚固的堡垒"，以小说中另一人物所言："是的，它就是堡垒，我们当今的华文堡垒。"但参观的人们发现，这里的现代化设备并不常用，报馆的行政文字用的是英文，下级对上级打报告亦用英文，而更妙的是，负责华文报馆的上司并不懂华文，但参观的领队最后"劈开喉咙大声"对他的队伍说："各位，刚才我们参观的，是本地出版最多华文报纸的报馆，我们的精神重镇……"他之所以要"劈开喉咙大声"说，恐怕是借以掩饰内心的真正惶惑吧。

张曦娜的《出身》，反映了在新加坡看不起华校毕业生的普遍现象。因此产生了黄孟文《洋女孩》中所描写的那种新加坡青年，其留学生在美、以不懂华文为傲，反让一心想学华文的洋女孩感到不解和鄙视。作者为新一代出现的"数典忘祖"痛心疾首。

林高的《砸》是一块旧匾的咏叹调。它曾是老主人的至宝，而被新主人废掉。突然有一天新主人把它从储藏室抱出来，读着它上面的题字连声说："好，诗礼传家，好！"竟然重复了三十年前老主人的话，令它吃了一惊，后来明白是因为新主人近年常去中国做生意，捞得风生水起，"知道什么时候要标榜什么"。新主人家有远客来，盛赞道："好字！意思也好。不学诗，无以言，不学礼，无以立。"新主人听后很高兴，接着说："没有诗，没有礼，我们可就麻烦了。"新主人不懂华人的诗礼传家指的是儒家经典诗经和礼记，而说为一般意义的诗和礼，让人哭笑不得。

老人问题，教育问题，民主问题，爱情问题以及人性中的真善美假恶丑都有微型小说涉猎，反映了新加坡作家的高度社会责任心。

谢清的《老人院的来宾》描写了老人院的两个情节，一是有人向老人推销安乐死，一是到老人院看望老人的大慈善家的父亲就在其中。东方的传统孝道在一些人身上丧失殆尽。小说无情剥去了一些伪道德家的美丽画皮。推销安乐死，也可以说是种进步，但像小说里描写的那种不遗余力，亦见出人性的冷酷残忍一面。

尤今的《七叔的书店》，写爱书的七叔费尽辛苦高高兴兴开了家书店想化育后人，但书店门可罗雀；后来不得改卖录音卡带，原"本阗无一人的店，挤满了青春正当的少男少女"……书店的冷落，卖录音卡带后的繁华，七叔的喜忧，表现的正是一种不得不妥协现实后而心犹不甘的无奈。

怀鹰的《一桩奇怪的案子》反映了一些现代青少年对爱情的亵渎。

黄孟文的《不能没有我》辛辣嘲讽了以为地球离了自己就不会再转的人。

总之，新加坡的微型小说具有丰富的社会内涵，读后让人们了解新加坡人怎样思想、怎样生活；小说中反映的问题既带有新加坡的个性，也有其他国家普遍存有的共性，其中关于人性的探索，更具普遍的意义。

微型小说的"易写难工"，就像金圣叹所要求的"一笔作百十来笔用"。一笔真能发挥一笔的作用已属不易，更何况要以一当十呢！短短一千来字的载体要背负着几千、几万、几十万字的重量，谈何容易！但优秀的微型小说确实能有如此能力，如何既惜墨如金又能达到完美的理想，新加坡微型小说作家们做了不少可贵的探索和努力。

前述《变迁》一篇在艺术上就很见新意。作者并列了每隔十年的刘氏三代讣告，看来朴实无华，既没描写也没刻画，但我们不能否认作者运思之巧妙和细密。

能想到选用讣告这一意象，就匪夷所思。看似一个个简单的日常讣告，并列在一起，内容做一番比较之后，主题立现。新加坡二十年的巨变，全浓缩在短短三个讣告之中。其中的内容，完全可以写成上中下一部几十万字的长篇。

《砸》篇选用一块极富传统文化色彩的匾为意象，以它的遭遇象征传统的文化的衰落很有力度。小说写匾由要重视——被扔在一边——重新受重视，故事到此已属意外结果可告完成了，但作者又以意外之笔，说明它重新受重视的表象后面，竟是对传统文化的真正割绝。这种以意外结局反转又反转的曲折，好像相声经过一系列铺垫最后甩出了包袱，意外之意外的效果加深了主题的震撼力。

周粲的《再见》，两人分手说"再见"的地方选在三处，一处为百货商场，一处为飞机场，最后一处在太空中心。由"再见"的地点组成的三组意象反映了生活内容的扩大、时代的演进、人类对生存空间的不断追求和困惑。

黄孟文的《我爱拍他们的肩膀》，以主人公拍别人肩膀这一细节，揭示了人性虚伪和虚荣的一面。小说写到屡拍奏效（恰如俗语所言：千穿万穿马屁不穿）可以告成，却又让他拍错地方而遭现世报。前面行为动机与效果合一，结尾又让这种合一变为错位，动机与效果相反。这种错位正是作者想更深一步表现其主题思想的一种艺术手法。

林锦的《风花雪月》分别以"风—花—雪—月"做文章，表现台风下的渔民挣扎，卖花筹款抗敌，大雪给贫苦人家带来毁灭性的打击，月色朦胧中军队的自相误会残杀。一位作者寄出这些颇有社会内容的稿件，结果三天后遭退稿，原因是"本报副刊走的是现实主义路线，欢迎反映社会生活的作品，恕不刊用风花雪月的文章"。作者有意用风花雪月为题，谁知假象竟然迷人：生活中重视表象忽视根本，以假乱真的事真不少。小说的魅力就在这假假真真之中了。

有的作品完全以对话表现，通篇不见一字叙述语言，有的罗列两篇应用文，有的同一句话数次重复，有的将密切相关的两个人同一时间不同心理活动并列展示，等等。微型小说的作家们精选品位高、审美信息量大的题材，以层出不穷翻新的技巧探索，来实现自己的美学追求。相信在首次国际微型小说研讨会后，新加坡的微型小说创作必将会掀开更新的一页。

菲华小说管窥

> 任由西方的功利主义怎样地冲击与折磨，总是眷恋那四四正正的中国字的棱角。
>
> ——林泥水《乡音乡愁》

受邀出席这次菲华文学界的空前盛会是我极大的荣幸。

近一个月来，于繁忙工作外，不少光阴都徜徉在菲华作品的蕉风椰雨中。

我还是第一次读到这么多的菲华作品，令我眼界大开，耳目一新；充溢在作品中执着的故园情怀、开放的融合胸襟和浓郁的朴素真情，让我落泪，让我心暖，让我激动；当我还在脑海里描摹各位的音容笑貌时，我们之间，已有灵犀相通。

菲华文学创作源远流长，根据吴新钿会长的论述，她已拥有七十几年的宝贵生命。一个古稀的文学园地，定然婀娜多姿、丰饶繁华；但受时空所限，难以尽窥全豹，我个人所读作品极为有限，不能不说是极大的遗憾！

因为时间的关系，这里我仅就各位提供的小说，谈点读后感。

管窥蠡测，难免挂一漏万；瞎子摸象，可能以偏概全，疏漏肤浅之处还望海涵。

一、形象的菲华侨民史，斑斓的菲华社会图

菲华小说，高举现实主义旗帜，立足华人社会，生动形象地反映了菲律宾华人的生存状态、复杂的文化心理和独特的亲情人际关系。

它们是华人在菲律宾形象的血泪奋斗史、勤俭创业史、对所在国的经济发展贡献史，及民族融合史。

它们赋予"侨民"这一词汇丰富、生动、深刻的内涵。

它们弹拨着感伤和怀旧的琴弦，反思故我文化，确认新我身份。

菲华小说反映的思想内容，具体归纳如下：

（一）真实反映了老一辈华人在异国他乡的辛酸生活和创业艰难。

老一辈华人移民，在踏上吕宋岛之后的经历，多为不堪回首。20世纪40年代，中国福建省沿海有不少人以游客身份到菲律宾谋生，这些人当时被称为"游历字"。

"那时游客兼工，就触犯移民法规，从大陆出来多是'一双手五粒钮'来菲律宾挣钱的，为了生活明知违反法规，还是不得不偷偷地去打工，如被移民局的执法人员突击逮着，通常以花钱了事以免遭受扣压，为了避免警探的循藤摘瓜的骚扰，经常猫儿迁巢般地再卷起行囊另找工作。这种躲躲藏藏的逃犯生活，活像过街老鼠喊打声不绝，次次成为菲国政治皮球被乱踢，动则被遣配。两千多名逾期游客，有国归不得的他们，如失根的浮萍，漂泊异乡，在夹缝中求生，一见公务人员就心惊胆跳，精神痛苦几至崩溃……逾期游客，所面对的是生计和婚姻的两大问题，在工作上一般商行厂家都不敢雇用，以免受牵连拖累。在感情上，游客一有对象，通常会遭女方家长的反对，造成许多有情人难成眷属。"

小华《父与子》中的这段直白，全面真实地道出了当时"游历字"们的种种遭遇。

亚蓝的《烟锁重楼》《李大郎卖菜》《大肚阿财讨绳子》《英治

吾妻》和《家书》等篇，对此皆有具体表现。

试举《英治吾妻》为例，其中的主人公"培叔"，少年时"从福建来到菲国，在异乡讨赚无门，初期只得在一家施姓菜籽店当店员兼打工。当店员，累得毛管出汗，也只能糊口，他不识字，思想也不开通，除了剪发才出门，晨昏都窝在店里，每天只睡三四小时，终年常是两只眼睛带着血丝，营养又坏，清瘦的身子，尖削的下巴，使他天生嘴巴歪"。

他辛辛苦苦挣的血汗钱，除了给家寄信，不吸烟，不喝酒，没穿过一件新衣服，十几年辛苦，统统买成首饰金块存起来。当黑心的老板发现他积蓄的秘密时，竟诬告他偷窃，妄图霸占他的钱财。幸有得力人帮助，老板被吓住，阴谋未逞。

他想用攒的钱开杂货店，但当时的"零售商菲化案，政府规定只有天生菲人或入籍的人，才可以经营"。他"是华籍，不能拿营业执照，连站在店面帮忙买卖也犯法，这条生路断了"，到山顶做收购土产生意吧，"可是米泰业菲化案，还是同样禁止华人经营，这一途也同样绝望"。他和两个朋友拼凑起资本，在落后区开了间面包店。他辛辛苦苦，瘦成人干，面包店生意很好，不料两个合伙人又起吞并之歪心，他"长年久日像工人劳役，却叫人看薄看轻了，还要他连滚带爬空着手滚蛋"。

几经磨难，他在番妻"黑鬼婆"的得力协助下，才终于有了自己的一片天地。

柯清淡的《两代人》里的父亲，看到穿菲国军装的儿子时，顿时"陷入恐怖中"，因为这令他回忆起"那奔波于'山顶州府'做土产生意的年代里，由于这张华人的黄面孔，随时都会在山路崎岖的计顺省、椰林蔽天的三描岛、巨浪拍岸的巴老湾，惹来了这种身穿草绿色者的检查、盘问，甚至扣留……"他"永远不会忘记在大菜店当小学徒的50年代初，看见一群同样穿这身草绿色制服的，怎样把与我同姓氏的东家和'店口头首手'，押上也是草绿色的大卡车，沦入'禁侨案'中三百多名所谓'共谍'的行列里"。遭政治诬陷，这也是华人的一种不幸。

华人的处境，在小华的《警·匪》篇中，又有一番惨景："可比里茨特十级地震的菲律宾绑票勒赎，不断发生，使千岛之国天摇地动。富有的华人或华裔菲人，成为焦点猎物，被绑的人花钱赎命，不敢声张，不敢报案，怕绑匪报复。华人的价值观——就算铲塌金山，生命还是最可贵的。华人如围栏里被狼偷袭的羊群，骚动着，挨挤在一起，咩咩哀叫，今天一只被狼爪拖走，后天再一只被衔去……绑架勒赎，像瘟疫扩大，蔓延在菲华社会。"

华人没有安全保证，所以施文治《羔羊》里的马车夫"范尼道"不肯承认自己是华人，因为"几个华人做了坏事，动不动就把罪过推给整个华人社会"，"菲律宾人'一竹竿压倒一船人'，每天我走出门，心里就有一种感觉"。

"范尼道"的这种感觉，在华人里颇有代表性。

过番客的境遇形形色色，"大肚阿财"的经历有点让人哭笑不得，他原本生活不错，有自己的餐厅，却娶错了老婆，菲妻爱挥霍还不算，菲妻的娘家人——父母、哥哥一家、叔叔的儿子、大姨、老姑妈的女儿、邻居、同乡，全来投靠，生生把大肚财给拖垮，走上绝路。这个带有喜剧色彩的悲剧故事，是华人生活之又一景。

（二）深切表现了菲律宾华人对故国故土"之死誓靡它"的坚执怀恋之情。

华人起名字向来很有学问。柯清淡微型小说《命名记》里的男主人公，名曰"高尧舜"，足见他对中华圣贤的敬仰和崇效之意。他有八个不会讲华语的子孙，所以请人为他的新孙子起了个中国名字，叫"高观龙"，他盼望这个小"高观龙"有朝一日能写进族谱，象征21世纪炎黄子孙的腾飞。

董君君的《她从希腊回来》的华人女子丽莎，虽然自由恋爱嫁了菲籍青年，却给两个孩子起名字叫慕华、慕汉，并教他们学华语。在打工的东家面前，自豪地承认："我拿的是菲律宾护照但我是中国人！"

落叶归根是"李大郎""培叔"之类老一辈华人神圣的信念。

　　"培叔"在异乡发达后，每年回故乡探亲、买房盖楼，为落叶归根打基础。小华《父与子》中的父亲，也经历了二十几年"游历字"的艰难生活。好容易等到 70 年代，"总统尊重人道主义，特准两千多名逾期游客，改为永久居留身份"。"父亲"成为菲国永久居民，在勤俭奋斗，事业有成后，"每年都回乡圆了少年时出外发财衣锦返乡的美梦，在家乡盖了一座四层楼屋出租，顶楼预留，准备他日夫妻俩退休落叶归根在家养老"。

　　笔锋《永恒的爱》的一位老华人决心舍弃荣华，返回唐山实现与发妻生不同床死同穴的梦想。这个"发妻"既是实指，又是故乡的象征。

　　施文治的微型小说《匍匐》里，看守栈房的"老华"，在世时无法实现回故乡过四代同堂生活的愿望，死后由其老伴将骨灰送回了老家唐山。《晚景》和《匍匐》思想类同，不同的是"阿耳伯"生前回了故乡，而《晚景》里的"他"，却在被儿孙们刮光钱财后，遭遗弃，可怜地死去。这是发生在老华侨身上的另一种悲剧。

　　（三）表现了华人由落叶归根到落地生根的心路历程。

　　柯清淡的《路》，里面的主人公在经历了苦闷彷徨后，坚定了对新土的归属感：他最终认识到，落叶归根是老一代人的思想，"占华人多数的土生土长的后辈，则应争取在这国土上扎下根"！因为有这份信念，从此异国不再陌生，"我正行走在自己的国土上，往日的惆怅和漂泊感，顿时一扫而空；我又十分清醒地体会到，我已找到了应该走的路"。

　　落地生根的思想，在菲华小说中由于体裁的特点，表现得比较委婉，而在可以直抒胸臆的散文中则表现得十分直白。小四在《菲律宾才是我的乡愁》中道："呀，多么令人伤感的不愿承认的事实，原来菲律宾才是我的乡愁，我虽不生于斯，却长于斯。""中国，我含泪轻轻地叫着；当然，我还是会用我的一生来爱您，长江，黄河，仍是我子我孙追寻回顾的源头，但，您只是我梦里的一条巨龙，一个富强，高贵，我们引以为傲，引以为荣的名字……"

到了生在菲国、长在菲国的华人后代，他们没有老一辈把异乡当作家的于心不甘，也没有中一辈认同新土又眷恋故国的双重心态，但无论他们怎样菲律宾化，都无法摆脱自己是华人后裔这一事实。华人社会对中华传统文化的执着，令他们不可避免与自己的长辈，在文化认同方面发生矛盾。

老一辈华人对中华文化的执着，尤其表现在对语言的态度上。他们自己坚持说中国话，也希望下一代不忘母语。《龙子》中的父与子之间，一个重要的矛盾，就是父亲要儿子讲中国话，菲华混血"出世仔"不愿意说中国话。

语言是民族文化的一个重要象征，父亲所坚持的正是中华文化在下一代的承传。

《一块月饼》里的"老爸"有"抽刀断水水更流"般斩不断的乡愁。他每当"思乡病发，就迢迢地跑到久违的华人区温习一下'咱人'的生活方式，看中国电影，若巧逢路边搭架表演'高甲戏'，更是废寝忘餐看到口张忘我的境界。饿了上馆子吃番薯粥佐咸鱼……回家后几天老人家笑口常开，哼唱南音北调"。儿子也是中菲混血的"出世仔"，中秋节时为治老爸的思乡病，跑到王彬街买月饼。

"出世仔"的形象，被王彬街的华人误看作不良之徒，儿子为表明身份，结结巴巴说了几句平时说不好、也不愿意说的父亲的家乡话。这时他"第一次为自己是'出世仔'而会讲咱人话感到的自豪"。当老爸接过儿子特意替他买的月饼时，心里的第一个反应就是感到十分内疚，"责怪自己没有给这么孝顺的儿子接受中文教育"。看得出，老爸和儿子的心灵从此更贴近了，黏合剂就是中华文化。

庄子明的《光荣的故事》以一个华人青年为国牺牲，喻示华人新一代已将自己的生命融入菲律宾。菲律宾华人已死心塌地落地生根。

在菲华社会，中国封建婚姻观念仍然大行其道，父母之命，媒妁之言，不许异族通婚、坚守封建伦理道德、门当户对才能结亲等封建糟粕，给下一代的婚姻带来许多不幸。

《灰烬里的青春》（小华）里的二嫂年轻守寡，小姑大龄待嫁。身兼母亲和婆婆的家长，对于这两个孤寡寡人，采取了截然相反的态度：她又找媒婆又合八字，忙着张罗一个又一个对象，急于为女儿拉郎配；却要求寡媳，严守妇道，从一而终。

婆婆身上固然深烙着华人的封建传统思想。不幸的是，年轻的二嫂也同样为传统思想束缚，不然在守寡五年后，为什么面对新的爱情依然会犹豫彷徨。

这篇小说通过对华人残存的、封建道德观念方面"灰烬"的批判，对中华传统文化做了必要的反思。

（四）观照社会、直面人生，菲华社会面面观。

有些作品，如吴新钿的微型小说，涉及了广泛的社会生活，举凡子女教育、爱情婚姻、家庭伦理、生老病死、社会阴暗面、人性的缺憾、生活的不完满等等，表现了人世百态，有一定认识价值和批判意义。他非常重视文学的社会教育功能，所写作品一般都目的性、针对性很强，为了强化主题，他往往在开篇或结尾或做率直的说明，或发导向性的议论。

如《乏孝的尴尬》，探讨了孝道问题。母亲逼儿子娶有钱人家的女儿为妻，儿子不从，向往真正的爱情。母亲认为他是"不孝子，不听话就是不孝，不顺从就是不孝"。

作者在篇尾的议论，否定了这种不分是非的孝道观念。

《老婆不是月亮》里刻画人物时运用漫画般的夸张手法，绘声绘形地描写了一个不可理喻的妒妇悍妇，和一个只懂一味迁就忍让、甚至纵容妒妇悍妇的懦弱丈夫。前者固然可恶，后者既令人同情，也让人对其窝囊感到不齿。从这两个形象，读者可以深思，而有所借鉴。像说故事人一般，在结尾处，作者直接出面，言明了作品的意图。

《老同学的干女儿》涉及爱情道德问题。在老同学聚会时，大家对带着所谓"干女儿"出席、一个常做爱情游戏的同学善意嘲讽。文后作者语重心长地说："不管怎么说，佳望一切对他俩回头还来得及。"

又如反映盲人事业和爱情的《雾破日出》更为典型,开篇作者言道:"这是一个半真实的故事,一位盲目的青年,他不信命运的安排,以不屈不挠的精神,排除万难,拨开云雾,力争上峰,他的欢笑,他的勇气,希望把它跃然成文,借着他为前程而奋斗,对生命有信心,能为我们借鉴。"故事结束后,作者意犹未尽,赞言不绝:"虽然命运注定了启英和高位顺的忧喜捆在一起,直到遥不知的来世。但全盲的他珍爱春天般的希望,勤奋写作,让自己的肩头挑起未来的寄托,向往收获,追求卓越。……"

《错误的一步》的结尾是"他更了解人生,重要的一步脚踏出不要错误。崎岖的天涯路,总要理智勇往坦途,莫踌躇"。

《彷徨后悔》开篇就是"在这布满诱惑的社会上,像汤美这个青年,可以说俯拾即是。为了找刺激,罪恶虽然是个人的,但以整个来讲,是个家庭问题,社会问题!通常因为富有,金钱可以买玩乐,也终于会卖了生命……"

《吾子吾仇》涉及社会问题。吸毒的儿子在毒瘾发作时,持刀向父母行凶,生死关头,无奈的父亲被逼开枪打死亲子,自己落入法网。作者对可怜的父亲充满了同情,吸毒是顽症,社会亦有责任,所以小说最后,作者严正而痛心地发问:"关键问题,法庭后来宣判如何?沙朗牙(父名)是否有云破日出的一天?各位读者,假如把我们的感受赤裸裸地显露出来,沙朗牙有没有罪?"

《一片面包》里的一个穷困的病孩子,被作为医生的实验品,在生死攸关之际,他的最大的愿望却仅仅是要"一片面包",犹未获满足就离开人世。在平静的叙述中表现了作者的悲悯情怀和强烈的现实批判精神。

《梦与缺》通过对新婚女喜喜悲悲的一场梦境描述,启示人们幸福里可能孕育着不幸,不能盲目乐观,月有阴晴圆缺,人生多变而沉重。富有哲思。

另外,黄一泓的《第二人生》说明美的真正含义。《得意门生》

则嘲讽了势利眼，为人师表者尚且如此，可见此病在社会上市场之众。

上述作品饱含仁爱悲悯和凛然正气，它们是劝善金科和积极健康的生活教科书。

二、丰富的人物画廊，多重的人生矛盾

高尔基认为，文学就是人学。

小说使人百读不厌的魅力，主要来自人物。

在菲华小说画廊里，行走着许多为一般小说所无的新鲜角色。

"游历字""过番客"（或"番客"）"引叔""番仔婆""番妻""番客仔""出世仔"等等，这些活跃在菲华小说中的人物，五光十色，令人眼花缭乱。

"游历字"专指在菲没有合法居留权的华人，"过番客"（或"番客"）是在菲华人的通称，包括合法和非法的。"引叔"是菲国人对华人的叫法。

有位名家说过："一个人是一捆关系，一团根蒂。"

对于菲华侨民来说，一个人还不只是"一捆关系"和"一团根蒂"，因为他们每个人在社会舞台上扮演的每个角色都不单纯。

比如"番客"，他们比一般男人，首先多出了"离乡背井"的侨民身份。

他们在异国寄人篱下，为生存和养家苦苦挣扎；他们辛苦挣的钱，既要维持在菲律宾的家，还要寄回唐山，养活父母妻儿，建房买屠，生活负担格外沉重。

作为人子、人夫、人父，他们在担任这些固有的社会角色时，又多出许多复杂和矛盾。

他们有的在异国他乡另结姻缘，这姻缘有黄皮肤的同种，有黑肤色的异族，异族通婚常会受到上一辈的反对，和"番妻"生活，需要接受不同习俗的挑战。

　　他们有的既有发妻，又有番妻，却难以享受到左拥右抱的快乐；他们多数没有同时和两个女人生活在一起，所以往往看着番妻想起发妻，难免要咀嚼点离别之苦；当发妻和番客聚到一齐，他们夹在拈酸吃醋两个女人之间，为夫的角色便当得十分辛苦。

　　他们在新土组了家庭后，有的仍然供养唐山老家的发妻，有的干脆忘恩负义，也有的是发妻将他们抛弃，或者只认银两不认人，让他们人财两空。

　　他们的下一代也有出生国的不同，境遇的不同，就是生在菲国的，还有纯种和混血之别，这些都构成了各种矛盾；上一代和下一代普遍存在着代沟，除了一般两代人的隔阂外，还有对待中华传统文化的矛盾——上一代既希望自己的儿女认同新土，效忠菲律宾，却又要求后代不忘中华文化，要求他们学中文，讲"咱人话"，而新一代却只认同菲国，对中国隔膜，对中华文化没兴趣，他们要为此担心和操心。

　　番客的发妻和菲妻之间、家乡儿女和新土儿女之间、他们和上述所有人之间，构成繁复的家族人际罗网，他们像作茧的蚕，将自己严严密密地束缚在其中。

　　这是菲华小说展现出来的独特人生风景。

　　如，《英治吾妻》里的"培叔"，是"游历字"，在唐山老家有母亲和妻儿（即"番客婶"和"番客仔"），在菲国又娶了"番妻"。当他事业有成时，他的"番客婶"发妻"英治婶"不顾他去信的坚决反对，到菲律宾来找他。

　　"英治婶"的到来，搅乱了"培叔"的平静生活，使他处境难堪、尴尬，他夹在两个女人之间，左右为难。

　　两个妻子互相忌妒，争说自己劳苦功高。

　　故国的发妻，在唐山老家"下田引水、洗衣烧饭"，照顾儿子和婆婆，对他有情有义；菲国的新欢，与他胼手胝足、同甘共苦打天下，于他有恩有功。

　　道义上，他不能抛弃发妻；现实生活中，他不能没有番妻。一个是他的过去，一个是他的现在；过去的割不断，现在的不能丢。

"培叔"的这种两难困境，既是生活中的现实存在，也具有一定的象征意义。

"培叔"的两个女人，也都值得同情，她们都为生活付出了沉重代价。

能说"英治婶"不该来找丈夫吗？她是"培叔"拜过堂的合法妻子，她有权利和丈夫在一起生活；

能怨"黑鬼婆"嫁了"培叔"吗？孤男寡女共同为生存奋斗，如果没有她的合法身份，"培叔"哪会事业有成。而如果她不是嫁番客，是和自己同族人结婚，何用和唐山女人共有一个丈夫。

三个人都痛苦都尴尬，这究竟是谁的错？

如此复杂的婚姻关系和矛盾，在老一代菲侨中比较普遍。对待这种现象，很难用简单的道德批判。

发生在"培叔"身上的故事，是时代的悲剧，也是旧中国积弱贫困的后果。如果当时中国富强，"培叔"何用背井离乡走他乡，何有唐山、异国两个家！

英奇的《金凤》和《春梦》同样描写了番客的唐山发妻的遭遇。

菲华侨民不少人把家属由中国大陆转移安顿到香港，"英治婶"如是，《金凤》里的女主角"金凤"也如是。

"金凤"作为女人，已是人妻，但丈夫是番客，远在吕宋岛，她被安顿在香港的菲侨眷属楼，常年独守空闺。丈夫在异乡，她独居，而且是离开故乡的独居，这些都使她有别于一般为人妻的女人，生活上更加不便。

更大的不幸是，好不容易盼得丈夫探亲归，丈夫却并非独自前来，还携带着"番妻"和其"出世仔"。丈夫只和自己的母亲表示亲热，却连看都不看她一眼。金凤尽管很不高兴，还是温顺地尽着妻子和主人的责任，做饭端菜一通招待。她端出三碗甜蛋汤，轻轻地排置在丈夫和菲妻母子三人面前。

"菲妻"范尼沓·巴丝沓吴将金凤睨视着，她推测着，这个细心招待他们的妇人，该就是她所憎恨的人了，但在这个场合，她却对金凤微笑着点点头，表示和好友善。她们两个女人的皮肤颜色虽然迥异、言语虽然不通，但各人心里，却有相同的感觉，而这个相同的感觉，正是人类生活的欲望。吴兴瞥见范尼沓和金凤在互相点头打招呼，心中产生了一种有生以来，最敏感的快乐，本来尴尬的意识，便溜到九霄云外，"在脑中萌生了左抱右拥的意想"。

金凤、丈夫、菲妻，三个人爱恨情仇的心态，多么微妙的曲折！尤其丈夫兴起的左抱右拥痴想，更写透了男人的贪心。

《春梦》里的"王香梅"则御驾亲征，万里探夫到菲岛，只见亲戚却不见丈夫来接。她在机场和路上受了不少委屈，千辛万苦到了亲戚家，偶然的发现，使真相大白，原来丈夫已另结新欢，无情将她抛弃。她的命运连"英治婶"和"金凤"都不如。

这个故事的题名似乎还另有喻意，菲总统府前刻意表现的社会升平景象和菲总统府卫士的为非作歹，恰成反讽，是否所谓社会升平，也是一场"春梦"！若果然如此，这是菲华小说中难得见到的对菲国政治的关怀。

番客的唐山发妻有的处境堪怜，新土菲妻面对的问题也有很多，如陈晓冰《第三代》里的苏珊娜，华人公公将她和丈夫逐出家门，过着艰苦的生活，她还一心要当好番客的妻子，学会说"咱人话"，教育孩子不忘华族之本，她所面对的矛盾和付出的代价比和同族男子结婚的菲女要大得多。

菲女不说，就连土生土长的华人女子和番客结婚也是苦胜于乐。亚蓝《烟锁重楼》里，土生土长的华女"雅文"，爱上"游历字""东胜"。父母当然很反对女儿嫁一个没有长期居留身份的人，但她为爱不顾一切，现实生活的残酷，让她为此付出了沉重的代价。因为丈夫是见不了光的"黑"人，所以多大的难事都得由她出面对付。

家里发生了失火事件，众人汹汹问罪，她的丈夫因没合法身份，不能出面，她只得以怀孕之身，单枪匹马独自上阵，她孤苦无依，可求助的只有肚子里还未出世的孩子，所以她不时用和未出世的孩子做心灵对话的办法，鼓励自己。

即使有合法身份，也无家有两妻之类矛盾的番客，生活得也不单纯。

柯清淡《两代人》里的父亲，既为儿子落地就是菲籍国民，不用再受自己受过的气高兴，又"内心自嘲自责着：'黄帝今天又丧失一个海外龙的子孙了！可惜……'他让儿子受完华校教育又受菲校教育，既给儿子讲南沙群岛的历史，又告诉儿子一旦中菲因此开战，"要服从国家的号召"；他少年时在菲校念书，在"鄙视华人，轻蔑中国"的敌视环境中，淬炼出一颗"弥久不变的'中国心'"，同时也勉励儿子"这国家是你永远生活下去的地方，你应该跟土著不分彼此，亲如家人"。

这几组对比，反映了这位父亲对处理故国和新土关系时，内心深处的矛盾和挣扎，也表现出他爱子女，识大体，顾大局的宽阔胸襟。应该说，他代表了在当前现实生活中多数华人父母教育下一代的做法。

然而作品中关于父亲的描写，并未就此止步。他看到自己的儿女们，参与社会对华人的丑化时，十分敏感，竟气愤地对"乐在其中"的儿女们，"各打了一记耳光"。

他"连续数夜难以入眠"，不是心疼儿女们挨打，而是"内心翻滚着自我检讨的狂风巨浪，终于认定我这为人父者不该再继续沉默下去，否则下一代会被纳进新环境中去沦为戏谑对象的贱民，而贱民必不能在社会上有所作为。所以，在十年来，尽管华人的地位逐渐爬高、提高，也颇迅速地同化、融入菲律宾大社会，我却不得不在这种毒菌到处侵袭的逆境下，向儿女们适度地种下本位意识和价值观，教导他们认识自身在他人心目中是什么社会角色，以使他们将来踏出家庭围墙外的严峻环境时，懂得怎样去不亢不卑地融合于其中，怎样地去捍卫自身的生存和权利，怎样向大社会注入一种外来的贡献……"

父亲的这些曲折心思，可以说是身为侨民的为父者所独有的。

华人的子女，无论生活在唐山的，还是在新土出生的华仔或混血的出世仔，他们都比一般意义上的人子人女，多出或者骨肉远离，或者有文化认同的矛盾等问题。

菲华小说所提供的人物和人生，大大丰富了小说画廊，这也是菲华小说对世界文学做出的一方面重要贡献。

三、泳游在传统江河，踱步在现代大桥

菲律宾曾长期被西方统治，受美国的影响较东南亚各国都久，但在小说创作的艺术表现上，却像菲华社会一样，较多保留了中国传统特色，也间或闪烁着现代精神。

菲华小说多有明朗积极的主题，客观理性的故事述说和生动传神的人物形象；作家们将对比、白描、暗示、象征、细节描写等艺术手段运用得巧妙而娴熟。

林泥水无疑是一位很成熟的小说家，从我读到的五篇作品看，均结构严密，布局均匀，艺术经营上颇具匠心。

《断坊》这个发生在中国大陆40年代、富有传奇色彩的故事，无疑深受五四新文学思想的进步影响。

一个没落封建大家庭里四十几岁的寡妇雪兰和一个四十多岁未娶的单身汉王祝，相恋、怀孕。在以竖着节烈坊为荣的家族和村民的眼里，无疑是冒天下之大不韪的事。这对年轻守寡，坚守封建礼教，一心要媳妇也效仿自己，做贞节牌坊的节烈妇的婆婆，打击巨大，气愤得一病不起，大家族里堂上的伯叔婶母们，也总以鄙视和疑问的眼光看她。不久她的当兵的大儿子大德回到村里。瞎眼祖母以结束自己的生命，"控诉"了媳妇的"罪孽"；大德又听了族人的谗言，愤怒之下，将王祝用枪击毙，他的母亲被迫上吊自尽。王祝的死，引起萧王两家的械斗，大德潜逃到自己以命相交的战友尚敬家。不久，尚敬病逝，临终前将自己的无依无靠的妻儿托付给他，使大德体会到自己母亲守寡的不易，理解了母亲和王祝的感情，深深痛恨自己残忍的所作所为。在忆旧的精神慌乱中，开枪暴露了自己，终因杀害王祝而被捕

法办。

这篇小说在构思上的特点，也是其最成功处，在于其对旧礼教罪恶的反省和批判，不是单一地停留在大德杀人和逼死生母，这一血淋淋的事实上；它更妙在又续写了大德和战友一家的故事，用大德在亲身感受后的觉醒和悔恨，悲剧之后又发生的悲剧，这双重组合的悲剧，更加强加深了主题表现。

作品里几次出现富有象征意义的"石凳"：

雪兰"不由自主地从厨房后窗频频窥视这全村没有人注意的石凳"。王祝"晚间还携着这黑得发亮的乐器坐在石凳上乘凉消遣"。

"庭院里已挤满了那纳凉避蚊的堂亲，小顺和祖母照旧拣最靠节烈坊的一只石凳坐下。"

显然对于雪兰和王祝来说，"石凳"意味着爱情和彼此的思念，它是爱的象征；而婆婆座下的"石凳"却是节烈坊的化身。同为石凳，其含义竟如此富有敌对性。

在刻画人物表现主题时，作者似乎特别钟情于对比手法的运用。如，颇富喜剧色彩的《两个瘤》。一场火灾后，叔侄俩头上各自都添了一个瘤。同为瘤，却是善恶两种不同用心所至：侄儿的瘤，隆起于爱心和道义；叔父的瘤缘于损人利己的私欲。

对比反衬，褒贬分明，教育性很强。

《墙》是篇寓言性的小说，通过父子两人对穷困邻居的不同态度、不同做法的不同效果的对比，暗喻人心比高墙更有力量，物质的墙发挥的作用，远远抵不上一颗善良的心。

《雨过天晴》在写主人公现在和过去的对比时，还对比刻画了两个年轻移民的形象：一者肯努力上进，终获成功，一者自甘堕落，结局悲惨。这双重的对比法，使作品既反映了移民生活的不易，还说明各人命运就掌握在自己手里。

《暮钟的回响》同样成功地运用了对比写法，把刚死在养老院和仍在养老院度残生的两个老移民的生活、友谊、性格表现得丰富生动。

董君君的《楼梯底下》，选取"楼梯底下"这个阴暗、狭窄、肮脏的物质世界的意象，象征人类精神世界的阴暗、狭窄和肮脏，从而完成作品对女主人公的母亲和婆婆两个女人的丑恶行为和不良思想的反讽和批判。

《她从希腊回来》在细节和人物描写方面有不俗的表现，如，表现三个受虐待的孩子在大门口等继母回家的场景，细腻而活灵活现："街灯昏黄巷道人静。她回来了轻轻开锁，重重推门，让三个睡得口张涎流的姐弟妹，猛地失持往后仰倒，龟壳着地的王八似的四肢乱划，揉开黏着的睫毛，仰看矮小的眼前人，吓得折了颈般垂下头，凝视那十只猩红蔻丹脚趾甲，继母无声的怒瞪比有声的怒吼更叫孩子心里发毛，三个瑟缩着像等鞭子刷下来的奴隶。"非常形象的细节，带着作者的强烈褒贬爱憎。

有些人物素描生动传神："丽莎的五个姑姑像发怒的母鸡，羽毛怒耸，做咯咯声怒冲而来，师出有名，要把三只小瘟鸡从鹰爪下救出来。"在《警·匪》篇里，层出不穷的绑匪案，让小说里的"我"吓破了胆，不免心慌意乱，草兵皆兵。作品将"我"看见可疑人时的心理活动、做法和报案时的犹豫矛盾，描写得形象而真实。疑假疑真的结尾与现实中的警匪难分更成有力反讽。

小华的《灰烬里的青春》，精心调动了多种手段，用来表现两个年轻女人孤独寂寞的内心世界：一个是长夜难眠"眼睁睁地数天花板上的钉头"，另一个则在夜阑人静时踱步不止，这是暗写；两个人无意间彼此刺伤讥讽，二嫂在日记里直言心声，小姑偷看日记流下理解的眼泪，这是明写；此外，壁虎的喻意（开篇："墙上的壁虎，急遽地钻进墙角的洞穴，她永远孤独地低首摸索"；结尾："而那只孤独的壁虎，依然在墙角上，低首摸索着"），及前后呼应的二嫂织绒线球的意象的暗示，题名"灰烬"二字的暗示，皆使作品富有现代感。

柯清淡的《两代人》里有些细节，如"中国牌坊"意象的几次出现，爷爷与孙儿女们关于到唐山是"回国"还是"出国"的辩论，儿子由中国回来后破口大骂英国和法国等等描写，都饶有风趣，为作品增色，强化了主题。

《路》从篇名本身到通篇内容，都具有很强的象征意义。推销员"我"为了推销商品，舟车劳顿远征到 P 岛 K 村，象征中国人为谋生移居菲律宾；林氏杂货店的老板阿贵，动员"我"买下他的店，以结束推销员的漂泊生涯。开始"我"掂量再三，没有同意。不幸阿贵被害，"我"突然发现，自己已经融入了 K 村，和 K 村休戚相关，同时也发现 K 村有发展畜牧业的大好前景，于是断然决定买下林氏杂货店，在 K 村定居。

阿贵的死，象征老一代华人落叶归根美梦难圆。"我"买下林氏杂货店，象征新一代华人的"路"，不在唐山，不是过去，它就是现在脚下这块已经淌着自己辛勤汗渍的菲律宾；落地生根才是最好的出路。

作品开头的孤独感和结尾的充实自信，既前后呼应，使小说浑然天成，又象征着华人的新生，寓意颇丰。

查理不愧是微型小说高手，《爱的觉醒》像台话剧，选取了四个生活场景，三场重复在情妇家，一场在机场，第四幕戏，帷幕陡然落下，结局在情理之中，却在意料之外，戏剧性地完成了微型小说给读者的"速率刺激"。不忠丈夫的嘴脸，妻子的深情和理智，都留给观众深刻的印象和绵长的思考。

《拳击手》里女儿突然带一个男友回家，父亲开始有些莫名的戒备，交谈了几句，他对女儿的男友产生了好感，在太太和女儿的推波助澜下，循着女儿男友的疑问，高兴地讲了一个暗杀者的故事，结局是他被女儿的男友缉拿归案。原来女儿的男友是前来卧底的警员，被其识破庐山真貌的父亲正是潜逃的暗杀犯。作品运用递升反转的结构技巧，出奇制胜。开头和结尾的大变化大反差，给读者意想不到的惊奇。

《当掉自己前途的人》描写一职员将挪用的公款又全赌输了，走投无路中，进当铺欲当传家的钻石指环。当铺老板对他的事了如指掌，对他劝勉有加，令他觉昨非而决心改过。当铺老板怎么肯如此对待顾客？当读者正一头雾水时，老板说明了原委：当铺老板当年在赌得走投无路时，这个职员的祖父送钱救了他的急，还劝导他改邪归正，他这样做是出于感恩和报恩。

这篇小说当铺老板的形象和言行开始让人感到扑朔迷离、神秘、不可理喻，拨云见日后，更增强了作品的感染力和教育性，潜在阐发了善有善报思想。

《偶遇》写的是在夜幕下的海边，偶遇的男女诗情画意，擦出感情火花。作品意境空灵朦胧唯美，不料，在美丽的外衣下竟是滴血的真实。表现出人们追求完美的心和生活不完美的矛盾。颇有反讽意味。

《阴谋的爱》顾名思义，"爱"中肯定有问题。但看完作品后，仍为结局感到惊奇。这篇小说用了曲折反转的结构法，高潮迭起，一个意外接着另一个意外，层层推进故事，结局令人惊奇。

施文治的几组《小镇故事》，集中对小镇华人社会的生存状态和一些下层小人物的命运，进行了散光透视性的扫描。

这些微型小说，或做三笔两笔素描，或做人生片断勾勒，结构精致，体小意深，道尽各种人生况味，寓悲壮于凄凉之中，颇具审美价值。不被人理解的寂寞的华人文化人（《琵琶》），由华人社会不良的婚姻观念造成的大龄"在室女"（《婚事》），在殡仪馆当了十几年的职业守夜人（《守夜人》），小镇社会硕果仅存的"纸扎"者（《传统》），其中的人物形象皆含义深刻。

《第二春》《蟑螂之死》《阿宝》《二十四孝》等篇均是不错的人物素描。脸上挂着笑容的"冬瓜王"，修理铁门的佝偻"老人"，白痴"阿宝"，被儿子从大屋赶到小屋的"阿水婶"，作者对这些孤独寂寞的可怜人倾注了同情和悲悯。

以"纸扎"手艺的后继乏人，象征了中华文化的式微；运用人物对话，道出了人生一景——老年再婚的真谛；以蟑螂垂死挣扎的意象，暗喻不幸的人生晚景；用阿宝收养小狗和与小狗的相依为命，对人世的冷漠做无情批评。

《人间禅话》充满了睿智的生活哲理。《三个家》表现了边缘人哪儿都有家、却哪儿都不是真正的家的悲哀。

施文治笔下的小镇，既是现实的，又是象征的，它是微缩景观，所代表的正是菲华社会。

《小镇故事》的几组作品，在艺术表现上，颇具现代精神。

林秀心的《塑型》是篇寓言体小说，充满了睿智辩证的哲思。《承诺》似散文也似小说，寓意生活就是不断为实现一个个的承诺奋斗着。

明澈的小说《春天的梦》和《谁杀了他》通篇运用对话，直奔主题，表现手法简洁鲜明。

同样反映"引叔"们寄人篱下的生存困境，王锦华的两篇《引叔》，选用了不同的叙事角度，异曲同工，妙不可言。

总之，菲华小说自成格局，自有特色，其中侨民题材作品所表现的历史沧桑，其内容和思想，至今犹具有较普遍的世界性意义，它不但是历史的，也是现实的。

中国历史复杂多难，中国大陆80年代以来的改革开放，台港澳政局面临的变幻等等，都使华人移民潮前仆后继，绵延不断。

但无论是过去了的40年代，还是正朝21世纪倾斜的90年代，无论是到亚洲，还是到欧美，移民者同样有合法和非法两种，非法移民现在所遇到的生存困境，与当年到菲律宾的"游历字"，又有多少不同？同样没有合法身份不能打工，同样非法工作要战战兢兢；异族通婚同样有许多矛盾，父子两代也存在着文化认同方面的差异；是业成归国，还是落地生根，同样是许多华人要面对的抉择。困扰过菲华侨民的问题，今天依然也程度不同地困扰着欧华或者美华侨民，不信的话，请看出自新一代手中的一些移民作品。

不但现在，在可见的将来，华人侨民题材的作品，都是华人文学里的重要风景。所以我们在希望菲华作家开阔视野、拓展题材的同时，还应该对菲华侨民题材作品的成就，给以充分的评价和肯定。

小说世界里的微缩景观

——读文莱华文作家微型小说

微型小说篇幅短，五脏俱全，小而精，小而灵，堪称小说世界的微缩景观。它像微雕，是种以小博大的艺术，其社会功能和艺术含量，比起它的长、中、短篇小说的兄姐们，毫不逊色，毫不示弱。因为适合忙碌的现代人书写和欣赏，生命力特别旺盛。

对于文莱的华文作家和作品，以前所知甚少，这次召开微型小说研讨会收到文莱华文作家协会寄的海庭、煜煜、蓝薇、鹰等几位作家的部分微型小说作品，展读之下，真不敢小瞧，就像文莱的版图虽小，却是名闻遐迩的石油富国，文莱华文作家的作品也是座尚未被广泛开发的丰饶富矿。

我读到的文莱作品极其有限，却要在这里说三道四，论述短长，无异于瞎子摸象，难免以偏概全，蜻蜓点水，浮皮蹭痒，挂一漏万。

几位作家的作品，以开阔的视野，捕捉微观局部的生活片段，用最小的面积，展现大千世界，鲜明地表达了他们对人类、对社会、对人性的热切关注和褒贬臧否。

收到的海庭小说的二十八篇，包括《世纪论坛》《名导》《成功人士》《友情》《危笑》《江湖走一会》《案中案》《末日》《阴功》《生活险道》《糖衣下的风光》等。首先映入眼帘的《世纪论坛》很像讽刺幽默漫画。作者以抽象且形象，真实且夸张的线条勾勒出"肥子""瘦子""不肥不瘦"三种人，由他们画出了一幅绝妙的当今世界地图。当然这个"世界地图"不是一般意义上的版图幅员的展示，而是财富多寡和穷富对立的漫画式写照。

在世纪之交召开的"世纪论坛"上，"肥子"躲在舒适的"冷气室内""开大会"，"瘦子"在"艳阳下"进行"示威"。作者用"肥子"和"瘦子"两个鲜明对立的形象，用"冷气室"与"艳阳下"生存处境的优劣参照，用"开大会""示威"两种不同行为，所展现出的画面，生动深刻，耐人寻味。

"肥""瘦"之外的第三种身份，即"不肥不瘦"者干些什么呢？他们在世纪论坛上高谈阔论，提出个问题："有天，每个国家的所有'金钱'都被每个国家中的一个人所占有，那些国家会是怎样一个国家？""全球各个国家的'金钱'，都被其中一个国家独霸单吞，那又会是一个怎样的世界？"

从所提问题看，显然，"肥子"是富人和富国的代表，"瘦子"是穷人和穷国的意象。"冷气室"和"艳阳下"自然是种隐喻和象征。

那么，高谈阔论激昂慷慨的"不肥不瘦"者，该是一些生存处境介于肥瘦之间的中产阶级"正义之士"。但他在提出问题后，却丢下没完的半句话"走出空调会场"。

需要问一问了，"不肥不瘦者"为何不把话说完，为何要断然离开会场？

"难道……"的下文究竟是些什么？是他们不能坐视不管？他们离开舒适的环境，去参加瘦子们的示威抗争，与之同仇敌忾？还是，一种一走了之、无能为力的逃避？

肥子见状所"呈现出狡猾的冷笑"，似乎为"不瘦不肥"者的举动，做了某种诠释和暗示——他们除了逞一时的口舌之快外，实际上能做什么？其奈"肥"何！

《世纪论坛》如此这般，将世界上的富人、富国，穷人、穷国，介于之间的中产阶级和国家，浓缩为"肥子""瘦子"和"不肥不瘦"三种形象，并通过他们各自所处的生存境遇，各自的行为状态，把当今世界存在的贫富悬殊这个最尖锐的矛盾和危机，予以无情揭示和批判，同时流露出一种无奈的情绪。

《成功人士》也是幅绝妙的讽刺与幽默画幅，讽喻了人世间的虚荣和虚妄。同样具有很强的批判现实意义。

隆而重之"热闹非凡"的"庆功宴晚会"上，最佳业绩得奖者备受尊崇，其获奖感言极尽冠冕堂皇，工作业绩令人咋舌艳羡。但曲终人散后，"不好意思"的"成功人士"向身旁人随意口吐真言："我的业绩才四位数"，距离前此宣称的七位数相差甚远，让"掌声如雷，差点没把屋顶震飞。整个场面雀跃万分跳动起来"的庆功晚宴，成了无厘头的虚妄荒诞闹剧。

原来，所谓高业绩完全是假的。看来最后肯说出实情的"成功人士"并非有意欺世盗名。那么，为何弄虚作假、演出这幕骗人的闹剧？其创意者、导演者是何方神圣？无数类似的现实社会存在，令人稍微思考，其中的奥妙不难了然于心。

这类出于政治的、经济利益的、虚荣心作祟的种种需要，拔高、制造假业绩、假典型、假模范，假……者的现象，在我们身旁可谓举不胜举！

浓墨重彩渲染庆功晚宴上极热烈的场面和高昂的情绪，最后只轻轻一笔即将这一切全盘否定，完成了作者所要表达的对世俗假象的轻蔑和批评。

海庭的现实关怀触角，向社会多方位地延伸。

作者对人类命运的关心，还表现在他对全球环保的忧心忡忡，在《末日》篇，以魔幻手笔，借"长发白衣女郎"之目，痛心疾首地谴责人类对生态的无情破坏，预言人类如果再继续肆虐地球，后果将严重不堪："树木被砍尽""草木枯尽""土地被翻滚再翻滚""冰雪融化，洪水排山倒海""太阳冒火欲滴""水升起把太阳挡住""水从地球滴出""流泪了，地球"，真到这时，人类还能存活吗？

《阴功》所描绘的市区附近的非法木屋居住者，和房地产发展商的尖锐矛盾，亦是比较常见的社会问题。

房地产商要用非法木屋区的土地盖工厂生财，非法居住者因此而无立锥之地，双方的矛盾斗争，自然十分尖锐。拉锯了几年，最后是在农历年三十的有情团圆夜，烧起的一把无情火，彻底解决了问题。小说戛然结束在"村的那角头，浓烟冒起，火光熊熊"。

这把火是谁放的，作者没有说。篇名《阴功》，阴者，阴险、阴谋也。功者，功劳、成功也。显而易见，谁是这个村落被烧尽后的受益者，谁就是用阴险阴谋的手段达成目的者。

《阴功》的艺术表现手法与《成功人士》有点类似，用大段文字铺陈，最后轻轻一笔，四两拨千斤，揭示了全篇的主题。

《最后一道口》富有寓言性质，很像个谜语。

一个著名的"开锁大王"，能克服最令人不可思议的难关，从来没有失过手，却在最简单的篱笆墙门前败下阵来。这篇超现实想象的作品，想说明什么？对于"开锁大王"打不开篱笆门的原因，读者如何看？

是篱笆门有超常的设置，让"开锁大王"无能为力？是"开锁大王"面对简易的篱笆门过于轻敌？还是心理作用使然？设赌的"年轻人"既然将打开篱笆门作为最大的赌注，从心理上，就给"开锁大王"一种无形的巨大压力和难以办到的暗示。不然的话，年轻人怎么可能愿意轻而易举地把一座大厦拱手送人。

这种可能连"开锁大王"自己也没有察觉到的心理暗示，让他临阵紧张，成了打不开篱笆门的最大障碍。

或许作者想借此说，世间看似最容易的，往往是最难做到的，不要轻视简单的问题？还是想说，大材小用了，杀鸡焉用牛刀？还是说，夜路走多了，总有栽跟头的时候……或者，作者故弄玄虚？小小的故事，能引发出如此多义性的猜想，不简单。

反讽目中无人的伪君子，反映金融风暴带给百姓的灾难，排华浪潮中华人流离失所之创痛，华校的生计艰难，企业管理问题，老人问题，社会治安问题，弱势群体问题……在海庭微型小说中都有所表现。

他的微型小说创作，既表达出生活的广度和深度，也在艺术手段上，力求推陈出新，进行了传统的、现代的，以及魔幻的等多方面尝试和探索，取得了可喜的成果。

煜煜是另一位文莱优秀的微型小说作家。我读到了他的《儿子毕业了》《桥》《随缘》《无形病毒》《换血》《下一步棋》《黑伞》《劫匪》《赵爷》《风雨夜》《敏敏和北北》《坚持到底》《邪》《遗嘱》和《牢骚》等十五篇作品。和海庭一样，他的选材广博，面向生活，小小篇幅，思虑深长，内涵丰厚。

人类社会数千年的历史，再怎么花样翻新层出不穷，也已经是孙悟空难逃如来佛的掌心，天下真的没有太多的新鲜事了，能将人间再三重复发生过的事，写出新意，就是创作者的本事。

煜煜的微型小说，多数重视人物刻画，有比较强的故事性。

《儿子毕业了》当属老掉牙的忘恩负义故事。母亲辛苦把儿子培养成留学生，如其所愿，赚了大钱，却抛弃母亲，让她穷困如故。这类现象在现实社会中虽然不多见，却也不新鲜。我们从电视或报刊上经常看到中华传统美德的孝道荡然无存的事例，为了财产，子女和父母反目，对年老体弱的父母施以拳脚，甚至闹上法庭。

最近从北京一家报纸上，读到一篇《一个清华学子弃学出走背后》的报道。名牌大学的某学生却因功课跟不上、父母贫穷且长相欠佳等等主客观原因，弃学出走，下落不明。可怜的家长归罪学校对学生不够关心，学校也有自己的说法。不管责任在谁，如何教育子女和学生，确实是个普遍关注、值得认真研究对待的社会问题。

在把谴责的矛头指向不孝之子时，《儿子毕业了》显然还有更深层的含义，发人深思：儿子的无情无义，当母亲的阿秀嫂自己是否也有责任？假如她能让儿子了解并多少参与自己的艰辛劳作，假如她能与留学在外的儿子加强沟通，假如她能活出自我，不在儿子身上寄托一生的幸福，假如学校对学生在如何做人方面多些教育……

显然母亲，甚至学校，在教育方面都存在着严重的缺失，所以从某种意义上讲，悲剧也是阿秀嫂自己经营锻造的，学校也不能完全推诿责任。

《换血》着力刻画了一个"托儿"类的人物形象，是作者的这类作品中，比较成功有趣的一篇。

"托儿"泛指那些与利益权势者合谋，骗别人上当，借以谋取自己私利的人。当"托儿"，可以说是当今社会比较普遍存在的一种不是职业的非正当职业。他们多出现在各行各类的商业销售中。中国有一个大腕云集的舞台喜剧就叫《托儿》，以之讽喻告诫世人。

《换血》的销售经理刘龙可以说就是一个在机构裁员中的"托儿"。他与机构领导陈老总合谋，由他出面，激发员工对裁员的不满情绪，得到员工信任被选为民意代表向上级请愿，结果借此把被他煽动的不满者除名，他却得到高升。刘龙的小人嘴脸毕现，故事到此也可以结束了，但作者再出巧思，最后让他以类似的手段，取代了曾狼狈为奸的上级——陈老总的位置。陈老总是遭到报应了，那么刘龙这类小人将如何？能永远得意下去吗？

这篇小人得志的故事，是对社会现象的真实反映，也是对丑恶人性的揭露和批判。

另外，还有关于老人、婚外情、婚姻生活等题材的小故事，也都用简洁干净的文字写得可圈可点。

煜煜还善于高度浓缩现实，用寓言式书写，表现自己对社会、人生和生活的思考，富有一定的哲理。

《桥》和海庭的《开锁大王》有点类似。小说中的"他"参与修建了一座坚实美观壮阔的新桥，可是当他踏上去的时候，却无论如何努力也迈不开前进的脚步，总有一条似有若无的"绳子"，"系在他的裤管上"，让他原地踏步。这条绳子既非实有也非魔幻，实际是他的心理障碍的化身。新路是他参与修建的，老路是他一步步走出来的，有他无数的心血，所以难以割舍。严重的恋旧情结让他裹足在新路前。经过深刻反思，他终于割舍了传统的旧路，顺利走上现代的新桥。

这个面对"旧"与"新"所产生出的彷徨矛盾，反映了现代人在当今社会高速发展时期，比较普遍存在的心灵困惑。

隐射现代企业或是办公室问题的《无形病毒》也是篇寓言性强、极有现实感的讽喻性作品，值得细细品味。

《亲情的召唤》《不速之客》《爆炸式的声浪中，只觉浑身燥热》《春季郊游》《失落》，在读到的蓝薇这些作品中，看得出她对生活片段的捕捉和描写比较擅长。

在《亲情的召唤》中，她将一个女性在生孩子时经历的焦灼、疼痛，及孩子落地后为人母的感觉写得细腻生动。《不速之客》篇幅很短，四五百字，描绘了一只小黑虫误闯入耳朵后，人的状态。看看这段文字，"边更衣、边拍打左耳、外加甩头、顿足。当手还举在半空中，衣还未穿好时，突然，痛不见了。却有着一股灼热感。怎么回事？低着头，抬眼间，见着脚边有物……不大，一个黑点。嗨！是什么东西？旁边还躺着一滴……扯张纸巾，轻轻一摁，纸上赫然一片殷红"。是不是很传神，很有带入现场感。结尾处作者的一番感慨，给人一种意犹未尽的莫名怅惘。

署名"鹰"的作家，我不知他的真名实姓，单看这个笔名，可以想见作家本人对自己的创作期许甚高：老鹰展翅，翱翔太空。

展读罢"鹰"的《归途上》《魅力香水》《椰浆饭》《老人街》《草药》《药草圃》《荔枝》等作品后，我比较喜欢《归途上》和《荔枝》两篇。

《归途上》是篇心理分析性质的作品。开篇是对一个险些酿成车祸出人命的场面描写。危机紧张刺激。错误显然在差点受害的一位老人身上。第二段倒叙，交代出这位老人刚打完胜诉的官司后，却受到被告"降头术"的威胁，心存恐惧，精神恍惚，所以没听到司机鸣叫的喇叭声。最后一段补叙了老人打官司的原因。原来老人家里的香蕉园受被告家的水牛严重糟蹋，他忍无可忍告上法庭，打赢了官司。被告是当地没人敢惹的恶霸，诅咒说将用"降头术"惩罚老人。迷信的老人担心受害，为之忧心忡忡，所以对对面飞驰来的汽车麻木不仁。但他显然将险遭车祸的原因归之"降头术"了。《归途上》的主题被如此这般地曲折表达出来：恶霸害人，迷信更害人。

写作从生活出发，从人性着眼。海明威曾经说过。

《荔枝》嘲讽人性贪心不足，偷鸡不成蚀把米。成功企业家、长袖善舞的商人刘强，从台湾进口荔枝罐头时，年年压价，压得对方只好把罐头里的荔枝年年减少，他的进口价压得越低，罐头里的荔枝数量也相应减少，当他把价压到最低时，荔枝罐头里只装了荔枝水。他能不破产吗？

这篇小说让我想起了一个小故事。某人拿着一块皮子去帽店做帽子。他说做一顶，帽店老板说可以，他说是否可以做两顶，帽店老板没有还口，他见帽店老板如此痛快，又从两顶，再三再四加码，直至发展到做十顶。他很得意，没让帽店老板占了便宜。取货那天，帽店老板的十个手指上顶着十顶小帽子拿给他，他不满意地责难。帽店老板说，你用做一顶的材料，要做成十顶，只能这么大小了。这帽子还能戴吗？

记得 2005 年春，在厦门大学东南亚华文文学所召开的研讨会上，文莱华文作家协会会长孙德安先生呼吁大家多关心文莱的华文文学，没想到一年后，文莱即召开了如此规模壮阔的国际性会议。虽然研究的主题是世界华文微型小说，但通过这个会议，促使世界华文文学界贴近了文莱的华文作家和作品，无疑对文莱华文创作的发展，以及与之相关研究的进行，都具有十分重要的意义。期望文莱华文作家创作出更多更美好的作品，争光世界华文文学之林。

评析尤今的游记文学

当今随着旅游的普及，撰写游记再不是作家的专利，一般游客也常把自己行走的闻见公之于网络，普泛的游记作品日渐增多。但是无论专业作家还是网络写家，能像尤今将旅行当生活，将旅行作为文学创作活动，游踪几遍全球的，毕竟是少数。数十年中，她不但每年都有游记著作问世，而且久远地受到出版商的青睐和读者的钟爱，十分鲜见。这与她行走的广博深入有关，更与她作品的艺术特质密不可分。

一、旅行生活与创作

尤今原名谭幼今，出生在马来西亚怡保，父亲是位抗日英雄，她的文学爱好得自家中丰富的中国古典文学藏书。看她著作等身，一般人会想，她肯定是吃饱了饭没有别的事做，专以煮字为业。其实不然，她从踏入社会，始终是工作繁忙、兢兢业业、尽职尽责的上班族。从国家图书馆职员、报纸外勤记者，到踏入教育界成了华文老师。工作和写作，都是她的所爱。她还是位贤妻良母，是男人梦寐以求、出得厅堂进得厨房的典型好女人。

对尤今来说，旅行是她重要的生活内容，或者说，她常过着旅行生活；旅行也是她的创作活动。

童年时的尤今以为顶在头上那片天就是整个世界。在读书、成长之后，觉悟到人生在世，实际上就是一趟单程旅行。她立志好好利用这张单程旅票把自己居住的世界看个够看个透。丈夫林日胜对妻子爱情宣言就是："地球上，任何国家，不论在天涯，在海角，只要你想去，我都可以携你同去。"

从1973年开始，至今近三十几年，每年只要有工作空隙，她都会背起行囊离开狮城，在地球上走来走去。她立愿永不满足、永不疲倦、穷己之一生，看尽天涯海角的每一寸土地。她说："当这些国家平平地躺在地图上时，它们只是一些相互交织的虚线和实线，然而，一旦亲身走了进去，山与河都蓦然有了生命，草与木也觉得有了感情。"她认为无论贫富、美丑，地球上的每个国家，每个角落，都有它独特的魅力，都值得她去看，值得她去爱。

尤今从不参加旅行团，做走马观花扫盲式旅游，而是随心所欲自己安排行程，隆而重之地对待每一次出行。在决定路线出发前，她必定先去各国领事馆和图书馆找寻有关资料，仔细阅读并扼要摘记，再与该国人士交谈，以便深入了解其风俗习惯、社会状态，做到胸有成竹。她甚至把重要资料读得滚瓜烂熟几能倒背如流。如果已经决定要写某个题材，总争取再三反复去同一地方多看多记，弄到自己真正熟悉和了解为止。

在旅途中，她常常天不亮便外出，似逃出长辈们视线的顽童，脚踏飞轮般直转到天昏地暗才舍得休息。她贪婪地吞噬沿途风光，对有记载的名山胜地或不入流的一般景物，都一视同仁。更偏爱到人迹罕至的地方寻幽探秘，无畏艰险，亲身体验当地人的饮食起居。

她曾进入靠近食人部落的亚马孙河原始森林，在北极圈观赏过"太阳不肯回家"的奇景，于希腊佳蓝巴佳小城，做过桃花源美梦，到乌拉圭"君子国"漫游，去成为老饕天堂的阿根廷一饱口福，也曾在土耳其尝试土耳其浴，在金字塔前骑骆驼，在死海上仰泳，在泰国罂粟园里尝鸦片，在曼谷蛇园闭着眼睛硬逼着自己灌下一杯眼镜蛇血，在罗马观赏过令人心旌摇动的肚皮舞，在荷巴特参与轮盘赌博，输掉一笔可观的本钱。在沙特阿拉伯顶着火球似的太阳数小时开车去看沙漠的雄伟面貌。还曾在南斯拉夫，因拍摄犯禁她曾一度被关进警察局，在海地领教过漆黑的机场没有出租车可用的困境……

为了切近生活，方便观察各地的社会状态，深入民间平民百姓，体察关注当地一般人的苦乐哀愁，旅途中尤今很喜欢住寻常百姓家，有时通过当地旅游促进局代为安排，有时是到达了目的地后自己寻找。

旅途中她总随身携带着一个笔记本，把旅途中所见所闻先牢牢记在脑海里，回到住处，立即反刍记录在笔记本上。如，她在亚马孙晦暗不明的森林里，白天和导游谈天，晚上在简陋的茅舍，点上蜡烛，眯着双眼，在闪闪烁烁的灯光下，将记忆翻出，一句句一行行地写下来。茅舍旁边就是常有鳄鱼出没的亚马孙河，丛林深处时不时传来猿猴叫声，在安静无人的夜晚，令人毛骨悚然。许多肥肥大大的蚊子，成群结队地肆虐，她的两条手臂被叮得又红又肿。

黑格尔曾说，艺术家创作所依靠的是生活富裕，而不是抽象的普泛观念的富裕。在艺术里不像在哲学里，创造的材料不是思想而是现实的外在形象。所以艺术家必须置身于这种材料里，跟它建立密切的关系。

黑格尔讲的是普泛的艺术创作，对游记作家来说，"生活富裕""置身于这种材料里"，更是不可缺少的"依靠"。

尤今不停地在地球上广泛深入游走，迄今除南极洲外，亚洲、欧洲、北美洲、南美洲、大洋洲、非洲的九十多个国家，无计其数的城市，都印下了她深深浅浅的足迹。所以在她高产的小说、散文、游记、小品等文体丰富的一百多部著作中，令她成名、最富特色，也是最夺人目光的非旅行的结晶——游记莫属。

1979 年，尤今随外派工作的夫婿，在沙特阿拉伯一望无际的黄沙中生活了一年多，用这段生活经历创作的《沙漠里的小白屋》于1981 年出版后，使她一举成名，不但获文学大奖，还被海峡两岸的读者亲切地称之为"新加坡的三毛"。之后是以沙特阿拉伯、埃及、印度、澳洲、印尼、菲律宾和马来西亚为内容的《缘》，以巴西、秘鲁、阿根廷和乌拉圭为对象的《南美洲之旅》，以畅游韩国、菲律宾、澳洲、纽西兰、中国、埃及、约旦以及日本的《奇异的经验》。《中东的足迹》是她的土耳其、埃及、约旦和叙利亚旅行的产品。《生死线上的掌声》涵盖了她在澳洲、美国、苏联、荷兰、印度、印尼、泰国、中东等地的行踪。《太阳不肯回家》是她关于北欧四国的记忆。《人间乐土》有她西班牙、葡萄牙、意大利和奥地利的足迹。《浪漫之路》和《石头城》二书，前者汇集了西德、东德、法国、瑞士、南斯拉夫等国的出行，后者汇集了 1989 年和 1991 年两次游历东欧捷克、波兰、匈牙利、保加利亚、南斯拉夫等纪行。之后，她还在新加坡和中国海峡两岸陆续出版了《方格子里的世界》（1992 年）、《活在羊群里的人》《黑海畔的珍珠》（1993 年）、《与莲有约》《风情万种的小城》《最佳配搭》（1993 年）、《一壶清茶喜相逢》《美丽的胎记》（1996 年）、《荒谷》（1997 年）、《金色之门》（1998 年）、《黑色的稻米》（2000 年）、《枪影下的温情》（2003 年）、《蛇血》（2008 年）、《会哭的海》（2010 年）等三十多本游记著作。

著名散文家秦牧称尤今为大旅行家。她以宽厚博大仁爱的胸膛接纳地球上的每个国家和地区，把地球上的每个地方都当作有生命的个体，繁荣富强令她留恋，贫困落后也同样吸引她。

穷国、富国，穷人、富人，都是她关照和书写的对象。

在新加坡，甚至在世界华文文学界，如此多而广地，以文学性游记反映当代世界的作家并不多见。

二、突破以表现山水为主的游记传统，重点关注人和人性

游记易写难工。一般根据旅行手册加上点自己行走感受的文章比较常见，好的游记不但需要作者对旅行对象多用心，而且必须具备一定的创作技巧和学识修养。

出行前做足了准备，去了目的地后认真深入生活，对其所写备足了粮草，举凡对象国的地理、历史、风土、人情以及社会生活等方面，都比较全面的了然于心，并用高超的艺术技巧表现出来，所以尤

今的游记内容丰富新颖鲜活生动，像她的个人签名一样，特色鲜明，读起来兴味无穷，欲罢不能。

尤今的文笔阳光温馨。带着一双微笑的眼、温暖的心、博大的胸怀，无论走到哪里，看到什么，哪怕是最落后、最肮脏的所在，她也总是能从中发掘出美好、善良和希望。读了她的书，让人对生活充满了感谢和敬意。

其游记书写，常常以她对一个国家或地区的旅行为线索，把所到之处的闻见感知分别写成一个个片断，由若干片断，将一个国家或地区的面貌立体式比较全方位地呈现。这些片断各自独立成篇，又环环相扣紧密关联。分别读，是单本剧；整体看，是连续剧。无论单本剧还是连续剧，皆活色生香、风姿绰约、顾盼生姿。

她以散文的技巧写景状物，以小说的笔法描绘人物，以报告文学的手段展现各国社会生活，以议论文的笔法表达自己的立场感悟。

也就是说，她的游记是散文，像小说，并兼具有报告文学与议论思考的品质。

立体式跨文体书写，是尤今游记的一个重要特点。

新加坡南洋大学中文系第一等毕业生的优异成绩，使她具有丰富扎实的文学学养。她的文字简洁干净而不贫乏枯燥，幽默生动而优雅脱俗，轻松欢快而不落轻浮。

中国大陆著名学者钱谷融，台湾著名作家琦君，泰国著名作家司马攻等都曾撰文盛赞她的游记。

尤今极少写静态风光景物，动态的人物描述在她的游记中唱绝对主角。她突破了以描述山水为主的游记书写传统，以人为本，把更多的着眼点，放在对人和人性的关注挖掘探索上。

在旅途中，她总是设法结交当地朋友，同他们交谈，关心并深入实地体验他们的生活。她认为这种做法，既能获得许多书本上和旅游资料里没有的鲜活素材，还能通过交谈、交友，了解当地百姓真实的想法，反映出更生动、更真实的社会面貌。

当过记者的职业训练，给了她善于深入生活，善于与人打交道，善于发掘人物内心世界的本领和机敏。

在她看来，"景物是千年不变的，有时一张彩色图片便胜过了千言万语，然而，人民的思想感情，却常常随着国家的政治形态与经济状况而改变，换言之，人们往往就是国家的缩影"。把一个个国家，或可爱可敬，或可憎可恨的人物带到纸面上时，某个国家的特定社会面貌就在其中了。

如，她旅行土耳其后，写下一组游记。这组游记由《君子国，小人国》《我试土耳其浴》《朋友，进来喝杯茶吧!》《快乐的冰激淋》《火龙》《屠城木马》《永不融化的雪山》《风情万种的小城》《一年只活四个月的伊甸园》及《爱手金——我的土耳其朋友》十篇组成。这十篇文章，为土耳其画了一幅有关风土人情、社会生活、山河景物及历史记忆等比较全面的素描。

出发前她听到关于土耳其的不少负面传闻，说土耳其人"凶悍横蛮，阴险毒辣"。可是当她不信邪地在土耳其的中部和西部跑了十多个大城小镇，广泛接触当地人民后，她发现不论是繁华的大城或是朴实的小镇，人民都热情友善，乐于助人。尤其难能可贵的是国内治安，出奇地好，对于外来游客，不欺不抢。

在广场，不少流动小贩友好地免费送上摊子上的食物，"我们吃着时，他们愉快地眯着眼笑，待吃完掏钱来还时，他们却摇头又摆手，硬是不收"，到茶室喝茶，遇到客满，总会有人起身让座，好几次她喝完茶付费时，"店东却笑嘻嘻地称有人代付了"。她在高档的住宅区领受过主人的友好，也在首都安哥拉的贫民窟，一个小女孩，取下自己头上的发卡，放到她掌心，说"给你"，一个大男孩从屋子里拿来了一本介绍土耳其风光的小书册说"送你"。

在伊斯坦布尔，尤今认识了一个在中学教日文的青年"爱手金"，他无需酬劳，利用几天公众假日，带着她遍游伊斯坦布尔的大街小巷，购物兑换钱币，参观名胜古迹，并邀请她到自己家做客……当尤今表示过意不去时，他诚恳地说："自己喜欢结交来自世界各地的朋友，你们到土耳其来，等于进入我的家门，我希望我能尽量地帮助你们，让你们带着美丽的回忆回国去。"

有一次，刚走出托普卡比宫门，一个衣裳褴褛的孩子，伸手向尤今讨钱。这种事在土耳其是第一次遇到。她打开钱包，钱还没拿出来，爱手金便满脸怒容抓着那小孩的手臂，把他拖到一边去，用土耳其话训他；半晌，那小孩头低低地走开了。见尤今一脸惊讶，他连忙解释说："我们的国家是很穷。浩繁的军费开支和沉重的国防负荷直接地影响了百姓的生活。但是，尽管生活贫困，我们却是有自尊的民族。向人乞讨，不是我们土耳其人的本色。"这掷地有声的话，令尤今动容。她写道："我的心，猛地被一种突发的情愫抓住了——是感动也是尊敬。一个能处处顾全民族自尊的人，也必然是个气节高尚的人。"

爱手金带她到一家中国餐馆用餐，没想到价格很高。饭后，尤今的丈夫抢着付完全款，未料，爱手金竟立刻拿出饭钱的三分之一坚决地还给尤今夫妻，并说："钱，我一定还。如果你们当我是朋友，请收下。"

第二天当她提着行李正要离开，意外见到爱手金前来送行，并递给她一件亲手编织的一件毛衣，轻描淡写地说："昨晚才织好的，选用了上等的羊毛线，穿了冬暖夏凉哪！你一定喜欢！"

尤今笔下的土耳其人不但纯朴善良自尊自重好客热情，而且工作认真负责十分敬业。

她亲自体验了一番土耳其浴，对土耳其按摩室的高超技艺有如下描述：

> 土耳其浴的最后一个步骤就是"按摩"——这也是一项至高无上的享受。
>
> 看这土耳其女人那臃肿不堪的体形，你绝对难以想象，她十指居然灵活如斯！这时沐浴者已变成了锣鼓，变成了琵琶，任她捶，任她弹。捶时双掌翻飞、拳下如雨，沐浴者浑身乏力，几达气绝；就在气若游丝时，她转捶为弹，铮铮纵纵，触指有声，沐

浴者身上每条睡得死去的筋，都被她弹得鲜活了过来，沐浴者这时仿佛可以听到血液在血管里汩汩流动着的声音，精神和肉体，都处在高度觉醒的状态中。按摩的最后一道是"揉"。她以温柔似水的手势，把沐浴者体内那一条条不安地扭动着的筋，一一推回原位，轻轻地抚它安睡，筋沉沉地睡了，人也沉沉地睡去。一觉醒来，好似脱胎换骨般变了一个人，走出澡堂，神清气爽，健步如飞。（见《我试土耳其浴》）

这简直是为土耳其浴做的活广告。

20世纪80年代旅行南美洲后，尤今写下三十多篇游记。跟着她到秘鲁、阿根廷、乌拉圭和巴西这些十分遥远，一般游客难以涉足的国度，进入亚马孙河丛林历险，赶印第安人的集市，尝试豚鼠肉，品味秘鲁快餐巴西咖啡，在阿根廷的不夜街流连，……南美国家特有的美景风情美食餐饮在她笔下活色生香。这组游记中，她特别为流浪的印第安人、乞丐、擦鞋童、报童、老者，以及"举头望明月，低头思故乡"的华人移民留下不少笔墨。其中《亚马孙丛林之旅》篇对导游朱略西撒的书写十分精彩。

尤今第一眼看到的朱略西撒"穿着橙色短袖T恤，配以一条洗得泛白的黑色长裤。个子很矮小，但是臂肌结实，教人不由自主地想起硬铮铮的钢条"。

"他肤色黧黑，脸上那双眼睛，出奇地大、出奇地灵活、出奇地有神。此刻，那双麾下的眸子，正友善而快活地朝我们笑着。笑意由眼角流下来，流进了嘴巴里那两排颗粒无比大而洁白无比的牙齿里，滞留在那儿。"

两笔白描，刻画出一个活脱脱的朱略西撒。

朱略西撒是在亚马孙丛林原始部落长大的土著，英语流利。他给作者娓娓讲述丛林里各种部落的传奇故事，以及他自己的奋斗经历。亚马孙森林的许多土著受现代思潮影响，放弃农耕去城市打工。因为不了解文明进化的真正意义，这些人在城市生活后，鄙弃了亚马孙森林，甚至连哺育了他们的亚马孙河水也嫌脏嫌不卫生，只喝城里带回的矿泉水。更有人在城里找不到工作失业回家，却不耕种捕鱼，整天躺在床上抽烟喝酒听收音机。

朱略西撒对这种现象深感痛心，他虽然到城市担任导游，却仍然迷恋自己出生长大的丛林和部落。他告诉作者，自己"到城里来工作，主要是想多体验多样化的生活。我总觉得，城市里的一切，都不属于我，而荣华富贵，也都是过眼烟云。只要回返丛林，我才有一种真正的归属感。所以，一旦，我觉得已看够了，我便会回到丛林去，一定回去"。

话虽如此，但朱略西撒的女友生活在城里，明确表示不愿意同他到丛林。他该怎么办？

生活在亚马孙丛林的年轻人在现代社会产生的困惑和矛盾，与中国大陆现阶段农村年轻人的处境何其相似。

通过对朱略西撒这个导游的书写，不但揭示了新时代，第三世界成长在经济落后地区的年轻人普遍存在的生存困惑，也揭示出求新求变求发展的人类共性。

再如，反映西班牙吉卜赛人生活实况的《音符活在山穴里》篇。作者在西班牙旅行时，经常碰到吉卜赛人向游客讨钱。她深恶痛绝这些人不事生产，践踏自尊。后来她到西班牙西部一个吉卜赛人聚居、极少有旅客踏足的山城格瑞纳达，认识了一个当地导游吉卜赛人责查。从他的讲述，她全面了解了吉卜赛人的流浪背景和生活中的阴暗面。他们百余年前，从印度流浪到这座山城，"在城外的沙克拉蒙蒂山上，发现了好些过去为异教徒所匿居的洞穴。这些无家可归的吉卜赛人，清除了洞内残存的枯骨，便这样居留下来"。时至20世纪作者到达时，他们的生存状况依然如故，毫无改变。没有受教育机会，男人多数从事砌砖和泥等粗活，女人以歌舞为业。由于生活过于清苦，一些吉卜赛人便以"骗钱"和"扒钱"作为谋生伎俩，小孩子也自小养成伸手要钱习惯。

作者从导游责查的讲述和实地考察，了解了吉卜赛人的悲剧后，认识到这是整个社会造成的畸形现象，当她下笔描写到他们时，"从笔端流出来的，便不再是无情的嘲讽嘲弄，而是温情的刻画描绘了"。

尤今的游记中，此类关于人和人性的书写比比皆是。它们给游记注入了人气，让游记从单纯的山水描述小说化，读起来不但更有兴味，而且加强了各国人民之间的沟通和理解，为构建和平世界添加了砖瓦。

"我热切地希望我能借着'文学'这个美丽的媒介，使世界各国一颗颗原来陌生的心灵彼此靠拢、沟通，从而减少误解，增进了解。"

这便是尤今不倦地旅行，不倦地书写游记的初衷。

新加坡华文作家朱亮亮和吴韦材的北京书写

新加坡华文作家不乏有人往来过北京。我比较熟悉的作家，如新加坡文艺协会创会会长骆明先生，于 20 世纪 90 年代初，率领文协的几位作家到北京做文化交流。还记得寒冬 12 月的天气，长城飘着细碎雪花，同行作家层层包裹，骆明却在衬衣之外仅穿一件单薄的夹克，面不改色心不跳。惊讶他的耐寒，他笑称自己穿的是火龙衣。几年后他再次到北京，参加中央人民广播电台举办的海峡情颁奖活动，会议组织参观南城大观园，走进林黛玉竹林掩映的潇湘馆，骆明说，怨不得林黛玉爱哭哭啼啼，原来嫌住房狭窄，他诙谐幽默地婉转表达了潇湘馆建筑的不尽如人意。前几年，他到京在北大老校园沙滩红楼为新加坡著名已故作家姚紫举办成就展览。

我结识的新加坡华文作家与北京缘分比较深的还有蓉子。前些年，她的大儿子在新加坡驻中国使馆任职，小孙子跟着父亲读书北京。关爱长子心疼长孙的蓉子经常从上海飞赴北京，还常为筹备每年一度在北京举办的新加坡国庆纪念活动往来奔走。

在北京，我还曾同一位新加坡驻北京的记者热情交换过名片，却是过后不思量，船过水无痕。

览读蓉子精心主编的《新加坡华文作家在地书写选集》，眼前一亮，其中有朱亮亮女士和吴韦材先生两位作家，竟然在北京生活过三年，尤其朱亮亮与北京的缘分更久更深。如他乡遇故知，亲切之感油然而生。

蓉子曾寄我一本朱亮亮女士的散文集《北京三年》，吴韦材先生关于北京的书写，在《新加坡华文作家在地书写选集》中有所领略。

作为北京人，很想看看我生活的北京，在新加坡华文作家笔下何等模样。

很巧，朱亮亮女士和吴韦材先生竟然同在 20 世纪最后三年，1997—1999 年，在北京长足生活了三年。前者作为新加坡电视机构派驻中国的首席代表，后者则因进北京电影学院导演系学习深造。

集电视编导采访制作华文创作于一身的朱亮亮，曾出版散文集《电视人随想》和《北京三年》，其百年家族历史记录《追虹》，被李显龙总理两次在公开场合提到。

吴韦材是新加坡罕见的全职全能作家，著述丰沛，小说、散文、杂文、诗、游记、剧作样样出彩，更专长于舞台剧和互联网创作平台建构，同时挥舞着十八般武器。

两位以数年之久客居北京，对北京的了解探究，有人性中对异国他乡的好奇心驱使；两位身份特殊，对北京的了解探究，更出于作家创作和媒体人报道的诸般动因需求，所以其书写所呈现出的北京的丰富，几乎胜于一般北京居家百姓的认知。

书写北京，朱亮亮善于从身边琐事谈起，采撷平凡生活中经历闻见感知的浪花，涓滴成河，集腋成裘，以小博大，比较全方位为北京素描画像。吴韦材侧重于对中华传统文化的探究，反思中新文化间的差异。

在他们笔下，有普通百姓安居之地的北京，有中国政治文化中心的北京，有国际往来频繁外国机构和外国人士缤纷的国际大都市的北京，有千年古都皇城根文化独树一帜的北京。

终年花红树绿单衣在身的新加坡人，对春花冬雪四季分明的北京季节变化，特别敏感。朱亮亮惊喜"不知不觉中北京突然漂亮了起来。3 月底嫩绿的柳芽，鹅黄的迎春花，粉红的杏花、洁白的玉兰，静悄悄爬上了树梢。开得满满一树的黄花、紫红花、粉红花、白花……东一棵西一棵，处处可见"（《春》）。

吴韦材多雅兴，其《懒山水》描写了听蝉鸣的乐趣："颐和园苏州街有树有水，且在夏天，还有咂咂响得非常夏日的蝉唱。这蝉唱，少了它还真不似夏天，近年城里这夏曲也不多闻了，此刻在静静水旁听到，配着岸边茂盛枫叶，枝干压得好低，枫叶都快垂到水面上去了，枫树倒影跟枫树自己犹如一对恋人，益发觉有气氛。"

对北京寻常百姓的业余生活两位作家都很关注。

朱亮亮看到："北京夏天的晚上，车子经过热闹的大街，常常可以看见一大群男女，就在昏暗的街灯下，随着卡带音乐蓬恰恰，蓬恰恰。"（朱亮亮《蓬恰恰》）

在《具有文化韵味的晨练》一文，吴韦材比较详尽传神地描述了他发现的一种独特的文化景象："在北京的陶然亭、北海、地坛、玉渊潭等公园里，常见人们拿着大笔，大早就在公园有石砖的地上练大字。"写字者竟然是蘸着清水，不是墨，手里的大笔，人各有样。"普通的约有一米长度，笔身可以是从扫帚拆下来的柄，前端可以是自制的碎布条笔头，据说，就算捆住一团海绵，能写的人也可以写个不亦乐乎。"

有位老大爷握着一支约两米长的笔，笔端捆着海绵，写字时非常灵活，"就像关云长在舞青龙偃月刀，只见他唰唰唰，楷书、行书、草隶、小篆，样样都行，但假如没稍加注意，远远看去，就像在擦地"。

他由衷赞叹：

> 这可是一种不简单的功夫练习。有些"功力"已明显进展的练习者，还不断在自己大笔上添加重量，绑上水壶等重物，务求达到更高的控制层次。
>
> 在石砖地上练大字，整只手腕悬吊着，练起来往往就是半小时以上，据知如此练字不只能锻炼手部和背部的肌肉，还能练习身体的平衡控制，还有精神集中的能力。
>
> 中国文化深远，其中有些文化，经过长年累月提升出来的登峰造极境界，在一些外人眼里甚至还带点神秘色彩，比如太极拳，比如道家的剑术、气功、点穴，又比如这样握着十来公斤在地上练大字。

自发喜爱才会大众化。

作为传媒，朱亮亮对北京的电视文化格外留心。她赞叹北京人可看的电视台多，"自己有空的时候，窝在沙发里，欣赏 CCTV3 整场整场的交响乐、名家歌唱晚会、歌剧……非常过瘾"（《主流波道》）。

朱亮亮到北京的机会多些，她对改革开放后北京的变化深有感触。1993 年初冬的北京城，看在她眼里"几乎被大白菜所淹没"。转眼四年后，北京又是白菜收获季节，但是以往"白菜那种排山倒海而来的声势已经大不如前"。农民搭了大棚，西红柿、茄子、黄瓜、四季豆，红红绿绿应有尽有，"大白菜独领风骚的日子"过去了。

就大白菜的多寡，北京人储存购买热情的降低，生动表现了北京人生活的改善，也形象地说明社会的进步发展。

塞车、污染、不少民居建筑千篇一律，及种种不文明现象，两位作者亦如实反映，因为这也是北京。

北京是中国的政治中心，动感神经敏锐，国内国际发生的任何政治大事件，北京都比外地反应得强烈。这是北京的特质，也是北京人义无反顾的承担。

香港回归天安门倒计时、抗议美机炸中国驻南斯拉夫大使馆示威游行、中共十五次代表大会召开，等等，都让正好生活在北京的两位作家遇上。

朱亮亮举着摄像机，用镜头捕捉，伏在电脑前，在键盘敲击，如实记录下北京百姓抗议美机炸中国驻南斯拉夫大使馆示威游行的群情激愤：日坛路最拥挤，各大院校的示威大队，一队紧接着一队，等待向秀水街的美国大使馆移进。有的队伍高举三位死难中国记者的相片，有的抬着三个巨型花圈；学生领袖手持扩音机，一人重复高喊："中国人！""站起来！""站起来！"

别看北京人或许日常对生活，甚至对国家也会有些抱怨不满，但在抵御外侮捍卫家园时，一腔热血会自然升腾。前不久，我听海外一位朋友说，她询问的结果，发现中国人不爱中国。我问她，中国十三四亿人口，你问了几个？

在两位作家笔下，北京作为中国的文化艺术中心，各文艺团体定期呈现的演出十分频繁：话剧、交响乐、名曲音乐会、芭蕾舞剧、京剧、相声、曲艺，传统的、先锋的、土的、洋的、大众的、小众的、引进的、创新的，各类艺术表演，各种演出流派，都有舞台，都有拥趸。

朱亮亮说，她多次往返剧院"每一场演出之后，都再一次认识到中国搞正统音乐艺术的人才济济，实为雄厚得让人羡慕不已"。"近年来，许多西方专业艺术团体也流行往中国跑，都以能够在这个有五千年历史的文化古国的紫禁城旁唱上一曲，或在人民大会堂里奏上一个乐章而引以为荣"（《菖与英》）。

留给她印象最深刻的是杨丽萍的孔雀舞和在紫禁城观看被誉为"世纪盛会"普契尼的歌剧《图兰朵》。

《图兰朵》的紫禁城演出可谓工程浩大。意大利佛罗伦萨节日歌剧院 300 多人组成的交响乐团和合唱团飞到北京，北京出动 260 名武警饰演士兵、100 名舞蹈演员饰演幽灵、16 名小学生饰演小和尚，数百人参与舞美制作，数不清的人缝制服装，再加上瑞士和德国相关公司的大队人马。这还不算，连剧中的几位主演，每个角色都配备了 3 个演员，轮流出场。

近如日本，远如非洲，天涯海角。西服笔挺的绅士挽着身穿低胸露背晚装的女士，姗姗而来。太庙前珠光宝气觥筹交错。

每场观众 3500 名，九场演出至少也有两万人特地飞来捧场。

"张艺谋带领的一批中国的顶尖艺术家，倾注浑身解数，展现了中国鼎盛王朝的亮丽辉煌，让普契尼梦中的中国故事，体体面面光光彩彩地回到娘家。""如果你是花了 1250 美元看了一场紫禁城的《图兰朵》，用不着心痛：此乃前无古人，后少来者的机会。不是吗？住过紫禁城的几位皇帝都没有这样的福气；后面，或许有来者，不过，那可要等到下一个世纪了。"

《图兰朵》一文，朱亮亮将这场紫禁城"世纪盛会"书写得淋漓尽致绘影绘声，浓墨重彩尽展北京作为中国文化艺术中心的光华。

吴韦材比较关注北京的传统文化，北京作为千年古都，他却在著名的淘古旧文物图书的胜地潘家园，难以找到孔子像，感慨有些北京人竟然不认知孔子和国子监的文化意义。

他对中国传统对市井文化的禁毁颇有独到见地。有个在中国的洋外教问："为何中国五千年就只得那几部数来数去的经典？"他解释："明清两代小说其实至少两万余，其中精彩及具代表性者亦不下数百。它们难被推举，因为中国人在文化里是个受保护形象，而在许多市井小说里，往往所流露出来的真性情，跟文化所推崇的那个中国人形象，远甚。"

"就连《红楼梦》及《金瓶梅》，今天仍有一道心里有数的价值偏见。五千年文化里对性的谴责大概受惯了，人人无论关不关房门都会做，但走到街上就是个堂堂君子，这份保险心态，一点也没因为今天的所谓现代化稍有松懈。"（《挖市井，淘旧书》）

故宫、颐和园、北海、景山、天坛、孔庙、国子监等皇城根文化符号，秀水街、三里屯等洋人出没之地，也是北京独特的名片。它们的身影，在两位笔下时以各种形式或详或略地出现。朱亮亮更详尽描述了京城著名的"厉家菜"。

"厉家菜"是著名的正宗宫廷菜，盛名远播。但北京普通百姓可望难及。能一睹其容颜，领略正宗皇家风味的，只有富商高官外国嘉宾。许多中外达官贵人都曾经是厉家菜馆的座上宾，如美国微软的比尔·盖茨，国务卿贝克，拳王阿里等，名副其实地酒香不怕巷子深。

朱亮亮有幸亲临，不妨跟着她去看看：

在北京"西城区羊房胡同。胡同狭窄，矮小斑驳的大门，小院子十分小，屋子里几乎没有任何摆设，外边一间屋子刚刚可以容下一桌，里面一间还可以容下六人。掌门人满头白发的应用数学教授厉善麟，厨房里忙着的是厉太太和大女儿。一边上菜，厉教授边用中英文介绍每一道菜的来历、用料、做法和厉家的故事。厉家是满族，教授的祖父是慈禧太后大内禁军都统，主管宫廷御卫，因监督厨房尽窥皇家菜肴的奥秘。虽然厉家显赫家世一代不如一代，但宫廷菜的讲究和做法却代代相传下来"。

"凉菜里，芥末堆儿刺激，麻豆腐细腻；热菜里，糟熘鸡片，嫩滑芬芳。当年伺候西太后时，茄子一定要是哪个菜园，哪一畦菜地，才能采下来给老佛爷吃。"

餐罢，留给朱亮亮印象深刻的还是厉家的故事，厉家的传奇。

看来，所谓厉家菜，吃的不是菜，吃的是传奇，是皇城根的文化传奇。

朱亮亮和吴韦材两位作家的北京书写，不少处涉及中、新文化差异和比较。

吴韦材在北京出席一次有"大学教授、博士生、硕士生、当地作家及记者"参加的座谈会上，有中国学者对新加坡双语文化理想有所质疑。

"有位博士生指出，人可以接触'双文化'或甚至更多元的文化，但没人是可以同时生活在'双文化'里的。'双文化'只具有同化、适应及组合上意义，而在这些之后它自己就应该是一种全新的本质及面貌。"吴韦材当时认为如此的分析是立据在文化本质与性能的理论上，这与新加坡所推行的理念不大会有任何矛盾。散会后，他将博士生的看法与新加坡实际情形"再做一些对应与思考后，我也看出我们在文化学习上的弱势，是出在一直难有主动的力量"。

他认为"即便中国人的英语以后仍带严重的课本腔调，或他们书写思维仍是如此中国化，但他们对'工具'的概念，却绝对比我们清醒。中华文化本身一直就有这份同化他人文化的主动能力，古代佛教就是一例，少数民族文化融入今天中华文化的例子也难以胜数"。中华文化"较具主动性的融合能力，是教人佩服的"。

从而，他反思新加坡的多元文化：

> 诚如当天聚会里我曾以一种坦诚心态所表白的，我们新加坡其实也同时拥有亚洲两大古老文化、近代的东南亚海域文化、欧

洲殖民地时代文化，当然还有今天因为经济市场社会需要而接受的欧美文化。要说多元我们确实是多元的。

但我们缺乏一个能作为主体垫底的文化，而我们社会及至目前仍缺乏文化磨合时真正所需的识别能力、自净能力，及将多元融合起来的主动能力。

我们会不会因为一直生活在多元文化的氛围里，就误会自己可算是一种多文化人？但"多文化"，或简单些，就说"双文化"，又岂止是生活种种表面形态那么简单？

或许我们该真正站在文化的本质及性能上，再次去分析及审视自己：我们究竟是一些拥有怎样想法的人？我们是否能够在口口声声迈向国际化的同时，找到一个真正的新加坡人情感立足点，并且能自我探讨到我们的生活情感、道德价值、审美倾向，其实质究竟是何等样子？

吴韦材关于新加坡双语文化的反思，很值得我们借鉴思考。中国比较文学开拓者、北京大学著名教授乐黛云在其新近出版的《涅槃与再生——在多元重构中复兴》中称她最近三四年一直在思考多元文化问题，她认为："两种文化接触，真的可以融合吗？我的回答是：不是的。如果文化融合之后就变成铝合金了，那世界还有意思吗？我不太同意'融合'这个词，两种文化可以相遇和相处，触碰过后，你还是你，我还是我，也许会有一些改变，但不是融合。"

在中国的发展道路上，有些所谓公知，完全漠视中华文化，不遗余力地通过各种渠道，向国人、尤其是年轻人灌输抛弃自我，全盘西化的观念，认为中国只有全面向西方看齐，全面接受西方的思想文化和治国理念才有前途。

不否认，中国应该学习、借鉴、吸收世界任何先进文化先进思想，但无论如何也改变不了，中华文化永远是立国之本。

北京的发展变化日新月异，朱亮亮和吴韦材两位作家书写的是近二十年前的北京，为北京留下不少宝贵的历史记忆。功不可没！

"终于把祖宗的文化烙在身上了"

——读《归雁——东南亚华文女作家选集》

蒙慧琴学姐和婷婷文友青睐，嘱我为她们新主编的《归雁——东南亚华文女作家选集》写点文字。接到她们的信之时，我正埋头赶写一本待交的书稿。本当婉谢，却又舍不下这份友情。

"这份友情"，归于两位主编。在编选出版了《漂鸟——加拿大华文女作家选集》后，她们又再接再厉，不辞辛苦，为东南亚华文女作家们发声。两本书的编选，只有付出，无计酬劳，全然出于推动海外华文文学创作的执着。两位行侠的文学义工，令我感动和尊重。

舍不下的"这份友情"，还属于东南亚华文女作家们。她们中有我不少相交多年的好友，也有闻名而未曾谋面的新朋。

在华文文学这块园地耕耘三十多年，可谓缘结五洲四海，相识几遍天下，其中尤与东南亚华文文学界的交谊既久且深。

中国大陆改革开放后，从受新加坡一个文学团体之邀第一次迈出国门至今，虽然也曾开会或出访踏足中国台港、美欧、日本等地，但亚热带的东南亚国家始终是我光顾最频密之处。东南亚十国中，除缅甸、柬埔寨和老挝外，都曾因华文文学出访或会议多次来来往往。

我还有幸作为受邀贵宾先后出席过亚洲华文作家协会举办的会员代表大会，和"亚细安华文文学营"举办的会员双年代表会。两会虽系两个组织机构，但其成员国，前者以东南亚为主，后者全系东南亚国家，新加坡、马来西亚、菲律宾、泰国、印尼、文莱、缅甸、越南等东南亚十个国家里有八个成员相聚，尚缺的柬埔寨和老挝华文作家，他们也已在积极联络沟通。

这些不同形式的交往，让我目睹了东南亚华文作家们对华文创作付出了怎样的努力。

在定居海外的五千万炎黄子孙中，东南亚占了五分之三，数量堪称全球之最。

由于政治和经济的原因，历史上有些国家曾经发生过严酷的排华迫害。

泰国军政府时代，政治上的反共连带将华文教育视为共产主义宣传，进行严格限制。印尼专制军政府更将汉字和汉语书与黄色书籍、毒品、枪支弹药同等对待，列入被禁违者同罪之列。在长达三十二年的排华灾难中，仍有不少华人像从事地下工作似的，冒死偷偷教汉语、学汉语、读汉语书，顽强地捍卫中华文化，使汉字和中华文化没有被消灭。

其他东南亚国家的华人和中华文化曾经的遭遇虽然不全这么惨，但也好不到哪里去。长夜过去，拨云见日，尤其中国大陆改革开放经济腾飞后，东南亚华人和中华文化的地位亦水涨船高，华文文学在写作者和自觉肩负重任的文学社团坚忍不拔的努力下，蓬勃发展起来。

东南亚华文文学的艰苦历程，东南亚华文作家们为华文创作付出的超常代价，令我万分感佩万分敬重。

无论是始于20世纪五六十年代的台湾，还是大陆改革开放后的新移民，欧美华文作家基本是第一代华人，生长并受教育于母语国，华文创作起点较高。反观东南亚华文作家，其多是华人移民第二代，土生土长，汉语已经不是赖以为生和发展的第一语言，学汉语受到多种局限，从事华文创作需要付出更多的心力。这一客观因素，使其整体创作水准或许稍逊于欧美，但其作品的自成特色，别具情怀，不容忽视，无法取代。或者可以说，相较于欧美华文创作，其作品更具有落户国的风味，堪称是更为典型的海外华文文学。

交走书稿，赶紧从电脑调出《归雁》。一股亚热带浓郁芬芳的气息扑鼻而至，身在北京，已然沐浴到了蕉雨椰风。

展开《归雁》，先浏览目录，但见一些友好笑盈盈迎面相向，仿佛在说：嗨！老友，在这儿见面了！

有道是人生何处不相逢。

《归雁》入选女作家六十五位。脑海中粗粗按文学社团人数估算，东南亚的华文作家，或者写作人，少说也该有数百位吧，女作家在其中当占一定比例。六十五之数，显然有遗珠，但就我的认知，比较重要的女作家基本包括在内了。《归雁》是选本，不是全集。两位远在加拿大的主编，跨洋越海收集东南亚的作品，如果不是电脑时代，该是何等艰巨的工程。

以散文为主角的《归雁》，装点了少量小说文本。在华人第二代移民作家为主阵的行列，亦有零星新移民荷笔出征。

这些女作家有家庭主妇、华文教师、大学教授、报刊编辑、医生、画家、饭馆老板、企业掌门……身份形形色色。

相较于中国大陆，或欧美华人新移民，在东南亚华人身上葆有更多中华文化传统，儒家温良恭俭让的美德，多见于女作家们的为人和为文。

展读《归雁》，花团锦簇，题材各异，辑分为四，可一言以蔽之，篇篇都是情。人情，物情，亲情，文学情，故园情，家国情，情情深浓。

展读《归雁》，无论写人还是记事状物，女作家们各献其技，各逞其能。文笔或平实素朴，或温婉华美。篇篇锦绣。

这些东南亚华文女作家，让我动心处，还在于其身家性命虽然扎根异国他乡，却难以割断对中华故国的牵念和爱心，对故国在发展中出现的不尽如人意的种种怪状，不是袖手旁观，更无冷嘲热讽，而是抱持着"我知道，只要有中国文化传承的地方，就会有一群最好的人在铺设着全中国人的理想。海外执教的这些年里，这条理念一直深深地感动着我，而让我切切实实地知道中国文化的可塑性和厚实性"（菲律宾·范鸣英《异样的月光 一样的情》）。

这些东南亚华文女作家，她们坚持华文创作，不仅出于热爱文学和实现自我，而是把传承中华文化，当作义不容辞的一份责任。

　　"终于把祖宗的文化烙在身上了"（泰国吴文君《"荒屋学堂"出来的汉语老师》），有篇文中的这句话，可谓《归雁》中的华文女作家们所欲共同表达的心声。

立德立功立言
——新加坡文艺协会会长骆明

3月7日下午，我刚进暨南大学专家招待所大堂，迎面就看到新加坡文艺协会会长、世界华文文学联会副会长骆明。他明显清减了，往昔如鼓般的大肚囊不再显山露水地耀眼，只是身材魁梧依然。当年，20世纪90年代初，他首次带领新加坡文艺协会的作家访问北京、攀爬长城那天，雪花飘舞，寒风凛冽，访问团中比他年轻的作家都武装上了御寒衣，只有他，依然T恤外加拉链衫。他笑说，自己穿的是火龙衣。之后，每相聚，我总不忘赞佩他的"火龙衣"，打趣他的大肚囊日见兴隆。

近两年他身体欠安，亲近了医院，在我们经常共同参加的一些国际性文学会议上，罕见其身影。这次他的出现，令我颇感意外，分外高兴。他笑微微地寒暄着，身旁娇小的妻子与我热情相拥。

这次在暨南大学紧挨着召开两个会——"'海外华文文学与诗学'全国博士学术论坛"和"海外传媒与海外华文文学"，出席者除六十多位博士外，尚有来自新加坡、马来西亚、菲律宾、泰国、美国、加拿大，以及中国内地和台港澳等国家和地区的一些华文作家、专家学者、媒体负责人，外带一位特别惹眼的金发碧眼洋人家属。

办完报到手续，入室安放下行装，我当即去拜访骆明夫妇。家常闲话一番后，谈到了第十二届"亚细安华文文艺营"今年由泰华作家协会主办之事。

骆明是"亚细安华文文艺营"的发起者，对文艺营有特别的感情和责任心。

当年，他有感于华人数量众多的亚细安国家（我们通常称之为东南亚），都受过殖民地统治，都有多元种族、多种语文，同处热带，华人都已融入、成为所在国多民族大家庭的公民。除了中国大陆、台湾、港澳，东南亚是华语使用最普遍的地区，与美、加等国海外华文作家复杂状况比较，东南亚华文文学有自己的特点风貌。他认为"海外华文文学的重点，应该是亚细安国家"，"亚细安文学有它的地位，有其不同的分量"。

在对东南亚国家华文文学的过去、现状、未来前程，做了一番认真严肃的思索后，1988年底，他领导的新加坡文艺协会发起，在狮城召开了有泰国、马来西亚、菲律宾和印尼华文文学社团参加的"亚细安华文文艺营"。

"东南亚国家推广华文都要靠自己。"这是骆明的信念。

先例一开，"亚细安文艺营"便成定规，从此每两年召开一次，由参与国轮流主办。每届文艺营的内容都十分丰富：主题研讨、编选出版作家作品集、设奖奖励优秀创作、举办向老作家致敬活动等。到第三届，更成立了亚细安文艺营永久秘书处，骆明被推选为秘书处主任。至今，"亚细安文艺营"已经聚集了三百多位华人作家，在推动东南亚华文文学创作、培养新人方面，建树良多。

今年将召开的是第十二届，成员国不仅早已增加了文莱，这次还将邀请越南、柬埔寨、老挝和缅甸的华文作家参加。也许是希望将之扩编入"营"吧。

骆明，本名叶昆灿，出生于中国厦门，长于新加坡，南洋大学中文系毕业。当过中学校长，之后弃文经商。他从小热爱文艺，20世纪60年代涉足文艺界，早期以"互野"笔名崭露头角，在南洋大学时创办"创作社"，出版创作文集，其分量之大，影响之深，前所未有。曾与中学教育会的同道策划出版《新加坡青年》，刊行《南洋教育》，编印《中教文艺丛书》等，都有显著的表现。

作为新加坡文艺协会的创始人和领导者，经他策划或主编催生的新加坡作家的各类图书，不夸张地说几近他的身高。它们不但促进了新华文学的创作，也为研究者提供了可贵的资料。尊重先辈作家，扶植年轻新秀，骆明对新加坡华文文学，以及东南亚华文文学的贡献可谓有目共睹，有口皆碑。

在中国大陆之外，作为华文文学社团的负责人，不是位高权重待遇优渥的官，不但没有工资，没有现成的部下供差遣，还得自己八方奔走，四处化缘，事必躬亲、鞍前马后地服务。所以当个称职的文学团体的负责人，实在不是件轻省的事，除了具有一定文学创作成绩和威望外，最重要的就是要富有自我奉献精神，要不自己有经济实力，要不就得有找钱的本事，要舍得牺牲不少个人利益或时间精力。

记得90年代初，我第一次访问新加坡，就是受骆明的新加坡文艺协会之邀。当时同他尚无深交，只因他认为我既然编辑海外华文文学的杂志，就应该走出国门，接触实际，就是这么单纯的原因，向我发出了访问邀请。他接待认真，文学活动之外，每天都有他的朋友隆重宴请。我戏说他"骗吃骗喝很有本事"，心里十分感佩他的人脉丰富。

后来我和骆明合作出版新加坡华文作品选集，也合作过评选首届徐霞客游记奖，牵线搭桥建立了中国文联和新加坡文艺协会互访交流关系。在我的心目中，他作为文学组织者和活动家的分量，占了先验的比重，而对他出版的一本本创作，反而不可饶恕地多所忽视。

骆明有五十几年的创作历史，在领导新加坡文艺协会三十多年之间，于繁忙的文学组织工作以及谋生的经商之余，从未放下手中之笔，出版了《游踪》《九月进香》《七月流火》《边鼓集》等十多本个人专集，有散文，有游记，有随笔，有杂文、小品，也有评论。他的文笔和文风，与他高大威猛的外形，看起来极不协调，令我惊讶莫名。想当然，他该是那种大河向东流的奔放豪迈风格，不料展读之下，扑面的竟然是小桥流水般的温婉蕴藉。

厦门大学周宁教授曾经这样论说过骆明："《大学》评价人生：'太上有立德，其次立功，其次有立言。'从影响上看，骆明立德立功，自在立言之上，但实际上，他的文学创作与评论毫不逊色于他的社会文化活动。骆明以行立世，有文传世，如此人生，可谓圆满了。"

新加坡作家蓉子

　　一提蓉子，很容易让人想到台湾著名女诗人蓉子，但我笔下的蓉子却是位新加坡作家，也是女性。

　　新加坡的蓉子现在定居上海，长子是新加坡驻上海的外交官，似乎有个任务就是给新加坡引进人才。不知道他从中国"引"走了些什么人，我却知道他的母亲蓉子卖了新加坡几层楼的住宅把全家人都"引"到了上海。

　　最近她告诉我："半年来当小区的业主委员会主任，参与许多具体工作，精神和时间损耗不少，在家人反对声中，我虽苦仍不肯放弃，在这项工作中更深一层了解中国社会及民族习性。人们目前的生活条件，可说是远超丰衣足食了（在所接触者当中），可是，那种做人方式却与传统道德相去甚远。目睹这些现象，心头好不沉重。我看到的是一颗沙子，沉思的是中华五千年的文明。好人很多，但自私的人不少，义工在这里没有市场，人们不相信奉献，大家都怀疑廉洁，当事实摆在面前的时候，还是有人百思不解：怎么可能会有不要捞好处的义工?! 过去，我只捐过款，没做过义务工作，两者本质应是一样的，但感受大大不同。一个大国里，如果缺乏义工，政府怎样负担民间疾苦? 经济条件提升了，无私的爱心却少了。教育还须加强。"

　　她说的这些，其实我亦有同感同慨，但让一个"外人"数说自己同胞的缺失，那感觉就像打在自己脸上，便捍卫性地向她辩解了一番。但我知道她的话是出于深切的爱心和关心，因为她并不完全是"外人"。

新加坡作家蓉子

蓉子祖籍广东潮州，从小到南洋，遇人不淑，全靠自我奋斗。她的信念是："二十岁以前，如有苦难，不是我的错。二十岁以后，再有苦难，一定是我之过。"她顽强挑战命运，白手创业，终于成为商海女强人。一手赚钱，另一手撰文，出版了小说、散文和社会纪实类作品二十多本。以"秋芙"之名，为新加坡《电视周刊》《联合晚报》《电视广播周刊》《新周刊》《新明日报》主持"爱情与生活信箱"二十余年，担任过新加坡作家协会副会长。如今人虽在上海，仍然是新加坡《联合早报》《联合晚报》《新明日报》的专栏作家。

以往她主持的"秋芙信箱"释疑解惑的多是本国人的婚姻爱情问题，扣着时代潮流，如今向她写信求教的除了新加坡人还有在新加坡的中国人。最近有位中国的"陪读妈妈"向她诉苦倾吐心声，她通过《新明日报》回信说："每一个社会，都会有许许多多的问题，有些随着时间会改善，有些则永远'巡回演出。'""如果我是你，我不会留下来。你大可回老家当你的财务经理，让孩子留在中国，跟十三亿人的儿女去竞争。在家乡好好的日子不过，为什么要跑到国外成为需要关注的群体？你的民族尊严就投在孩子的学习上了吗？难道除了这一途，孩子就无法学习双语吗？""对不起，恕我严词苛责，希望能唤醒你：安分守己才是正道。无论路怎么难走，也不要成为乞求者。""这封回信极可能令你很失望，但这是我对你的肺腑之言，尚望三思复三思！近几年来，我长住上海，就在你的国家土地上，相信我的看法能助你做出正确的选择。祝福你，苦尽甘来，走上康庄！"

蓉子的社会关怀除写在新加坡出版的几本信箱文集和中国大陆出版的《别碰！那是别人的丈夫》外，更多反映在呈现城市老年人生存处境和心态的《谁道风情老无分》《芳草情》《烛光情》等"城市系列"。她的商海活动中，有过开办"阳光老人院"的记录。办"老人院"当然是商业行为、获利途径，并非做义务慈善活动。但令人感动的是，她开办老人院的动机和全身心投入的精神。

这个弱势人群的小社会，光怪陆离、五花八门。蓉子是院长，也像家长，还是事必躬亲的普通员工。日复一日，年复一年。每天清晨六点半上班，夜晚九点半回家，十五小时的工作时间，星期天公共假期照常。医生说她是"工作狂，好似酒精中毒"。很多人不理解，可做的事很多，为什么偏要办"老人院"！"又脏又臭！又病又可怜！"人家避之唯恐不及，她偏干得这么起劲！一般人往往看惯了病人，久而久之会麻木，她却越做心越软。如此这般，整整十年。十年，三千六百多天啊！

支撑她的绝非仅仅为挣钱。一个大写的"情"字，始终是她为人处世的基本出发点。

我问她为什么？她说："我自小缺了温情的关怀，所以将心比心，推己及人。社会不能少了情，否则生活没意思。""强者的出现，是为了帮助弱者。"

她感慨，现代人亲情淡漠，"爱心""市面经常缺货"！反讽金钱高于一切，"钱为何物？直叫生死相许"！劝诫世人，"你若年老，请看破世情"，"你若年轻，多培养爱心"。

蓉子是性情中人，她的作品长情、深情，但不同于琼瑶式编织梦幻、大喜大悲到极致的煽情；她重写实、不幻想，笔下鲜有甜蜜，在幽默、俏皮、简练干净的文字中，其"情"油然而生。

喜欢逛商店疯狂添新装的爱美淑女，叱咤商海刚毅顽强的成功商人，奋笔疾书灯下赶稿的成名作家，做的一手标准潮州菜，耐心牵着、抱着、哄着、与小孙子讲着理的好祖母，和二子二媳二孙三佣三代同堂的贤德传统家长，在中国人的社区担任业主委员会主任……

现代女性了不起的确实很多，但像蓉子这样，将这么多复杂矛盾、极现代又极传统、非常富有挑战性的角色总揽一身，且扮演得得心应手、心甘情愿、乐在其中的，当今能数出几人？

马来西亚长髯诗人吴岸

在文莱召开的第五届世界华文微型小说国际研讨会结束日，2006年11月30日，与亚洲华文文学基金会的几位作家共车到达马来西亚沙巴州的美里。午餐罢，他们留在当地游览，我同两个国内文友，一行三人，直奔机场，乘上一架不用对号入座的飞机，当晚落地沙捞越州的古晋。

马来西亚著名华文诗人、沙捞越华文作家协会会长吴岸亲自到机场接我们，担心一辆车子不够，还把当地女作家黄叶时和她的车一并拉来当差。闻名甚久，见到吴岸本人还是第一次。身材不算高大比较瘦弱的他，白色长髯分外触目，灯光下乍看，恍若越南老一辈革命家"胡志明伯伯"复活还阳。

送进文莱作家刘华源、王昭英伉俪招待、预订的宾馆，吴岸把我们在古晋的活动日程大致相告、嘱咐一番后，告辞离开。

逗留古晋四天，每天都有吴岸安排的当地作家陪同，走马观花阅读古晋市容、参观博物馆、拜访《国际时报》老总李福安、接受记者采访……

古晋是沙捞越州的首府。马来西亚由南中国海分隔成东西两块陆地，惯称西部为"西马"，东部为"东马"。沙捞越州位于马来西亚东部。

沙捞越下辖十一个省，面积是全马来西亚十三个州中的头牌老大。古晋另有个柔媚雅号叫"猫城"。大街上，可以看到白色的"猫"，或独身，或群体，均一"手"挂地，一"手"高扬，向过往行人致意问候；海唇街排列着肩并肩、以卖猫为主的商铺，猫博物馆陈列的世界名猫更令人眼花缭乱。当然，它们皆非活物。别墅式的淡雅小洋房、天空澄澈湛蓝、花艳树碧，美丽清洁、富足祥和的古晋，聚居着马来族、达雅族、伊班族、华族等二十三个不同民族，和谐友爱。我和两个同伴在满眼汉字招牌、华族聚居的街上闲走、购物，讶异如此美丽、有特色的地方，竟然乏见旅游者。当地华人多问我们是否台湾客。

到古晋的第二天晚上，吴岸在他家中为我们接风。他的家是一座二层楼的独立院落。满以为就是去坐一坐、餐一餐，孰料，他竟召集了当地十几位华文作家、记者和艺术家，其中年龄最大的一位女作家八十六岁。作家们几乎都带了自己的作品，热情赠送，有位摄影家，甚至将其精美的摄影作品集装了一个旅行手提包，逐一打开让我们欣赏。众人无拘无束地在客厅里品尝着吴家自产的芒果，温馨、愉快地交谈。主人吴岸，白髯飘逸、鹤发童颜、笑容慈蔼、话语轻柔、声调舒缓，少有抑扬顿挫，难见慷慨激昂，或许是由于人生经历了太多沧桑跌宕，磨炼得波澜不惊心平气和吧。

祖籍广东澄海，祖父为谋生离乡背井下南洋落足沙捞越，1937年诞生于古晋、本名丘立基的吴岸，在社会动荡中，是个叛逆的"革命者"：初中入学华校即参加了反殖民主义的罢课运动；1953年以收藏共产党书籍罪名，被英殖民政府拘留，释放后，长期受到监督；十三年后，与曾领导职工运动的妻子许惠卿同遭逮捕，关进古晋政治犯集中营，长达十年。身心遭摧残，他的妻子至今犹卧病在床。他本人从小体弱多病，长年与病魔抗争：肾脏少一个、胆囊被割除，1998年患上肺癌，淋巴也出状况——他却仍不改乐观，笑称自己是个缺斤短两浑身零件不全的人。

谈笑间，我偶瞥一眼电视图像，好熟悉，竟然是北京台。拿遥控器扫了一圈儿，他家接收的全是中国大陆中央和各省市地方台的卫星电视。可见他对中国的特殊感情。

吴岸让我们观看挂在客厅的中国画条幅，又邀请我们分别上楼参观他的书房。写作之人，以书房为家，以藏书为傲。20世纪50年代学生时期开始文学创作，那时他和几个朋友，凭着一股热情，在生活和书本的海洋中探索前途。没有什么文学研究会，缺乏有经验的人指导，还因为出生和居住在偏僻的"小州府"，有一种"小池塘长不出大鱼"的自卑感。所以，虽然热心文学，却不敢存当作家的奢望。

这个"小州府"的年轻人，为了所热爱的缪斯，如饥似渴地学习和阅读，欧洲浪漫主义诗人拜伦、海涅、普希金、莱蒙托夫，以及中国五四新文学诗人艾青、郭沫若等，都是他的最爱。他的诗风，也颇受他们的影响。

吴岸从书房里抱出许多自己的著作。点算下来，他出版了六部诗集、四部文集、一部诗选、三部翻译、一部散文集、两部历史著作，以及一些音像制品。旅途遥远，体力有限，很遗憾，我只能选几种带回北京。

吴岸家人提醒在座热话的客人，时间不早，应该用餐了。晚饭设在院子里，自助餐性质，非常丰富，飘着马来味，是吴岸专门请了朋友帮助郑重打理的。

我端着盘子，绕着长案，尽兴挑选，咀嚼着浓厚甘美的温暖和深情，忘记身在何方。

回到北京，每忆及古晋和那里热情的文友，都会特别想起与生命顽强拼搏、白髯飘逸的诗人吴岸。

从带回的书中，选出马华作家甄供撰写的厚厚一本《生命的延续——吴岸及其作品研究》阅读，颇多受益。

甄供说：爱祖国、爱人民的意识始终贯穿吴岸所有著作。他的诗，也体现了对社会和人类的关怀。他全心全意投身于大众生活，感受他们的悲苦、抒发他们的希望和梦想。

我从甄书中还看到中国大陆许多著名学者、诗人、作家对吴岸本人，及其诗的高度评价。如：汕头大学海外华文文学研究专家陈贤茂教授说："他将现实主义的传统与现代主义的表现手法巧妙地糅合在一起，并兼具有中国诗的风韵和鲜明的马来西亚乡土特征。他的独特的声音属于现实主义，但又不仅仅属于现实主义。他的诗不仅富于力度，且精于浓缩主题于凝练精致的形式之中。他总是尽量使每首诗都是一部形象饱满、充满想象力的艺术佳构。在我们看来，上述这些特征，便是吴岸诗歌世界中最具有价值的因素，也是他对马华诗坛的杰出贡献。"

"时间从我们头顶飞过，却留下了他的影子。"这是霍桑的话。

吴岸的创作，正是他在人生道路上、跋涉七十几年的时间投影。

在马华文坛上，他堪称 20 世纪 50 年代作家中，迄今仍活跃着的极少数佼佼者。沙捞越政府华族文学奖、马来西亚作家协会"峥嵘岁月"文学成就奖、马来西亚最高元首的 KMN 护国勋衔、马来西亚吉隆坡雪兰莪中华总会第六届大马华文文学奖，凡此荣誉，都曾与他结缘。头顶上的光环，可谓熠熠生辉。

"因为预感生命的短促，便渴望能像莱蒙托夫、普希金、拜伦这些彗星般的诗人的生命一样瞬息燃烧。"他至今犹以此自勉着。衷心祝福他！

活出人生的精彩
——马华文化使者戴小华

6 月下旬某日，手机收到一条好玩的段子，当即分发给朋友同乐。不一会儿电话里出现了戴小华的声音。她笑说，刚从吉隆坡到北京的一家饭店落脚，就看到了你的短信，信是心有灵犀。我颇感意外。上月刚在北京见过，这么快又驾到了？她说这次是应国务院侨办邀请，参加"世界华侨华人社团领导人大会"，日程安排较满，只有上午有点时间，约我共进午餐。

结识近二十年来，只要她到北京，照例一声招呼，我们便小聚一番。我与小华有过多少次这样的相聚，已经数算不过来，但最难从记忆硬盘上删除的当属第一次。1990 年暮春，有位教授托我代他到长安街上的国际饭店看望来自马来西亚的一位女作家。就这样，我有幸成了小华首次到北京认识的第一个文化人。第一眼看到的小华，恍若从琼瑶小说与其影视屏幕中走出来的女主角。曾有不少文章赞美过这位台湾空姐出身的小华的明星风范。有幕鲜活生动的场景似乎更胜于文字笔墨：当年小华第一次站上在广州中山召开的港台海外华文文学国际研讨会的讲坛时，会场顿觉一亮，严肃的学者们突然纷纷起立，闪光灯此起彼伏，相机镜头齐刷刷朝她瞄准。

反映马来西亚股市风暴的剧本《沙城》被改编成电视剧热播后，不但使小华在马华文坛迅速崛起，也奠立了她富有社会责任感的现实主义创作风格。散文、小说、报告文学以及评论，她的创作多面涉猎，一路走来硕果累累。在马来西亚及中国海峡两岸出版了戏剧

《沙城》、小说《悔不过今生》《火浴》、散文集《永结无情游》《闯进灵异世界》、评论《毕竟有声胜无声》、报告文学《风起云涌》《点石成金》等著作二十多本，被译成多国文字，并频频获奖。其中有些散文被选入马来西亚华文课本、地方中学语文教材及暨南大学中文教科书。另有各类编著五十多本，受聘暨南大学客座研究员和南昌大学客座教授，也曾担任海外华文女作家协会会长。

1990年暮春的那次中国行，常让小华感到庆幸和骄傲。马、中虽然建交，但当时民间往来尚未解禁。祖籍河北沧州、台湾出生、嫁作马来西亚华商妇、美国旧金山大学公共行政硕士、时为马来西亚华人文化协会理事兼文学组主任的戴小华，机缘巧合成为马华文学界的第一位访华使者。这次破冰之旅，开启了她日后往来中国大陆的频密行脚，更让她自觉地肩负起促进马中文化交流和马中友好的重任。

1998年小华出任"马来西亚华人文化协会"总会长。马华文协是马来西亚华族政党——"马华公会"发起成立的一个旨在"发展华人文化与促进各族文化交流"的重要文化机构。小华在医生黄昆福、艺术家钟正山之后，承接了这个华人文化团体的最高领导职务。

秉承文协历来所扮演的推动与带领角色，小华发挥自己"公共行政硕士"的专业特长、长袖善舞的聪颖才智和组织公关魄力，不辞辛苦劳累，继续在学术、文学、美术、书画、表演艺术及加强马中两国文化艺术交流诸方面，努力策划推行，成绩斐然。如：经常带领作家和艺术家到中国大陆各地交流访问，组织规模不同的马华文学研讨活动，为贫困子弟筹募助学金，举办"阿拉伯经文书画展""郑和国际学术研讨会""全民礼仪社会推介礼""马来西亚华文爱国歌曲创作大赛""吉隆坡小状元——儿童经典教育活动""郑和六百周年纪念展""马中友好三十年论坛"等。其中有些促进华族与友族文化交流的活动，具有马华文协成立以来开创性的特别意义。

小华还兼任马华作家协会会长，经她部署、推动、主编及坚持不懈的努力，《马华文存》《马华文学大系》《马华文学70年的回顾与前瞻》《当代马华作家百人传》《马华文学国际学术研讨会论文集》

等数十本有关马华文化积累的编著陆续问世。《当代马华文存》和《马华文学大系》均各五百万字十巨册，这两套珍贵文献的出版，被"当地马华社会誉为文化史上的双峰塔，为华社留下了重要的时代记录"。

从小华第一次踏足大陆回乡寻亲后，她的家人也陆续从台湾回迁，父亲定居，弟弟们在大陆成家立业。前几年，小华的母亲在台湾去世，老人生前希望落叶归根，而回民不能火化，必须在三天之内将遗体运回老家沧州入土为安。一具尸体要在这么短时间内跨越海峡，她的家人认为这件事能办成简直是天方夜谭，尽皆乱了方寸。小华躲开纷扰，独自关进台北的一家宾馆电话频密穿梭两岸。人脉加运气，居然台北、香港、北京，一路绿灯顺利通关，如期将母亲的遗体准时安全送回老家。亲眼看到病逝老人原本委屈的眉眼变作一脸的满意安详，做女儿的小华心中无限欣慰。

带领马华文化人到大陆，邀请大陆作家和学者赴马，在促成两国文化人进行经常性的文化交流活动之外，她还竭力推进马中旅游和经济贸易，在大陆捐建希望小学。她是山东省政协港澳台侨外事委员会顾问和省荣誉公民，也是南昌市荣誉市民、天津旅游局顾问及天津霍元甲纪念馆名誉馆长。

为表彰其杰出奉献，马来西亚最高元首曾亲自为她颁授了"护国勇士"KMN荣衔；在马中建交三十周年之际，她又获得由副首相拿督斯里纳吉签署颁发的"马中友好贡献奖"。

6月那次见面时，小华告诉我，决定先卸下马华作协会长职务，已经亲自主持修订了马华文协章程、限定领导人的任职年限，这一届期满后，她不再连任，把担子陆续交给年轻人，把时间多留些给创作和被忽略了的家人。

富足的家庭从未让小华安于享乐，她会不断追求，永远活出人生的精彩。

商海文坛任逍遥
——泰华作家协会会长司马攻

参加"世界华文文学联会"赴新、马、泰文学访问团，10月5日午后，我们一行八人，落足曼谷廊曼机场。

孕育了十五年，去年12月，才在香港成立的"世界华文文学联会"，其第一个比较大的动作，即组团到华人和华文作家比较多的东南亚地区，进行文学交流活动。

泰国为首站。

事先已经和泰华作协做过联系，但没想到，泰华作家协会会长司马攻、副会长梦莉，竟亲自开了二十多公里的车，到机场相迎。同时，还有副会长陈博文，及另外四位理事。

久违了！大约有十几年，司马攻和梦莉没有参加过在中国大陆召开的世界华文文学国际性会议。之前，每有大会，总见他们二位亲自带着泰华作协的会员隆重登场。二位谦和、厚道的人品，儒雅、倜傥的风度，留给国内学者十分美好的印象。因此对他们的久久消失，多感遗憾和怀念。

十几年中，我和梦莉还小聚过一两次，但与司马攻先生，真真切切，未谋面有十年之久，所以机场见到他，分外高兴。

当晚，梦莉陪我们夜游湄南河，第二天上午，在气派壮丽的潮州会馆，泰华作协为访问团组织了隆重的欢迎座谈会。

自1903年，泰国（当时称暹罗）便有华文报发行。30年代初期，曾经出现了三十多个华文文学团体。40年代，有三百多间华文学校，仅曼谷一地便有华文书局二百多家。泰华文学不但历史悠久，而且曾有众多的作者和读者群。后来，随着时局变化，泰华文学的状况，起起伏伏着。

泰国华文作家协会的前身为"泰华写作人协会"，成立于1986年4月，会长方思若。翌年，司马攻入会，转年担任副会长。1990年，司马攻获选会长。同年，协会改为现名。

在司马攻的领导下，泰华作协大力推动华文文学创作，积极开展文学交流活动，使比较封闭的泰华文学走向世界，参加、并主办世界性华文文学研讨会议，出版会员作品集，编辑出版会刊《泰华文学》，关注文学新人培养……泰华文学再现盛况。

司马攻原名马君楚，出生于1933年。祖籍广东潮阳。为五福染织厂、裕曼空房地产等有限公司的董事长、总经理，20世纪60年代开始创作，著有散文集《明月水中来》《司马攻文选》，杂文集《冷热集》《踏影集》，特写《泰国琐谈》《湄江消夏录》，随笔《梦余暇笔》，微型小说集《独醒》《演员》，散文诗、诗集《挥手》，文学评论集《泰华文学漫谈》《司马攻序跋集》等。

关于自己，司马攻在一篇文章中，曾如是说："有时我觉得我是一个精神分裂症患者。我出生在一个世代为商的家庭里，传到我算是第三代的生意人了。我二十一岁时就投入商海，在家中无大将的情势下当起了'先锋'。总算是在祖宗余荫的庇护下，事业稍有成就，规规矩矩地做了十年生意人，后来不知因何缘故，我的神经开始分裂，我以马君楚的姓名继续在商场上搞我的业务；以司马攻、剑曹、田茵等笔名写文章。我承认，我的神经分裂得颇为'成功'，我打理商务时，忘记了我是司马攻；当我写文章时，我是百分之百的司马攻。"

开始，也有些人对他不大理解，认为像他这样的大老板写文章，八成是为了扬名，出出风头；当他登上文坛，初任副会长，甚至有人认为，这是靠钱的力量。

对此，他心怀坦然，一笑置之。用自己的创作努力、创作成绩，以及担任会长后对泰华文学的发展繁荣，所做出的巨大贡献，消除了所有误解，并受到泰华作家，以及世界华文文学界的由衷钦佩和尊重。

到曼谷的第二天上午，泰华作协在宏丽气派的潮州会馆，为访问团召开了隆重的欢迎座谈会。

会前，在参观了设在会馆内的华文图书馆后，我们被引到礼品厅小坐，再次见到司马攻先生。

他神采飞扬，白衬衣，系着褐色点缀白色小圆点的领带，额宽眉浓，儒雅淡定。他十多年未出泰国，传说因身体欠佳，可是眼前所见，岁月并没有对他做过多少加工改造。

我不由得问他，为何多年"闭关"？并说大陆不少学者对他十分惦记。

他笑说，有看相算命者称，他十年不宜远行。

我说，十年期已满，该出动了吧？希望2008年，在中国的相关会议上，见到他再带团出席。

可能吧。他说。

座谈会由司马攻主持，从其致辞中，我方知，他早在1991年7月，就在香港参与了关于成立"世界华文文学联会"的首次动议，可以说是这个组织的创立元老了。因其成就和影响，他被"世界华文文学联会"聘为顾问。同时担任顾问者，还有王蒙、白先勇、金庸、於梨华、黄春明、陈建功、邓友梅、聂华苓、铁凝等著名作家，尽皆世界华文文学界的一流人物。

因为工作的原因，我和海外的一些华文文学社团有过较多交往，对它们的巨大功绩和不可或缺，有深切的认识和感受。对这些社团的领导人，更怀着极大的敬佩和尊重。

在东南亚地区，即使华人比较集中，但通用语言并非华文。有志于用华文写作者，为了谋生，各自辛苦奔波，如果长期缺少同行相濡以沫的鼓励促进，缺乏发表作品的园地，能否把华文文学创作坚持下去，实在是很大的疑问。

因此，有志之士，组织创立了民间性华文文学社团，把华文作者联合起来，自筹资金，组织各类活动，办刊办报评奖，进行国内外文学交流，使寂寞的华文写作者，不再孤军奋战，并代有传人。

这些文学社团，全无中国大陆各级作家协会的幸运。没有优渥、固定的政府经费支持；它们的头头，更没有级别待遇，及按月的薪水可拿。华文文学社团领导人，同时也是社团活动所需资金的筹集者。如果不是出于对华文创作的巨大热情，和对中华文化传承的高度责任感，哪会愿意如此操心费力！

司马攻自身是大老板，他无法再向别人伸手。泰华的活动经费，便多数需要他，还有副会长梦莉，自掏腰包了。

苦难中锻造的梦莉

　　见过泰国华文作家协会副会长、著名散文家梦莉的人，很难相信她还是位著名企业家。

　　精致白皙的面容，笼着淡淡的忧郁，美丽温婉，柔弱宁静，心地纯良，为人真诚。不会侃侃而谈，不会咄咄逼人，不会装腔作势，不会强出风头，不会耍弄机心，不会盛气凌人。笔下的华章凄美哀怨，读不出女强人味的剑拔弩张。

　　这样的人，能在波涛凶险的商海里成为游泳健将，在泰国身任几个大航运公司的董事长，不能不让人感到惊叹。

　　有人说梦莉是泰国的"阿信"。日本"阿信"的奇迹是一个艰苦奋斗者的成功象征。

　　悲伤有时也会给人一种反弹的力量。

　　梦莉出生在泰国曼谷，中国名字叫徐爱珍，泰名颂诗·聪叻那茵。抗日战争爆发后，积极参加抗日活动的父亲被逮捕关押并判终身出境。三岁的梦莉随着祖父母、全家人由湄南河，驶入南中国海，回到祖籍广东潮州澄海县东垅乡。父亲继续离家抗日不幸牺牲，爱护梦莉母女的祖父经不住战乱的颠沛流离去世，大家族歧视泰国出生家境寒微的母亲，生活陷入困境，小梦莉经常挨打受骂，饥寒交迫，曾被卖为养女，曾被卖为童养媳，都让她逃了出来，直到姨妈把梦莉母女们接回泰国，苦难才算结束。

　　升学、就业还算平顺，但她的生活依然苦多于甜。心心相印青梅竹马的恋人离开泰国远出求学，多情的梦莉无法追随寸断肝肠。被迫接受包办婚姻，被迫辞职当了女婢般的家庭妇女，一举一动都受到封建大家庭女主人的严密监控。

幸福的回忆是一首美丽的诗，触及结了痂的伤口时，却是剧烈的痛苦。她绝望得多次想到自杀。

悲伤有时也会给人一种反弹的力量。她决心闯一条路，坚定自己活在世上的勇气，寻回自己同泰华作家协会副会长梦莉的人生价值。适逢大家庭分家，自己家里的公司增多，人手不够，她从此披挂上阵。其中经营船用机械的一个公司总亏本，她自愿接过这个担子作为事业的起点。时在70年代初期。

拓展业务，她首先想到了中国。当时中泰尚未正式建交，不能直接贸易，必须通过香港转口，给商务增加种种不便和困难不说，还得冒一定政治风险。但她想的更多的不是盈利，而是帮助自己的国家发展对外贸易。苦难的经历磨炼了她的坚韧和毅力，为了开拓市场，她亲自跑码头、工地，独自驾车沿着高高低低的山路，在深夜往返于柬埔寨、越南、缅甸，行程四百多公里。泰国—中国，中国—泰国，每年她都要往返多次在两国的门槛间迈进迈出。

80年代，她率领二十余人的泰国渔民和渔业机构代表团，访问北京、上海和杭州，促进中泰人民的了解和信任。中国和她打交道的厂家到泰国亲眼看到她在如何忘我的工作后，说她是泰国的"阿信"，赞她有"牛"的奉献精神。有的工厂送给她牛的塑像，有的工厂为欢迎她的来临举办球赛。因为成绩卓著，中国农机进出口公司嘉奖了她主管的公司，同时也膺选泰国佛历2521年（1988）"渡船用齿轮箱占泰国第一之金盾"。泰国总理亲自颁奖。

谈到对中国的感情，她说过这样一段话："现在中国对外贸易迅速发展，也许有些人会认为，再谈爱国已经过时，但开始我们推销中国产品的动机，确实是如此的。作为一个中国人，中国人的后代，都会有一个共同的理想，总盼自己的祖国繁荣富强。我虽然已是泰国籍，但我在中国长大，没有忘记身上流的是中华民族的血，我会继续拓展中泰贸易，继续为祖国的繁荣贡献力量。"

有一种无边大的风景，那便是人的内心活动。

事业蒸蒸日上，心灵上总觉得若有所失，从小熟读《红楼梦》、唐诗宋词、巴金、冰心的她，商务之余开始重拾文学梦，把自己在人生道上坎坷行脚，闻见琐忆，缀成篇章。于是，我们读到了她的散文集《烟湖更添一段愁》《片片晚霞点点帆》《在月光下砌座小塔》《人在天涯》《梦莉散文选》等。中国著名散文家、已故的秦牧先生，在为她的书写的序中说："优秀的散文，一般总是文笔潇洒自如，内容清新饱满。作者敢于抒写内心世界，倾注感情，作品具有独创性。在这些方面，梦莉女士是在努力做了，并且也都获得相当成就。"

曾担任暨南大学副校长的饶芃子教授盛赞："她的散文曲折有致，有一种悠悠然的情思，把它们编列起来，有如芬芳、洁净的茉莉花串，那香，那格，完全是属于她自己的。"

"我们读她的作品，常常感到有一种对人生的深刻的忧伤，浸透着作者的心灵。她写的苦恋和离情，都不是狭隘的，而是与变动的社会和残酷的战争联系在一起，她笔下的男女主人公所承受的精神痛苦，并非来自对方和自己，而是历史和现实对他们的心灵和感情的长期压抑，这就使她的这些抒情性的作品，具有了一定的社会和时代的色彩，有了比较厚实的生活的底子。"

梦莉的作品获得过各种奖项，相关的评论集《因为你是梦莉》《茉莉花串》及《文化之花——梦莉评传》等，在泰国和中国出版。她多年担任泰国华文作家协会副会长、《泰华文学》杂志副主编，为华文文学事业不惜出钱出力。

我和梦莉在 90 年代初借文学结缘，她少言寡语，我天性乐观，很快成了互补的莫逆，我戏称她为"船长"。那时她每年都会到北京，或参加文学活动，或应邀参加国庆侨宴，完了正事之后，余下的时间我就是长陪，共同游览和寻觅美食。她也曾应邀到香港和澳门参加两个特区回归祖国的盛大庆典。

90 年代末期，她的身为泰国航运界翘楚的丈夫和最疼爱的当医生的女儿重病，后来在一年之内两位至亲相继去世，对她的身心的打击摧残可以想象。接着又是豪门惯有的财产纠葛。她多年无法分身再来北京，我只能在电话中倾听她的忧伤和烦恼。现在她是泰国中华总商会的会董，自己兼五六个公司的董事长，还有不少华文文学方面的兼职。没有儿子鼎立家业的她，没被多方打击和风风雨雨压垮。渐渐，我在电话里又听到了她的笑声，听到她说再来北京和我一块寻找美食的承诺。热腾腾的烤白薯是她的最爱。

"此生不枉抛心力"
——菲律宾著名作家、文学活动家林忠民

听若莉告诉我林忠民先生去世的噩耗后，万分惊愕，十分沉痛。如斯之人，竟不得苍天特别眷顾。天地何其无情！

算了算，我与林忠民先生结识已近二十几年，每次见面都与华文文学有关。

20 世纪 90 年代，何年何月何日，我自己无可考。那次是林先生率亚华基金会的作家们到北京，向一位北京的老作家做敬礼活动。我有幸参加了相关招待晚宴，第一次见到亚华基金会的董事长林忠民先生。

儒雅俊朗，风采秀逸，玉树临风，其形其貌，当属茫茫人海中的极品。

之后有幸同林先生多次见面，在中国大陆的华文文学国际研讨会、东南亚华文文学研讨会，在文莱的微型小说国际研讨会，在印尼巴厘岛的第十二届亚华作家双年会……

忘了是什么缘由，议论到办刊经费的困难。当时并无拉赞助之意，虽然我那时像丐帮似的常为所主编的杂志化缘"乞讨"。林先生主动提出，并当即解囊，资助杂志的散文专栏。虽然钱不多，这份心意，却让我永远铭记于心。

林先生笔名本予，祖籍中国福建厦门，出生菲律宾马尼拉一个华侨世家。在马尼拉市市立大学研究院毕业后，长期经商，是位著名企业家。

企业家的林忠民热爱文学，在菲华文坛辛勤耕耘半个多世纪，善写诗歌散文，出版了作品集《再生的兰花》等。林先生不但是作家更是文学活动家。担任过菲律宾华侨文联和菲律宾文协常务理事、亚洲作家协会菲华分会常务理事，以及亚洲华文作家文艺基金会董事长，为推动华文文学创作出钱出力，无私奉献。

自1993年起他亲自率领基金会代表到台北、上海、北京、雅加达、吉隆坡、马尼拉等地，向华文作家敬老觅根。

苏雪林、林海音、张秀亚、巴金、冰心、柯灵、臧克家、艾青、曹禺、王辛笛、方北方、黄东平、施颖洲等作家，都曾受到他领导的基金会亲临献上的敬意与关怀。

只要时间允许，林先生都会不顾奔波劳累积极参加华文文学会议和活动。每临会，话不多，用实际行动表达着他对华文文学事业的关爱和支持。

2010年，我受邀去印尼巴厘岛参加亚洲华文作家协会第十二届年会。开幕式，见到的林先生，竟然坐着若莉推的轮椅，瘦弱憔悴。我赶紧到他面前问候，心里很不是滋味。

2011年11月，中国世界华文文学学会和世界华文作家在广州联合举办"共享文学时空——世界华文文学研讨会"，这是一次空前浩荡的盛会，四百多位研究者和作家齐聚暨南大学。林先生抱病从菲律宾赶到，比我在巴厘岛见的他，越发疲弱。只是万没料到，这竟然是他出席的最后一次国际华文文学会议，竟然是与菲华文友之外的老友们的诀别。每念及此，泪珠总不由得在眼眶里打转。

"此生不枉抛心力"，这句诗是林先生写给菲律宾华人抗日志士的。我借来送别林先生。

三、北美华文文学辑

现代与传统

——简评美籍台湾诗人杜国清的诗

旅美诗人学者杜国清十分重视传统，二十多年来，他坚持不懈地努力将自己的创作纳入中国文学传统之列，做出了一定成绩。

一、基础：重视传统的理论自觉

杜国清出生在台湾，20 世纪 60 年代中期毕业于台大外文系。在校期间，适值台湾文坛盛吹"西风"，加之英美文学的专业教育，使他初与诗神结缘，便对英美现代诗情有独钟。曾参与高年级学长白先勇等人创办的《现代文学》编务工作，并在其上译介西方现代派大师艾略特的文学理论和发表诗作。

后来赴日本留学，以日本著名英美文学学者、超现实主义者西协顺三郎为研究课题，继续对西方现代派大师，尤其是艾略特和波特莱尔进行了深入探求，出版译著《艾略特文学评论选集》和《西协顺三郎的诗与〈诗学〉》。

这时杜国清深受艾略特、波特莱尔和西协顺三郎的影响，对意象主义、象征主义、超现实主义有特殊的兴趣。

70 年代初，杜国清获关西学院大学日本文学硕士后的文学道路选择，艾略特的文学理论，尤其他对传统的极度重视，对杜国清发挥了极重要的指导作用。

艾略特的传统观在其《传统和个人的才能》及《追求异神》两

文中表现得最为透彻。

艾略特认为："传统是由古典相集形成的一种全体的精神之流。并不是静态或固定的，而是动态的具有发展性的。传统虽不是可以继承的遗产，却是以继承的观念为基础。亦即传统是以一个时代以及后一个时代的存在为必要的，因此传统可说是表示过去与现在的某种特殊的关系。传统为'现在'所继承，亦即构成'现在'之内容的'过去'。如此传统即既是过去的产物而又活在现代的一种精神，能够产生这种认识的乃是'历史意识'。"（引自杜国清《艾略特的文学论》）

杜国清接受了艾略特的观点，认识到，一个创作家的最大挑战来自传统。他在创作上的评价，只有在与传统的伟大作家并比之下才能定位。作为一个台湾诗人，只要在创作上使用的是中文，就不得不面对中国文学传统的挑战，他的创作成就，终究归于这个传统。

他自我分析，自己属于古典主义者，希望写出来的作品具有古典的价值，能与古典作品并比，所以他决定将自己一直西向的船头掉头东航，选择美国斯坦福大学著名中国文学教授刘若愚为师，从事中国诗，尤其是唐朝李贺和中国现代象征诗和中国文学理论的博士学位研究。

从此，他自觉地将自己的诗创作和诗论的建设与中国文学传统密切结合，在融会中西的文学道路上，努力不懈。

二、观念：感应传统的古典诗情

杜国清现为美国加州大学圣塔芭芭拉校园教授，是一位有多种著述的学者，但他首先是位诗人。出版的诗集有《蛙鸣》《雪崩》《望月》《殉美的忧魂》《情劫》《勿忘草》等。

从内容而言，他有爱情诗、社会讽喻诗，也有游历中国大陆之后写下的山河篇。其中写得最多、最有特色的当属爱情诗。

爱情，是人生的重要内容，因而也是诗言志和抒情的重要主题。

中国从《诗经》起，直到现、当代不少优秀诗人，都有爱情诗篇，但是把爱情诗作为专题进行研究探索的，似乎鲜有，所以杜国清在这方面的努力和成绩，很值得重视。

他有意将爱情诗分为几个层次来写，表现由特殊到一般，由情到灵，由有我到无我的几种爱情境界。这种探索较集中地全体现在他的《心云》《情劫》《玉烟》（见于北京人民文学出版社版《勿忘草》）三诗。

在《心云》里，主要表现的是一颗恋心。这颗恋心变化多端，阴晴不定，备受爱欲的撩拨、折磨、焚炼。

《手指》是他这类诗的一首优秀代表：

　　心的触角
　　分泌着欲望的黏液
　　在生活的枯树上伸爬着

　　充满灵敏的感觉细胞
　　在乐园的鬼屋里
　　当手指碰着手指那瞬间
　　我心的颤动甚于拥抱

　　当手指捏着手指那瞬间
　　彼此默然印证灵通的暗号
　　我心是一架发报机透过指尖
　　向你发布感情动荡的消息

　　当手指握着手指　那瞬间
　　我心已布满离愁的阴云
　　一声珍重像闪电击亮之后
　　我心的暗空中已有泪雨零落

别后我的手指在生活的荒岭上
张成雷达网日夜采寻你的行迹
——每天搜到的只是风声和云影

几番风雨之后
我那手指已锈钝
我的心在绝望的孤岛上
一架半残废的无线电发报机
醒时只能微微发出噪音的哀泣

　　"手指"显然是该诗的中心意象，它为"心"的外在"触角"，是"充满灵敏的感觉细胞"，所以它的运动——"手指碰着手指""手指捏着手指""手指握着手指"——三组意象，由"碰"而"捏"而"握"渐进的，暗示了一对恋人内在情感由沟通到深化，形象地传达出他们从"乐莫乐兮新相知"到"悲莫悲兮生别离"的爱情心路历程。

　　恋人离去后，生活由"枯树"而至于"荒岭"，寂寞日增，生活中了无春色，活着仅是为了思念。诗人将这种思念情绪的表达，凝聚在"雷达网"这一意象上。

　　"雷达网"由"手指"的意象演进延伸而来。"手指"张开，形似"雷达网"，如果在这里把"手指"换作别的什么，就失去了意象应用中的内在的逻辑和外在的流畅。

　　"雷达网"是进行探测的装置，广泛应用在军事、天文、气象、航海、航空诸方面，用于爱情诗，把硬邦而干燥的机械，作为探寻恋人行迹的感情物，将无情做有情，当是杜国清的创意。由于它自身的张力和速度，所以更强烈地表现了诗情。

　　新相知的喜悦，离别的忧伤，思念的铭心刻骨，绝望的悲哀，这些就是由"手指"所要表达的一个人所经历的感情风暴。

《情劫》进入另一层次,在这组诗中,已由一个具体的人在爱情煎熬里的哀吟挣扎变奏为因爱而哀的一颗受难灵魂的悸动。

试举《尘》说明之:

> 劫灰中苏醒过来
> 一粒微尘无体无心
> 隐隐然一点痛
> 唯一的知觉无声无影
> 在寥寥旷宇间
> 逐渐增肿
> 那是唯一没有死尽的细胞
> 生命仅剩的一念
> 存藏着一生爱欲的痛史
>
> 痛历劫的宿命
>
> 亿万年之后
> 忍过无数的昼夜日月
> 那痛肿的一念仍然
> 依隐在微尘上
> 在悠悠天地间
> 怆然追抚当年的
> 哀愿

诗人将"一生爱欲的痛史"这么沉重丰富的负荷托意于"微尘",失恋者自嘲自轻的愤疾之状毕现。

灵魂明明已成灰烬,不复有生,却仍有"一点痛";"一粒微尘"本身渺小而不足道,更哪堪置于"寥寥旷宇间",愈发地没有价值,虽然，它却在"亿万年之后"仍然不甘心，犹自深情款款的"痛肿"。这是失恋者的灵魂的自怜自叹，也是诗人常自觉或不自觉地表现出的以一己之身，面对悠悠天地和无常人生的一种抖落不掉的哀愁感。

《玉烟》诗集，是杜国清用唐代著名诗人李商隐的爱情诗七言中的四十个名句为题写成的。在《锦瑟无端五十弦》《蓝田日暖玉生烟》《心有灵犀一点通》《东风无力百花残》等诗题下，有诗人对原诗句的体认、理解，也有借题发挥和探索，它们似一组大型交响乐，系统地、有机地展示出丰富多彩的爱情境界和色彩缤纷的爱的艺术氛围。如：

> 犀的灵异汇聚在角尖
> 从这端到那端
> 白理敏锐的神经
> 贯通如线
> 心灵犀的两角
> 一旦有缘相通
> 这端阴那端雨
> 这端光那端亮
> 这端走火那端热燃
> 这端流水那端荡漾
>
> 一对角烛白理为芯
> 在灵通的交汇处
> 点燃爱的火焰
>
> ——《心有灵犀一点通》

这儿所表现的乃是恋人们心心相印的情景，它具有普遍意义的价值和更为广博的审美。

杜国清的爱情诗，知性和感性均衡发展，现代味很足，但其所表露出的爱情观，却是古典式的，有丰厚的中国传统精神。

　　刘若愚曾认真比较过中国诗和西洋诗在思想观念上的差异（见《中国诗学》杜国清译本，幼狮出版社出版）。

　　谈到爱时，他说："爱是中国诗中不可避免的主题，正像西洋诗中一样——可是中国人对爱的概念与欧洲人的（或者至少是欧洲浪漫派的）概念不同的地方是，前者并不把爱赞扬为某种绝对的东西，而使恋爱中的人完全不受这个责任的约束……""中国人对爱的态度是合理的：爱作为一种必要的有价值的经验而在人生中给予合适的位置，但不将它提升到其他一切之上。"

　　杜国清以形形色色的样相歌咏爱，对爱情的渴慕、新相知的喜悦、离别的忧伤、失恋的痛苦，其情热烈而冷静，绚丽而凄清，甜蜜而苦涩，真实而朦胧，既有灵的震撼，也有欲的完满，但无论爱得多么疯狂，他认为爱情终究不过像朝"露"一样，虽然"在朝阳中灿耀着/激情的七彩"，却由于"短暂的　生命的光辉/宿藏一颗苦恼的良心/背德不义罪孽"，因而不得不"一再将欲望　降为/白霜"，诗人不由得哀叹"你赐予我　生命的光辉/却让阴影笼罩我的良心/你赐与我美的瞬间/魂的喜悦　在现实中/却又随即幻灭"（《露》）。于是，诗人不敢再放纵自己的情感泛滥，遇到所爱之人，即使惊喜异常，也只在"瞬间踌躇之后/既不能追上前去/只好跟在后面/为自己　保持一段/美的距离"（《距离》）。他始终未能把爱"提升到其他一切之上"。

　　杜国清的爱情诗多作悲音，鲜露笑容。一方面，这是由生活的真实所决定，因而遭受背信弃义，或者为"距离"所阻，或者这爱本身是"错误""噩梦""幽欢""背德、不义、罪孽"，所以尽管有"美的瞬间，魂的喜悦"，却因为现实不容，"又随即幻灭"。

　　另一方面，他深受日本文学中无常观的影响，他很看重这种无常观的感动效应，所以有意追求悲剧美和悲剧的震撼力量。

　　"面对亘古长存的无限宇宙，有谁不觉得人生譬如朝露去日苦多？浮沉在这万物流转的无常世界，有谁不怆然而念天地之悠悠？"
"悠悠天地，无常人生，这种天荒地老的生哀死愁，我一向认为是抒情诗的最高境界，也可以说是我这些历劫的作品所希望表现的诗情的极致吧。"（杜国请《情劫·后记》）

他之所以为李商隐七言爱情诗句作"郑笺"，一方面是因其道尽了自己心中"无限的感受"，更由于"那些为爱而哀的悲歌"，不时在他"心中回荡、交响"，激起他"对生命的无限哀愁"（引自《勿忘草：玉烟集序》）。

杜国清的悲剧观念完全是纯中国式的。刘若愚说："他们感叹与'自然'的万古常新所对照之下人生的短促。的确，给予许多中国诗一种特殊痛切而且赋予一种悲剧感的，正是这种对照：一方面是人生的易变和无常，而另一方面是'自然'生命的永恒和常新，而在西洋诗中，像希腊悲剧和浪漫派的诗，悲剧的产生时常是由于'人'与'自然'之间的冲突，以及'人'为克服'自然'给予'人'的种种限制而努力的挫折。"（刘若愚《中国诗学》78页）

三、艺术：继承传统的创造性发展

杜国清受意象主义、东西方象征主义和超现实主义的影响，从个人的诗创作中，总结出"意象征"的艺术表现主张。

所谓"意象征"，即把意象表现和象征表现微妙地融合在一起，而达到双重的目的：描写外界的景与表现内在的感情经验。

意象和象征同是用具有形象的语言，表现抽象的情感与概念，但意象所表现的概念是特定的、个别的，而象征所暗示的内容却具有万物的普遍性即共性。意象不一定是象征，而象征一定是意象。

杜国清认为："好诗不应该是朦胧的，而应该是晶莹的，好比闪光晶体，它放射的方向不是单纯的，而是各种光芒交错重逢。好的作品不会是太单纯的，意象征的结晶是透明繁富的。"（笔者采访记）

所以他写诗，着力最多的就是营造"意象征"，即让一个意象同时兼职为象征。

杜国清精心为自己的诗世界塑造了一批形象。它们在诗人的导演下，以各自固有的身份，扮演多姿多彩的角色，从而建造起杜记城垣。

"岛"和"湖"这对"意象征"，是一对男女恋人。

"在这山巅岩上/伫望着烟茫中/岛与湖的世界""是岛就伸出如拥的手臂/安抚一湖的妩媚吧/是湖就静躺着/仰观岛上的风光吧"（《岛与湖》）。诗人用岛与湖这对自然界中互为生存条件的组合，象征人类男女相依互为存在对象的双方。这组意象之所以能建成这种象征意义，是为岛与湖各自的形象和本质特点决定的，不但富于创造性和合理性，还有传统意义。《红楼梦》里的贾宝玉就曾说过，男儿是泥做的，女儿是水做的。杜国清将其凝固具象为岛和湖，使形象更独特鲜明。

仙人掌是沙漠中的绿树，美而浑身带刺，可望而难即，"那些仙人掌千姿万态的幸福/原是我们灵魂的舞姿/那因缘/不在前生必在来世"（《仙人掌》）。

贝壳（又作蚌壳）是海滩上退潮后的弃物，他常以之作为弃情的"意象征"。

朝开夕萎的牵牛花（《朝颜》）和夕开朝萎的葫芦花（《夕颜》）都是短暂爱情的象征。

"荒原""枯岭""暗礁"是失爱场，"狼"历来是好色的意象……常用的还有"云""露""雨""杜鹃"等等。

这些"意象"无论是杜国清首创，还是传统的因袭，在意象和象征经营的手段上，都不脱中国传统，都是顺应"物"自身的特点，暗示效果比较明显和准确。

受西方现代诗，尤其是波特莱尔《恶之花》的影响，他的诗中也有一些对立而悖于常理爆发力很强的"意象征"。如"脉搏里冰河滚动""蜈蚣啃着枕上的骷髅""乐园的鬼屋"等。但比较而言，他在意象、象征的应用和经营上，主要还是中国传统式的。

上面举到的，严格意义上讲，还只是些"意象征"的语词而已，真正能代表杜国清的"意象征"境界的是他的《玉烟》集里的四十首诗，每个完整的意象均有繁富的象征意义。

前述《心有灵犀一点通》为一例。又如：

蓬莱仙山隐约
在雾海上耸立的
一座楼阁

你在楼里楼在雾中
雾在我远眺的
距离之外

那楼阁耸立
一夜的美梦
梦醒之后与现实的
距离总是雾

青鸟哟此去
并无多路请为我

殷勤探看雾的彼方
水晶帘后倚窗凝望的
影子是否瘦了

——《蓬山此去无多路》

全诗意象空蒙、凄楚，刻骨的思念尽在不言之中。所思之人虚无缥缈，既远且近；远的是无情的"现实"的"距离"，近的是一颗诚挚的爱心。

这首诗的意象，象征的可以是对爱情的执着，也可以是其他什么，比如对理想的追求等等。它与《诗经》里《蒹葭》一诗的境界颇有类似之处。

杜国清在 1985 年以来，多次踏足中国大陆，写下大量《山河掠影》（诗见中国文联出版公司版《情劫》），吟咏中国的传统文化。他的这些现代山水诗中，同样奔涌着绵长的古典诗情。

杜国清有诗学"三昧"的主张。所谓"三昧"，即"惊讶、讥讽、哀愁"，也称"反讽"，西协顺三郎认为，"反讽"，"意味着最大的想象力"（西协顺三郎《诗学》132 页），最大的想象力当然也含有独创性的意思。

关于独创性，艾略特说："在诗中，不受过去的任何恩泽的完全独创性这种东西是不存在的。"（《庞德诗选集》序，转引自刘若愚《中国诗学》238 页）

刘若愚说："中国诗人时常使用因袭的字句，意象和象征，正像拜占庭派的艺术家使用彩色玻璃和岩石的碎片做成马赛克嵌镶细工一样；其独创性不在于所使用的材料而在于所达成的结果。"（刘若愚《中国诗学》239 页）

"三昧"之中的"哀愁"，即指诗的感动性。

一首好的诗应该同时具有创造性、想象力和能打动人这些特点，缺一就不能算完美。杜国清有不少诗兼具"三昧"，而这些成功的诗作亦无不立足于传统而又发展了传统。

所谓发展了传统，并不在于是否提供了传统所没有过的东西，而"在于怎样将这些旧有的既存的材料，纳入艺术的过程，加以适当的压力，使之焕然成为新的统一体"。艾略特所说的"既存的材料"即传统，所以，他认为"经常阐明传统的意义，努力于传统的维持和发展亦即批评家的任务"（杜国清《艾略特的文学说》）。

"女性奥秘论"的悲情文本

19 世纪以来的第一阶段西方女性主义运动，以追求女性的社会权利为目标，到 20 世纪初，这场运动胜利告终，通过了妇女财产权和选举权等法案。但这些法案并没有保证女性的独立，原因是被贝蒂·弗里丹（Betty Friedan）称之为"女性奥秘论"① 的西方男权社会意识，通过对"女性气质"的规定和宣扬，使女性自动回到家庭，甘居受支配的附庸地位。

所谓"女性奥秘论"，基本意思是，女性与男性的本性不同，她们适合的社会角色是妻子和母亲，女子的本性只有通过性被动，受男性支配，培育母爱才能实现。家庭是实现女性价值的最佳场所，教育和工作等，都是实现女性本性的障碍。

贝蒂·弗里丹是二战后大量走回家庭的美国女性之一。她在做家务时，感到的只有烦琐和悲哀，并没有女性价值自我实现的喜悦。她怀疑自己出了毛病，开始调查别的女性，发现美国女性都有她的苦恼。她认识到不是自己的错，是社会对女性角色规定的不公平，于是愤而写出《女性的奥秘》一书，披露了自己调查的结果，用事实批判了"女性奥秘论"。这本书 1963 年出版后，引起极大共鸣，反响强烈，启发了美国女性对男权社会的怀疑和质问，成为西方第二阶段女性主义运动的开端。

---

① 关于西方第二次女权主义运动，参考赵稀方《翻译与新时期话语实践》，中国社会科学出版社，2003 年 8 月版 113 页。

女性意识的觉醒及对男权主义的批判，是 20 世纪六七十年代以来，西方第二阶段女性主义运动的特征。

　　施叔青的几篇留学生婚姻小说，正产生在这一大背景下。她1972 年由美国回台湾，担任了两年大学教职，后来辞职专门写小说。1976 年台湾景象出版社出版的小说集《常满姨的一日》，除《安崎坑》外，收入的全是她 1974 年以来两年间的短篇创作。

　　这些 70 年代的短篇，含《常满姨的一日》《后街》《"完美"的丈夫》《这一代的婚姻》（即《回首，蓦然》）、《困》等五篇。《常满姨的一日》别有千秋，容另述。其他文本中的女性们，都是像贝蒂·弗里丹曾经做过的那样，按照"女性气质"的规定，回到了家庭，被丈夫支配，当丈夫的附庸。

　　结果，她们的处境并不那么美妙。

　　施叔青本人就是异国婚姻，她在一篇文章里曾经说过："远居异地，与另一个人住在同一屋顶下，相互之间细节上的适应、迁就，实在不是一段轻省的过程，我于是借题发挥，不能免俗地写起婚姻的故事。"（《完美的丈夫·序：仍然跳动的心》）

　　有一次，笔者谈到这组文本时，曾问她："是否其中有你的生活？"言外之意，是想知道，她的洋丈夫属于她小说里的哪类角色。

　　她回答说："我一直站在女性主义观点，站在女性立场讲话。自己没有这样的遭遇，我是极端自由的，先生非常容忍我。我观察到周边女人情感上很不能独立，经济上依赖。在异乡，重新适应一种生活很不容易。又不像在台湾，女人有亲戚，丈夫会受到些牵制，有了事亲戚都会出来讲话。如果把她带到美国，连根拔起，到了人生地不熟的地方，那时丈夫就变成了她的一切，受虐待，家庭暴力，身心受到摧残折磨。丈夫控制了女人，举目无亲，蛮可怕的。语言再不通，就更难办了。留学生回去讨个老婆，认识两个礼拜就接到美国。这样的事听多了，很替她们不平，就用小说来反映。"

　　如此看来，同情女性处境，批判男性霸权，是作者创作的初衷，也是这组小说文本的主题。从时间看，正呼应了当时西方第二阶段的

「女性奥秘论」的悲情文本

女性主义运动。

施叔青笔下的男男女女，多数是留美知识分子。《后街》和《这一代的婚姻》的男主角"萧"是留美博士，他的情人朱勤和妻子李悚都是留美硕士。分别为《这一代的婚姻》和《困》中丈夫角色的"林杰生"和"王溪山"皆为留美博士，他们妻子的范水秀和叶洽也都有台湾的大学学历。

在一般人眼里，这些现代女性，生活得应该很幸福：高学历意味着能独立自主，和留美博士丈夫生活在经济发达的美国，意味生活品质有一定保障。但是她们同《牛铃声响》里嫁给洋人博士丈夫的刘安安一样，都很不幸福，只是比刘安安少了些异国婚姻带来的困扰。

算刘安安在内，这些女性受教育的水平，基本与她们的丈夫在伯仲之间，却依然像出走前的"娜拉"，甚至连娜拉都不如，屈服在丈夫的威权下。她们不出外工作，当起家庭主妇，围着丈夫转，看丈夫的眼色，听丈夫的吩咐，有了孩子，更以丈夫和孩子为中心，全然放弃了自我。

李悚，一个农家女孩，凭奖学金到美国留学，碰到学位到手只差成家的萧。李悚高挑的身材和小时候在乡下被太多阳光晒出的肤色，唇边的一颗痣，符合了萧的理想，被娶为妻。萧十多年处心积虑，志在争取总公司的高职，从来不屑与妻子商量，认为与她"不相干"。李悚终于悟到自己的真实处境，痛斥萧："我白天当你的老妈子，晚上让你带出去展览，像只色彩艳丽的鹦鹉，只差不会说人话，在床上，我又当你不花钱的娼妓，你当不当我也是个人！"萧升职被派回台湾工作，李悚留在旧金山主动分居，几个月后又到台北要求离婚，却被丈夫坚决拒绝。萧为了装点和睦家庭的面子，堵住不利他的传言，为妻子召开了盛大的欢迎酒会，李悚被迫强装欢颜，什么事也没发生过似的出头露面周旋在来宾间。她能离得了婚吗？

范水秀，受尽丈夫肉体凌辱和精神折磨不说，丈夫还欺负她在异国无亲无朋、没有经济能力，明知公寓就是妻子的"整个世界，只要她开门踩出一步，就会走丢掉的"，上班前竟将家里吃的东西全部提在篮子里带走，用饥饿整治范水秀。她回台湾投奔娘家，封建家长只顾家庭的面子不顾亲情，拒不支持女儿的离婚要求，并赶她回到林杰生身旁。去看心理医生，心理医生不肯听取她的一面之词；家庭和社会都站在她的对立面，范水秀仅存的一点自信心，到后来也动摇了起来。出路在哪里？

叶洽的丈夫全神贯注在工作上，不理会妻子的身心存在，夫妻生活在同一屋檐下却视同陌路。她同刘安安一样，嫁了个一心只有自己事业前途的丈夫。她试图与丈夫沟通，截然不同的两类人，怎么也捏合不拢。她只能以酗酒，展示自己的抗争姿态。

施叔青笔下的女性，依然困于封建传统的桎梏，受制于男权的统治压迫。她们柔弱的冲闯，被阻挡在强大的社会习惯势力所铸造的铜墙铁壁前。

施叔青笔下的男性，都是些争名逐利，很极端的人物，多扭曲变形，精神有"病"。

萧是出身上海富家的贵公子，极端虚伪、自私自利，以自我为中心。他的观点，"太太娶来，就是帮助丈夫事业的"。他与刘安安那个洋丈夫彼得同属一类。彼得娶刘安安是为了"有用"，不惜让妻子在大庭广众之下，现身说法，当他人类学研究对象。萧坚决拒绝与李愫离婚，尽管他们早已分居，也看不到能改善关系的前景；他更不给被他关在"后街"的情人朱勤走上婚姻的机会，其实他和朱勤才是合适的一对。为了自己升职爬高，不惜牺牲掉妻子和情人。

林杰生百般虐待范水秀，其中一个重要原因，就是嫌范水秀娘家给的陪嫁少。甚至当范水秀带着儿子逃回台湾娘家，他关心的不是妻和子，却与范水秀斤斤计较经济上的得失，甚至扬言要打官司。

王溪山不像萧和林杰生那样奴役妻子，但他只顾自己的事业，将妻子置之不顾，"在她最需要丈夫时，王溪山永远不在她身边。他让叶洽去摸去闯，在这个全新的异国，叶洽很快感到心力交瘁。早晨整理房间时，她望着王溪山书桌上的卡片、稿纸，以及那架深夜吵得她不能入睡的打字机，她不懂自己怎么会掉到这种生活方式里"。

施叔青立场鲜明，对这几个做丈夫的，下起手来，毫不留情，令人不由得想到腾空横刀的女侠。但她没有简单停留在谴责和鞭挞层面，而是力图透过几个男性各自成长背景和心理分析，科学诊断出病因之所在。

萧的讲究和排场，出自富贵家庭的熏陶；极端的自私自利、自我为中心，是其从小备受娇宠养成的。林杰生的扭曲变态，与从小生活在一个不正常的家庭有关。他母亲像男人一样，当工地的监工，养活了一辈子游手好闲、嗜赌成癖的丈夫和一堆儿女。母亲的强大，及母亲巨乳给过他的窒息体验，让林杰生感到女性的压迫和屈辱，产生了逆反和报复心理，却又羡慕父亲的不劳而获，也希望自己能吃定女性。他恨女性，更恨妻子靠他养活，他说"凭什么你可以待在家里享福"，"你应该像我母亲，她太能干了，一双手养了一大家子人"，"最好你出去赚钱，留我在家享福，像当年我父亲一样"。王溪山从小在家庭里不受重视，母亲的关爱都给了他残疾的弟弟，他变成多余的受厌弃的，由此养成了自卑心理。由自卑而自闭，缺乏自信，不善与人沟通。与妻子相处，开始是不闻不问，后来则时时小心，处处窥测，弄得彼此很疲倦，很累，"像个下雨天，泥泞的红土地上，她和丈夫互相绞扭着，一场无声的，没有结果的角力，只是两个人做着徒劳的挣扎"。

萧、林杰生、王溪山，各有各的精神"疾病"，但他们对女性的压迫，归根到底还是传统的夫权思想、自私自利的男性自我中心使然。他们像一柄"达摩克利斯剑"悬挂在女性的头顶，作弄她们的命运。

男性对女性的压迫，有源远流长的社会因素，但不能因此说明凡婚姻必不幸福，若然，谁还敢结婚。婚姻失败总有原因，如何才能建立幸福的婚姻？透过这几对婚姻的剖析，施叔青还试图说明：

一、婚姻必须建立在彼此深入了解的基础上，仓促的婚姻总是不幸福的。这几对婚姻之所以不幸，一个重要的原因，就是双方太缺乏深入了解。李悚是为了解决留学住宿问题，与萧认识一个来月，成就了婚姻。范水秀通过别人介绍、父母包办，前后不到两个月就"把自己交给一个不相识的陌生人"林杰生。叶洽毕业临近，别人都有了归宿，自己怕寂寞，也不甘心回乡下教书，赶紧抓住了偶然认识不久的王溪山当丈夫。刘安安出于崇美，果断抛弃初恋，嫁给洋人博士彼得。

来也匆匆，去也匆匆，没有根基的婚姻，就像不打地基的大厦，迟早会坍塌。短暂接触，匆忙结婚，具有留学生婚姻和异国婚姻的特征。留学生在异国生活圈子小，所能接触到的本国异性有限，婚姻可选择的对象不多，加之于他乡比较孤独寂寞，所以遇到难得的机会，就得赶紧抓住，彼此取暖，互相慰藉。异族结缘，因素更要复杂些。

二、婚姻应该"门当户对"，"嫁给一个人，也同时嫁给对方的社会"。李愫和萧，一个是台湾乡下的农家女儿，一个是上海富贵人家最小公子，各自的成长环境、养成的生活习惯和为人处世态度，有天壤之别。这样的两个人生活在一起，适应起来，难度确实很大。李愫思考过这个问题："为什么自己和萧那么不同？李愫刚刚开始的时候，曾经用尽心力，向他学习。当时她不懂得这和一个人的出身有绝大的关系，学也学不来的。李愫只是埋怨自己太笨拙。像两个人同时准备出去应酬，萧只花几分钟，干净利落地把自己装扮好了，站在穿衣镜前，他已经是个体面的绅士了。在颜色的选配上，他有绝佳的鉴赏力。萧就是这样，自然而体面地站在穿衣镜前，施施然地结着那条巴黎著名公司出品的领带。李愫满头发卷，坐在堆了一桌化妆品的梳妆台前，对镜子中的自己，不知从哪个地方先下手。每当这时，萧就说她是'农业社会'的产品，李愫露出一种忍从的微笑，接受丈夫的批判。"如果婚姻双方能够沟通，萧不是那么自私的话，还可以慢慢磨合，否则，李愫的痛苦不可避免。

范水秀从小生活得无忧无虑，林杰生全家人挤在一个通铺上；叶洽和王溪山也完全是两类人。他们和她们都成长在悬殊的两个世界，生活习惯、价值观念，都天壤之别。

有种说法——"结了婚，就好比跟另外一种不同的文化在一起似的"，刘安安与彼得是东西两种文化的碰撞，李愫与萧、范水秀与林杰生、叶洽与王溪山，颇有城乡文化、贫富文化摩擦的意味。

几个小说文本，皆以全知叙事角度，洞悉人物内心活动，又以意识流手段，交代人物的来龙去脉。施叔青尤其擅长搜索女性心理的犄角旮旯，将她们细微的心理活动、她们小心眼的"小奸小坏"，写得入木三分。比如，《后街》里的朱勤，因孤独寂寞到美容院打发时光，遇到一个正化妆的新娘。她又羡慕，又妒忌，所以当新娘在穿好礼服，颈间露出一大截黄色内衣时，她借此和幸福的新娘，小小钩心斗角了一番：

> "哎，不行，赶快把衬裙脱下，"化妆师惊叫，"露出一大截，难看死了。"
>
> 朱勤在一旁冷眼旁观，有点幸灾乐祸，她早就发现内衣露出一大截，却并不想提醒她。这下朱勤倒有点怨暴牙的化妆师多事。
>
> 一阵忙乱，新娘重又穿扮好了，从镜子里打量自己，似乎很惊讶自己一下变得那么漂亮，转了一个圈，把自己想象成白雪公主，头，昂了起来，两手拎着蓬裙，就要走下楼梯。
>
> "喂，"朱勤从后面叫住她，有点恶作剧地，"别忘了你的内衣。"
>
> 新娘倏地转过身，狠狠地盯了朱勤一眼，也不弯下去，用露出的脚尖挑起摊在地上的内衣，把它丢到装礼服的纸盒里，她又把头昂起来，窸窸窣窣示威地走了。
>
> "老处女，哼！"
>
> 朱勤似乎听到她在楼梯口丢下这句话。

萧要在家里接待南方总部的老板，这老板决定他的升迁。那天下午，李愫正跪在饭厅，用力想把儿子涂了半墙的抽象画洗掉，突然接到萧要晚上请客的电话。时间太短促，在限定的时间里，要求按他的吩咐，弄好吃喝，并把自己打扮得符合南方老板的胃口。李愫开始想"离家出走"，继而灵光一闪，从墙角移过仙人掌，遮住儿子在墙上乱涂乱画的东西，开车出去采购好萧让买的牛排之类食物，又依着萧的要求，铺上餐巾，摆上银器、瓷盘，餐桌当中，还多了盆黄色小雏菊。七点不到，她坐到了梳妆台前。本来想按丈夫喜欢的，把自己打扮得优雅大方有身份，正好适合南方绅士的品位。但这时萧又打来了电话，先是问李愫准备得怎么样了，再又问给小孩穿好衣服没，他们在十分钟内离开办公室，"电话中那命令口气，使李愫早已忘记的火气又升上来了。放下电话，回到穿衣镜前，朝自己挤挤眼，恶作剧的整人心理，使她很快换上一套藏青色裤装。这套衣服是萧最讨厌的。他笑她，穿起来像中山北路美军顾问团走出来的美军太太。李愫以后也就不在他面前穿，这一次，看到镜中的自己，她感到一种报复的快感"。果然，萧带客人回来，一进门，就"朝李愫直瞪眼睛，李愫装作没看到"。

叶洽和王溪山谈恋爱的一段描写，更令人哑然：

> 十分偶然地，她在一个交友广阔的朋友家认识了王溪山。当时，王还是美国大学的研究生，回来搜集有关农业经济的资料，预备回去写他的博士论文，他们认识后，王溪山还有半年时间留在台湾。他是个极普通的人，有一颗极普通的心灵。他约叶洽出去，可是两人谈话的内容始终很贫乏。有一个晚上，他们去摘星楼听音乐，叶洽把头枕在王溪山的胸前，她微微笑着，心里感到安全而笃定。半个晚上过去了，他们没说上两句话，叶洽也并不以为意，他们通常是这样，沉默着。一直等到王溪山推了推她，说："奇怪，想不到松山机场那么忙，我坐在这儿数了一个晚上，一共有十二架飞机起落。"

一个含情脉脉，以为此时无声胜有声；一个穷极无聊，用数飞机打发时间，颇具反讽意味。

施叔青的这组婚姻文本，尽管是站在女性的立场，看问题也许比较片面，但还是比较真实地反映了20世纪70年代台湾留学生的婚姻状况，为历史留痕。

1985年台湾洪范书店以《完美的丈夫》为名，再版了这部小说集，除《常满姨的一日》被拿掉外，基本是原来的阵容，只是把《这一代的婚姻》更名为《回首，蓦然》。书前的《序：仍然跳动的心》，是施叔青隔了十几年时间后，对自己这组文本再认识：

> 此书的观点完全从女人的角度出发，或许要遭男性读者的抗议，然而它无疑地记取了我在十年、二十年前的一段心路历程，重新结集出书，自有其纪念意义，当然，这是十分个人的理由。在这个世上活得愈久，经历了人世的沧桑，如果再提笔写婚姻的故事，我势必采取一种比较持平、客观的态度，不会一味将做丈夫的抹黑。

有人说，施叔青笔下的婚姻，总是危机四伏。她回答："本来嘛，当婚姻生活像一杯淡而无味的白开水的时候，也就引不起创作者的兴趣了。"诚然，台湾很多留学生婚姻，幸福的不少，不一定都这么倒霉，但婚后，尤其有了子女，女性多放弃工作，走相夫教子之路。有实际需要，也与传统有关。

对于那些不幸者，假如她们慎重对待婚姻，认真选择相知相爱的人结婚，假如生孩子前的李愫、范水秀，没有孩子的叶洽，以她们的学识，找一份工作，经济上不依赖丈夫，可能日子就没那么难过。经济不自主，当然谈不到精神独立，她们的悲剧，是社会的，具有时代性，自己也要负一份责任。

中国大陆改革开放后，随着留学潮的风起云涌，留学生婚姻也成一景。但同样是留学生婚姻，大陆女留学生，或是嫁了留学生、在异国居家的女性，轻易不会像台湾女性那样放弃工作，即使有了孩子，即使丈夫非常能挣钱，也千方百计，维持自己的经济独立。

这种差别，年代是一方面，也与大陆和台湾的不同社会背景有关。在西方女性主义运动的第二阶段，中国正是社会主义时期，女性已经走出家庭，走上社会，妇女解放、男女平等、同工同酬、女人是半边天的意识已经成为主导思想，深入人心。女性深刻认识到，要活出自我价值，经济独立是根本，所以一般不肯、也不敢轻易放弃自我。在"文化大革命"期间的样板戏里，女性更被表现为超越男性的强势角色。反观同时期的台湾女性，从小所受的教育和影响更多的是封建传统，因而她们不管受过何等教育，易于像前辈女性一样，接受所谓"女性气质"的规定。

游记，游走于传记和小说之间
——施叔青的《两个芙烈达·卡罗》与《驱魔》

  旅游文学，不再仅仅是传统的山水游记，随着各类专业性旅游的出现，表现在文学创作上，游记的内容和书写策略也呈现多姿多彩状。如，2006 年 9 月，海外华文女作家协会在上海举办的第九届双年会上，将旅游文学作为主题时，还曾专门辟出一场关于"饮食文学的演讲会"，几位主讲者就各地或名人的饮食美味与历史文化结合，听得人如痴如醉，感觉很有收获。

  就游记文学在内容和文本书写策略的创新而言，台湾旅美著名作家施叔青的游记作品不可忽视。

  对于施叔青来说，家人之外，创作是她的最爱，那么接下来的排行榜，就是艺术和旅游。

  创作、艺术、旅游，这三者之间虽然各有谱系，却是一位优秀作家的相辅相成。

  施叔青不仅是小说高手，也是旅游文学创作的佼佼者。她的著作中属于游记性质的专著前后出版了三本，分别是 1989 年台北联合文学出版社出版的《指点天涯》，2001 年台北时报文化公司出版的《两个芙烈达·卡罗》，与 2005 年台北联合文学出版社出版的《驱魔》。前两部书的内容，也曾被海峡的两岸不同出版社，进行重新组合，或删减内容，另外出版过。但还是台湾版的这三部，保存了作者创作的原汁原味。

  这三部游记作品的不同书写策略，充分表现了施叔青在文学创作中不断求新、求变的艺术追求。尤其两部——《两个芙烈达·卡罗》和《驱魔》，颠覆传统，为旅游文本的书写，开辟并拓展了新的思路。

过去我们一般习惯将游记和散文紧密联系，也就是说，游记在文学的文体家族中属于散文范围。我自己编过的杂志就在1992年和中国国务院侨办及新加坡文艺协会联合，举办过第一届"世界华文文学徐霞客游记散文奖"。

近年来因为撰写施叔青评传，比较认真阅读了她的一些游记文本后，思路豁然开阔：哦！游记原来也是可以这样写的。

一、《指点天涯》是施叔青早期的游记作品集。那时她正长住香港，在小说创作之余，用了不少时间走进中国大陆寻根，足迹遍及大江南北，同时也参加外国人组织的宗教、艺术考察团，到东南亚一带做专业性的旅行。这本游记，真实地记录了她的这些行踪，写人记事，书写策略比较传统。其中的《哈尔滨看冰灯》还曾获上海文汇报颁发的"游记散文奖"。

这本游记散文集中，比较值得称道的是《万塔低眉菩提国》《清迈古庙风土寻踪》和《古印度文化寻踪》等篇，专业性地书写了她对缅甸、泰国、印度等国的艺术及宗教方面的观察和思考，奠立了她的游记文学的一大鲜明特色——具有非常丰富的文化艺术内涵。

二、长篇游记《两个芙烈达·卡罗》可以说是施叔青对游记书写的一次创新。它承继了《指点天涯》富含文化艺术内涵的遗传基因，更将游记和他传、自传进行有机整合，使之成为介于游记和传记之间的跨文体文本。

作者曾在1997年登临西班牙、葡萄牙和布拉格以及荷兰等地做长途跋涉的旅游，她在书写这次游记时，穿插进了墨西哥著名艺术家狄耶哥·里维拉和芙烈达·卡罗夫妻、现代主义文学鼻祖卡夫卡的他传，和其他一些著名艺术家、政治家（如被斯大林天涯追杀的托洛茨基）的事迹，以及作者自己的传记性文字，由此引出关于女性、身体、艺术、爱情、婚姻、历史、国族、认同、殖民、政治、革命、文学等话题和思考。这些都是施叔青十七岁时,以叛逆的姿态,登上文坛后,一路走来,所关心和不断探索的问题。

这本游记之所以能完成如此艰巨的任务,主要有赖于:

(一)文本成功地选用芙烈达·卡罗为中心凝视点。

芙烈达·卡罗是墨西哥著名女画家,墨西哥共产党员。其母是有一半西班牙血统的印第安人,父亲是出生德国犹太裔的匈牙利知识分子,终身定居墨西哥。这使芙烈达·卡罗的血统比较复杂,存在着身份认同问题。

在芙烈达·卡罗四十多岁,不算长的人生里,身体的残伤和丈夫的不忠,携手折磨她,砥砺她,造就了她惊世骇俗的独特艺术。

她六岁时,因小儿麻痹,右脚萎缩,终生需要穿着矫形的鞋子,一跛一跛地走路。十八岁那年的一次车祸让她的脖颈、脊椎、骨盆、左手左脚完全碎裂,右脚碎成十一块,她奇迹般地活了下来,前后动了三十五次脊椎手术。

在她右脚截肢离世的前一年,墨西哥艺术馆举行了她的回顾展。她躺在四柱的床上,坐着救护车、由摩托车开道前往。1954 年 7 月 12 日,芙烈达·卡罗坐轮椅抱病参加了抗议美国中央情报局干涉危地马拉内政的示威游行,于翌日半夜停止了呼吸。书架上留下的最后一幅遗作,是斯大林的肖像。遵照她的遗志,以共产党的红旗覆棺。

她生前被丈夫——墨西哥著名艺术家狄耶哥·里维拉的巨大声名笼罩,死后才日渐受到重视,甚至红透半边天,被西方捧为偶像,尚未出版过的一本日记,竟以六位数字的美元拍卖出去,连她生前做饭的食谱都竞相出版。

富有传奇色彩的芙烈达·卡罗自身具足了女性、身体、艺术、爱情、婚姻、历史、国族、认同、殖民、政治、革命、文学等因素,她给雄心勃勃的施叔青,提供了借题发挥、信马由缰、驰骋古今的开阔天地。

(二)文本用芙烈达·卡罗的身世经历,向外辐射和链接,在历史隧道的穿梭中,连接了两种以上空间,以及无数种文明。

210

如，她将芙烈达·卡罗宿命性的伤残和墨西哥被殖民摧残后的千疮百孔联想在了一起。

哥伦布航海发现了中南美洲，最早的海上霸权国家西班牙殖民者在1519年，第一个征服的对象就是芙烈达·卡罗的祖国墨西哥。西班牙殖民者利用火和剑几乎摧毁了整个拉丁美洲，掠夺了印第安人的土地，进行置之死地的灭种性的杀戮，并拦腰斩断了辉煌的阿兹特克、玛雅、印加文明，把自己的皇家教堂叠建在当地人视为圣地的金字塔上。

"两种不同文化的冲击下，强势的一边注定要把弱势的民族全面性地压倒，甚至毁灭，让它销声匿迹，然后用自己的文化取而代之。"施叔青从在香港居住以来，一直言说和思考着的殖民和被殖民的关系，在此得到了进一步的诠释。

从芙烈达·卡罗身体伤残到殖民主义、国族历史，又从艺术画作——阿姆斯特丹国家博物馆林布兰的镇馆巨幅杰作——表现荷兰市民保卫队群像的"夜巡"，链接到荷兰和西班牙等欧洲列强殖民台湾，及郑成功驱逐殖民者收复失地……

（三）历史人物和现实人物（作者）"心有灵犀"的凝视，以及跨越时空的呼唤与对谈，使《两个芙烈达·卡罗》颇具传奇色彩，读起来兴味无穷。

芙烈达·卡罗的种种遭遇，以及芙烈达·卡罗的丈夫狄耶哥·里维拉的艺术追求，让作者产生共鸣，找到了知音，同他们凝视对话，深刻自我剖析。

家园均曾遭遇过被殖民，施叔青为自己和芙烈达·卡罗找到了对话的基础。

芙烈达·卡罗从小得不到母亲的呵护和宠爱，她的焦虑的童年让施叔青产生了共鸣，就此向这位新结识的朋友，絮絮叨叨述说了自己的一些童年生活，并由此再出发，链接到现代主义文学大师卡夫卡在专制暴虐的父亲威压下的恐怖少爱的童年，以及不幸的童年对他日后创作所产生的巨大影响。

　　在整个文本里，施叔青总是不断以芙烈达·卡罗为引线，寻隙觅缝，或由不同地域，或从历史事件，或是艺术馆的著名藏品，或以文学作品，以及建筑艺术，等等，作为爆发点，天马行空，借题发挥，向芙烈达·卡罗倾诉自己不同阶段的一些经历及心灵苦闷和矛盾挣扎。

　　同时链接书写了卡夫卡的成长故事和小说世界，以此追寻与自己的创作密切关联的文学现代主义"失去心灵家乡"的源起，以及她多年来关于女性、身体、婚姻、爱情、艺术、民族、殖民、认同、革命、政治之类，诸多方面思索的心得。

　　芙烈达·卡罗的丈夫狄耶哥·里维拉（Diego Rivera，1886—1957）是墨西哥著名的壁画家，早年留学西班牙，游学巴黎，与毕加索成为莫逆。绘画风格受巴黎流行的立体主义影响，艺术成就得到充分肯定。但他始终牢记墨西哥启蒙老师的教诲："画你所知道的，画你有感觉的。"于是在他立体主义变了形的风景画里，处处流露着他对墨西哥乡土的感觉。

　　在这点上，施叔青与他颇有共性。在施叔青篇篇以现代主义各种手段操作的文本里，细心点不难发现，它们之中，总会有她原乡的影子时不时地探头张望。

　　"伟大壮美的艺术的根源必须种在自己的土壤"，这句话是说狄耶哥·里维拉的，也是施叔青自己的体会和坚持："写作者不能没有原乡。"

　　拉丁美洲艺术在20世纪中叶从弱势转变为强势，狄耶哥·里维拉从意大利文艺复兴时期壁画得到启发的艺术竟然会在后现代出现。"后殖民艺术理论家认为，拉丁美洲的本土艺术风格是在强势殖民压迫下，转为弱势甚至消隐，但这只是暂时性的，时机一来，便又蓬勃再生。"这也是施叔青念念于怀的关于殖民和与被殖民的历史辩证。

　　这种辩证，让施叔青联想到60年代受现代主义影响的台北文艺界和文学青年的自己，也让她联想到在70年代，她如何像里维拉一样，毅然从西方回归东方的历程。

就着芙烈达·卡罗的婚姻遭遇，施叔青借题发挥，联系到19世纪西班牙女王胡安娜，及其母亲——西班牙历史上最受赞颂的伊莎贝尔女王，对爱情和婚姻的执着和不幸。这个延伸的话题似乎继续了她中期小说文本，关于女性和男性在婚姻关系中不平等的探讨。说明爱情和婚姻在女性心目中的重要地位，以及由性别带来的宿命悲情。她辗转又接续了自己心灵的一段失意和挣扎。

将如此众多复杂的话题，穿插集合在同一个游记文本，可见施叔青的创作野心和魄力。

长篇游记《两个芙烈达·卡罗》几乎也可视作施叔青的心灵史，"两个芙烈达·卡罗"，似乎也可以置换成"两个施叔青"。

芙烈达·卡罗是两个对立、分裂的自我，施叔青又何尝不是？

施叔青非常中国，很少有人像她那样对中国传统文化孜孜追求一往情深，在外国人面前，自觉地把中国扛在肩上。

施叔青非常西化，创作上一路追寻着西方现代主义、存在主义、弗洛伊德心理学、女性主义、后殖民主义等一路奔跑的各类主义，嫁洋人、留洋学，并最终落户美国。

她始终在两种文化中来回摆荡。

她植根中国，全身心地拥抱过大陆，却由于两岸政治的原因，产生了认同的矛盾。

正因为她非常中国，她的灵魂才会因此备感流离失所。

可见，长篇游记《两个芙烈达·卡罗》，寄托了施叔青多方面的自我。

三、《驱魔》是施叔青旅游文本书写的另一突破。它同《两个芙烈达·卡罗》又有不同。《两个芙烈达·卡罗》里无论是作者的南欧记游，还是他传与自传的穿梭，全部内容是纪实性的；《驱魔》则是真实游记和虚构故事的结合。

该文本，真实地记述了作者沿着米兰、威尼斯、锡耶纳、罗马、那不勒斯、庞贝等线路，所做的意大利艺术深度旅游的踪迹。不能不说它是本真正的游记。

走进意大利，她从北到南，认真观赏了文艺复兴、巴洛克两个时期的绘画、雕刻、建筑，对米开朗琪罗、达·芬奇、拉斐尔、提香、贝尼尼、卡拉瓦乔等重要艺术家本人及其代表性艺术作品的来龙去脉，以及每个城市的特色，像导游、更似艺术评论家，如数家珍般娓娓道来，并尝试着走入伟大艺术家的内心世界，探究和学习他们的创作态度。

同时，作者又虚构了一个人物"绣菱"，让她做意大利的美食之旅（实际上是作者在意大利之旅中关于美食的记录），并同时兼有寻找变心情人和为叛逆的女儿招魂的任务。加上这个虚构人物敷衍成的故事，使这本游记兼有了游记和小说的品质特色。

（一）在文本叙事的结构上，《两个芙烈达·卡罗》是放射性的；《驱魔》则是主副两条线，平行交缠着推进。

熟悉施叔青作品的读者也许不会忘记，在她20世纪80年代撰写的"香港的故事"系列小说里，有个短篇就叫《驱魔》。不仅如此，该本《驱魔》里虚构的重要角色"绣菱"，也是此前那个短篇《驱魔》里的人物，只是将原来名字中的"秀"字，换作同音的"绣"而已。对同一个名字的重复使用，说明前后两个文本，在主题上具有一定的连贯性。

（二）《驱魔》的文本结构，还有个十分有趣的现象：从前面往后看，它由"游记"变成了"小说"；如果从后面倒着看，则是"小说"成了"游记"。

文本中的"我"对艺术的执着追求，对"世俗男女的爱恨情愁"，"避之唯恐不及"；"绣菱"则一路煞费苦心、寻寻觅觅的正是食色男女的爱恨情仇。

简言之，《驱魔》中的"我"对艺术和创作的迷恋，象征并代表的是人类的精神层面追求；绣菱牢笼在食色男女中，喻示的是人类的本能欲望。从这种意义上来说，"我"与"绣菱"不过是人的一体之两面而已。

（三）文本中的"我"，时而置换成在纽约关门写作的女小说家，这是《驱魔》的书写中十分吊诡的地方。由于"女小说家"的后设性，以及女小说家滑动为"施叔青"的不确定性。绣菱为女儿"驱魔"的故事，便"后设地"成为女小说家"着魔"的创作想象，而"流产"了的"驱魔"情节，"后设地"成为《驱魔》一书的诞生过程。

这种置换，说明文学创作对于施叔青而言，既是一种"着魔"的执迷，也是对"着魔"的恐惧。

反观现实生活中的施叔青，一面心无旁骛地奋力创作，一面打坐参禅虔诚皈依佛门。执着入世的是她，执着出世的也是她。两个分裂的自我。不过，说到底，她的出世还是为了入世。文学创作始终是痴缠着她的心魔。所以她还要将"驱魔"进行到底。

无论是将游记和人物他传自传结合的《两个芙烈达·卡罗》，还是将游记和虚构故事结合的《驱魔》，不可否认，它们都是游记作品，只不过是将传统游记的"借物寄情，借物言志"发扬光大了，由"物"而人，拓展了游记文学"寄情"和"言志"的表达范围和表现能力而已。

在世界各国将旅游作为一种产业加以重视和发展的21世纪，旅游，这种世界性、地域性、文化性、经济性的世界大串联，必将带动游记文学的繁荣发展；同时，游记文学的跨文体特征，更使游记的地位日渐上升。

正如香港著名作家潘耀明所说，游记必将是"屹立于文学之林的一棵大树"。（见《旅游文学的百花园——世界华文旅游文学征文奖作品集》）

施叔青笔下的故园想象

中国大陆和海峡两岸的统、独矛盾，复杂的台湾政治导致岛内对台湾历史的多种言说，以及对解读、阐释权的你争我夺。眷顾过去，目的是关注现在。

书写香港三部曲，建构香港百年殖民史想象之后，施叔青带着强烈的为原乡立传的使命感，投入了台湾三部曲的创作。

台湾历史上有过与香港类似的命运。但在鸦片战争后，沦为殖民地、被迫改变身份的香港历史前后不过百余年，而台湾却有太多的曲折磨难。

从明末清初开始，在长达四百年的历史浪涛席卷下，经历了西班牙、葡萄牙、荷兰及日本五十年殖民统治的台湾，纵使只从最狭义的汉移民社会而言，其复杂性及内涵的时代精神，已经庞大得极难清理。

显然，创作台湾三部曲，施叔青面临着比香港三部曲更大的挑战。

2004 年，她的台湾三部曲第一部《行过洛津》在台北出版。

《行过洛津》主要表现的是汉移民社会在台湾的形成及存在形态，可以看作是部浓缩的早期台湾历史。

以小博大、四两拨千斤。施叔青将自己的故园想象，付托给了：一个小镇——洛津（古鹿港），一个小人物——泉州七子戏班艺名月小桂的男旦许情，一个小戏——流传在闽粤地区的《荔镜记》，以洛津的由盛而衰、许情被蹂躏的身世、《荔镜记》遭篡改的命运，作为隐喻象征，形象地表现了台湾早期的历史进程，及强烈的现实关怀。

传统历史大河小说多把聚光灯打在帝王将相和英雄豪杰身上，施叔青再次逆反历史书写，继香港三部曲之后，仍然大胆起用小人物担纲出演，用被社会和历史剥夺了声音的小人物的情欲故事，当作历史小说的主干，在小旦月小桂、大旦玉芙蓉、歌伎珍珠点、阿婠、艺人蔡寻等一干下层艺人和商人乌秋、豪门石氏、士子陈盛元、官僚朱仕光之流的扭结纠缠之中，在屈辱与繁华、粗粝和造作、兴盛与衰败的参差对照里，那个迁移时代样貌，举凡闽粤移民、海峡横渡、地震海啸、台风天灾、海盗横行、两岸贸易、富商摆阔、官僚虚伪、演戏修庙、敬神普度、神话传说、缠足宫刑、南管音乐、书院科举、饮食男女、婚丧嫁娶、书画技艺、艺伎私情、士子纳妾、持械群斗、原住民生态、族群矛盾、风水鬼神、作奸犯科、市井风貌、庶民生活及民间习俗等，像部台湾小百科，更像影视画面，在我们眼前喧嚣回荡着流光溢彩。

《行过洛津》以七子戏艺人许情的生平际遇为主线，情节在回望中，参差跳跃性地进展。许情第三次到洛津后，眼前呈现的突兀衰败，令他抚今追昔。历史镜头，主要沿着他第一次到洛津、演出闽南梨园戏的经典剧目《荔镜记》时，半年多的人生际遇和闻见感受，晕染开来。结尾以造化弄人的凄凉与洛津衰败的开场遥相呼应。

昆德拉在与克里斯蒂安·萨尔蒙关于小说艺术的谈话中，指出"一方面是审视人类存在的历史范畴的小说，另一方面是对一个特定时期的社会描述，是一种小说化的历史记录"。

《行过洛津》当属后者。它在艺术表现上，具备了如下特色。

一、浓缩时空表现主题，放眼全局观照历史

出于表现汉移民历史的动机，《行过洛津》选取了台湾历史上一度繁荣过的海港城市洛津，作为书写的空间代表，并以其在清朝年间的生命轨迹，作为时间追寻。在时间的航道上，它又主要截取了嘉

庆、道光、咸丰三朝，于三朝中，更多突出了嘉庆时代的繁华鼎盛。

《行过洛津》虽然用浓缩的时空处理台湾历史书写，却依然让我们触摸到了台湾历史的深邃和广袤，这是因为作者巧妙自然地在文本中加进了许多历史元素，让超越该书时空的许多赫赫大事件，都在其中有迹可寻。

载入台湾史页的荷兰殖民占领，或隐或明，在《行过洛津》多处露面。

比如在戏棚前卖牛舌饼的半大男孩阿钦"模样的确与众不同，一出娘胎，产婆将他举起来，看到婴儿通体透明，连肚子里的肠子都可看得一清二楚……母亲看他皮肤惨白，头顶一小撮毛发是金色的，以为是妖怪借肚投胎……"联系下文关于"红毛番"的书写，显然暗示这个阿钦是中荷混血的种。

爱炫耀学识的施辉，在戏棚前大讲荷兰人如何用牛皮向平埔族的头目"买"土地的传说，道出当年荷兰殖民者对台湾人民的巧取豪夺：他们宰牛剥皮，拿着去和原住民"阿乌乌头目"交换土地。阿乌乌头目点头表示同意成交之后，"红毛番拿一把大剪刀，把铺了一地的牛皮剪成细条，一条条圈围土地，围到的就变成他的，然后把平埔族的原来住民赶到深山林内"。

许情在嘉庆末年随剧团到府城安平，阿婠被老鸨送到府城留学见世面，在这些章节的书写中，除了当年荷兰的殖民统治之外，还能寻到郑成功抗击荷兰收复台湾，郑家父子统治台湾，及其反清复明的斗争等踪迹。

阿婠在府城遇到一位明朝宗师遗老，因"不肯遵循满洲人薙发结辫的习惯"，梳了"道士髻"的朱姓长者，通过他的口，叙述了不少有关明郑王朝遗老誓不降清的忠勇故事。

关于康熙年间施琅收复台湾，台湾历史上著名的林爽文、朱一贵起义，嘉庆中叶之前的大海盗涂黑，文本皆分别在有关施辉，有关修建彰化城门，有关因演戏引起的械斗，有关石烟城发家史等诸般章节中，以各种方式进行过多多少少的描绘。

立足局部，放眼整体。种种历史细节的穿插，将《行过洛津》置身于宏观的台湾历史大视野之中。

二、一些背景式的历史事件，皆为人物存在的某种真实处境

《行过洛津》里所有历史大事件的穿插，都不是孤零零地突兀描写，它们与小说人物存在的处境和形象塑造水乳交融。比如施辉引以为骄傲的资本是他自认为施琅嫡传后人，那么关于施琅的故事，关于施琅亲族施世榜的传说，就不是可有可无。如果缺了关于他们光辉事迹的书写，施辉以疏通浊水溪使洛津海港免于淤积为己任的浊水溪探险之旅，就少了内在的动力。但也正是通过对这个人物的塑造，才引出施琅从郑成功孙子手中收复台湾、清朝对台湾几百年的统治及因经济发展出现的多次移民高潮，于是有了施叔青的《行过洛津》。

文本付给施辉的第二个任务是完成大陆移民和原住民关系的隐喻象征，同时牵引出原住民以及荷兰遗族，当时在台湾的生存状况。

在一次天灾中，施辉和原住民平埔族女子潘吉因共患难相扶植结成夫妻。文本就此考察了原住民。

施辉和潘吉在患难中结合，意味着大陆移民和原住民相依共存的融合，其深刻用意，不难心领神会。关于原住民的历史和遭遇，文本再借施辉到浊水溪的源头寻宝的探险，做了进一步书写。

三、许多被传统正史遗忘或故意忽略了的历史细节，在《行过洛津》里大摇大摆

《行过洛津》一改正史板着面孔的严肃，让许多上不了正史版面的幽微琐细历史碎片，在该书中旁若无人、肆无忌惮地大摇大摆。诸如：

乌秋为了让许情摆脱石三公子和官僚朱世光的纠缠为己专有，要认许情当干儿子。虽说出于一己的私利，有点荒诞，却是台湾的一种

习俗："台湾盛行领养螟蛉子，单身汉买来贫苦人家的男孩当养子，传宗接代，有的甚至领养年纪与自己相差无几的，也以父子相称。"甚至还有这样的怪事，有个"企图竖旗造反的匪徒，事败后，逃匿山里，亲友想将他的头颅卖给政府，领取重金悬赏，匪徒向他们开出交换条件：'可与我两百银，买一棺材，又买一螟儿，使后人知吾有子，则予出降'"。

石三公子和乌秋为了争夺月小桂的械斗蓄势待发，官僚朱世光觉得为抢男旦如此兴师动众不可理喻，不料这种事情还与传统有关："福建男风特甚，以酷爱男色闻名，不仅是人，甚至连草木、鸟禽、蜜蜂都受到这种风气影响，也有同性相吸的倾向。这种风气随着移民流行岛上，亦是自然不过。台湾男女比例悬殊，男人盛年好淫，为了解决所需，当然以男宠代替女色。"闽南两男同床共寝，家人不以为怪，如果其中一男和别的男的"私通"则被视为大逆不道。

不只民间有男风之好，官场亦然。乾隆以后，京城禁止女优伶唱戏，旦角皆为女扮男装。朝廷禁止京官狎妓，京官便把目光移向男旦，以狎玩相公作为取代，并自圆其说，称赞相公"既有女容却无女体，既可娱目，又可制心，可谓一举两得"。

台风、地震、海啸，溪水泛滥，加上海盗，濒海的台岛天灾人祸频仍，洛津的庶民百姓一年到头有祭祀不完的敬鬼神活动。正月初九为玉皇大帝做生日，土地公二月二的生日也不能怠慢。妈祖是全岛最大的救星，三月二十三日的诞辰万家同庆。

四月十二日苏府王爷生日为"小过年"，其热闹程度不下于妈祖寿诞。民间传说苏府王爷原是位明朝的将军，历任江西、河南、金门诸县的县官，因勤政爱民，被朝廷擢升入阁，赴京途中夜宿于泉州客栈，听到五瘟神因泉州民众暴殄天物，不敬神明，决定撒下瘟疫，惩罚泉民之罪。苏县官听完，留下一书劝化泉州百姓向善，爱惜五谷，又托五瘟神专奏天庭，便夺去瘟药代罪服下，天帝悯惜他的慈悲，命他上天庭主理文判，并赦免泉州百姓之罪。台岛山海潮湿，露雾多，瘴疬蛮雨终年不断，风土寒热病丛生，来台拓植的移民以为是瘟神作怪，都相信崇拜苏府王爷可免疾病。一年一度的苏府王爷庆典过后，紧接着的十五日"抛球"，十六日"踏火"的民俗活动更令洛津万人空巷。

五月为齐天大圣孙悟空做寿。七月鬼节的普度，更忙坏了家家户户，从七月初一地藏王从地狱放出鬼魂，直到八月初三鬼门关再度关门为止，时间长达三十三天。

上述祭典节庆，分明保留了中原文化传统，承继了闽南习俗。后者尤其表现在洛津的庶民生活与戏曲的密切关系上。妈祖的天后宫庙重修完工要唱戏，石烟城当选八郊的首脑要唱戏，观音的龙山寺戏亭落成要唱戏，百姓房屋落成乔迁要唱戏……各类祭典节庆当然更少不了唱戏。洛津人几乎时时处处离不开戏，对流传于闽南粤东一带的七子戏、一唱再唱的诸如《荔镜记》之类民间广为流传的戏，几乎字字句句耳熟能详。"泉香七子戏班日夜演戏远近争睹，迷上戏班小生小旦的戏迷为了捧戏子，争风吃醋大打出手，主妇置家务于不顾，整天跟着戏班跑，像黑皮猪闻到馊水一样，造成无数的社会问题以及家庭纠纷"，"百姓受戏曲的影响如此之深，已经融入他们的生活变成生命的一部分"。有个菜园无赖，把演戏的旗帜当成真的害人的利器；有的地方为了迎接新上任的总兵，临时来不及置办合适的服饰，"班次火速向戏班借长秀雉尾、额眉、红绿衣帽给欢迎队伍穿戴"。

郑成功的部将朱一贵为反抗剥削压迫揭竿而起，旬月之间占领全台湾，自号"中兴王"，国"大明"。这是载入台湾史册的一次著名起义，但在严肃的正史里恐怕很难看到这样的记载：

既然反清复明，他大封的国师、太师、公侯将军的尚书总兵以千计，却对朝廷官场的体统制度一无所知，以为就是戏棚帝王将相的装扮。

于是这些新封的公侯将相到戏班强行索取蟒服行头搜刮殆尽，他们把戏服当作官服，结果出现了头戴明朝帽、身穿清朝衣的怪相。官员太多，戏衣官帽不足，便将戏棚上的道具、桌围椅披等，只要有颜色的，都拿来披挂上身。

这一群穿着戏场镆头、蟒服的元帅将军，赤脚驱着牛，在府城街市招摇过市，与披挂桌围、椅披的公侯郡主摩肩触额，擦身而过，满街都是，引来妇人小孩围观，编出这样的歌谣来挖苦他们：

头顶明朝帽，身穿清朝衣。五月称永和，六月还康熙。

这种真实有趣甚至令人发噱的历史细节在书中比比皆是，或者说《行过洛津》正是由无数如此这般的诸多历史碎片，连缀成的一件色彩缤纷的百衲衣。它们展现了洛津社会的清明上河图，它们使以洛津为代表的那段台湾历史和庶民生活生动饱满，富有时代气息、人间烟火和勃勃生机。

四、历史细节创造了人物的存在处境，同时这些历史细节也成为被言说的对象

施叔青在《行过洛津》里不厌其烦地书写描绘的大量历史细节，对于文本主题，具有隐喻、暗示、象征等，不可低估的价值和意义。

比如早期移民为自保，结成"郊商"的存在方式。洛津分为"八郊"，所谓"郊"就是一个个的利益和势力集团。或者按移民的祖籍，或者按行业分工。比如"泉郊"是泉州人的组织，漳州人和厦门人的团体是"厦郊"，粤东客家人的组织是"南郊"……这些族群一人有难全体动员，甚至为了看戏等一些小小的纷争，也能引起族群械斗兴师动众。著名的朱一贵起义的引子就是看戏。

移民中族群歧视严重。比如闽南人仗着人多势众欺负客家人。"客家人随着历史上几次重大的变乱，从中原不断地向南迁移，广东潮州的客家人早于明代末年，便过海登陆洛津，建了三山国王庙。清初施琅平定台湾后，以'粤地屡为海盗渊薮'，曾下不准粤人移民来台的禁令，一直到康熙末年朱一贵作乱，当时凤山各地的客家人组织

义民军协助，因平乱有功才解除，使粤人来台不再受歧视。乾隆末年开始有大批客家人渡海而来，他们语言、信仰、风俗与泉州人大不相同，而且比起洛津人多势众的泉州人，显得人单势薄，处处遭到排挤，无法在街市立足，客家人被迫到荒郊野外拓垦，洛津郊区逐渐形成几个客家聚落。"

"台湾三年一小乱，五年一大乱。"族群矛盾的尖锐是移民社会的一大特征。

清廷利用族群矛盾作为加强统治的手段。当漳州人造反时，就利用泉州人去镇压，泉州人反叛时，就用漳州人去搞定。这种做法，只能使族群矛盾越发加剧，不幸成为台湾社会的遗传基因。当今的台湾政客借鉴历史，动辄挑起所谓外省人和本土人的矛盾，撕裂族群，撕裂台湾，以此达到其别有用心的政治目的。

再如：文本在书写许情、珍珠点、阿婠等小人物时，反复出现了缠足、去势、傀儡戏等血腥、残酷、悲愤的历史细节，颇耐人寻味。

许情八九岁的时候，刚从小生改行转学小旦戏，师父教他练旦角的碎步，拿了一张纸夹在他的两腿之间，命令他开步走路。他一抬腿，夹纸就掉落下来。怒气冲天的师父提着一根木棍，大声喝道："死教不会，不成才的死囝仔，叫你两只脚并紧，是不是胯下那两粒丸子碰来碰去碍事，不如我去拿刀割下，阉公鸡一样把你阉了！"

师父说阉他带点威吓意味，商人乌秋却想动真格的。为了"保持未成年的童伶不比寻常的美妙嗓音"，他用"大手把戏子那两粒睾丸捏在掌心里，沉吟着"。

心中急吼吼地想，"再迟就来不及了"，"再迟就来不及了"。

师父为许情说戏时，讲起七子戏的起源，说是来自古早时的傀儡，古书记载上有一种叫肉傀儡，是用"小儿后生辈为之"，就是七子戏的前身，至今小梨园七子戏的科步动作，保持了傀儡身段的古风。

就生命存在的本质而言，七子戏艺人许情，本身就是个提线傀儡。

珍珠点和阿婠等下层艺伎和许情有相同的处境。

与之呼应，作者还特别加进了"后车路的鸦片烟馆，一个随着
京官到洛津的幕客，在烟榻上闲聊他的北京见闻"时讲的太监净身
的惊怵场面：

> 太监净身的季节最好是在二月或八月……净身还得选择良辰
> 吉日，之前三天不进米粒，主进净身房——进去过的太监形容给
> 幕客听——小房间和一般的土房民宅没啥两样，一进去就闻到一
> 股血腥味，不是新鲜的血的味道，而是历年来多少阉人流血后，
> 去除不去和空气同生共死的血腥味，屠宰场的气味。
>
> 净身师身穿十三排十字排扣的紧身衣，显得很利落，家丁把
> 被阉人的手脚和大腿镣铐套锁绑在板上，免得乱动……割睾丸
> 时——幕客的声音突然放低，鸦片烟馆安静了下来。烟客们屏
> 息，眼睛一起投向他，暗中一只只鬼火一样地闪烁着——割睾丸
> 时，煮得又硬又韧的鸡蛋派上用场了，塞在嘴里，堵住嗓子眼，
> 让他出不动气。净身师先在球囊左右打横，割开一个深口子，将
> 皮肤下的经络割断，然后把睾丸往外挤……那种疼痛……

缠足、去势、傀儡等意象，前前后后在文本的许多章节，或详或
略，或单独或并置，反反复复地呈现着，当然不为猎奇媚俗。它们是
许情、珍珠点和阿婠等下层小人物生存处境的真实写照，是弱势群体
在强权者肆虐下的痛苦呻吟；他们如此的生存处境——缠足、去势、
傀儡，更是作者用以隐喻和象征台湾边缘、弱势、任人摆布的历史
命运。

《行过洛津》到底想讲什么、讲了些什么？可谓见仁见智。我读
了《行过洛津》之后，虽然也领悟到关于台湾边缘、被强权宰制、
傀儡处境的历史事实，以及作者想要表达的现实寓意，但我更看到的
是，大陆先民筚路蓝缕披荆斩棘开发和建设了台湾，台湾的文化完全
是中原文化和闽南文化的照搬移植，台湾自古就属于中国的事实无可

争议。诉说历史，其实就是抢救历史。所以我同意南方朔在该文本序言里的见解，台湾三部曲的第一曲《行过洛津》唱的主调和它的价值在于书写并呈现了"迁移"，"走出'迁移文学'的第一步"。

他认为，作为移民社会的台湾，除了比例极少极少的原住民外，迁移乃是当今台湾人的共同基因，而很不可思议的是，台湾的文学作品几乎很少去碰触这个问题。终于有了施叔青踏出这重要的一步。所以，特别难能可贵。

《风前尘埃》
——小说家的台湾日据时期

　　20 世纪 90 年代，1993—1997 年间，施叔青陆续出版的大河小说香港三部曲获评香港《亚洲周刊》"20 世纪中文小说一百强"，这巨大的成功，以及对台湾浓厚的原乡情结，促使她再接再厉，开始撰写台湾三部曲。

　　施叔青认为，香港百年都由英国殖民统治，有连续性发展，故以东莞农家女黄得云被卖香港为妓后，其家族三代在香港的创业史为主线，从《她的名叫胡蝶》起步，穿越《遍山洋紫荆》，直入《寂寞云园》，建构了 1840 年鸦片战争后、到 1997 年香港回归祖国前夕，香港百年殖民历史想象。但台湾经历了多次政权转换，无法用类似的书写策略完成；加之，她于创作中一贯追求标新立异、挖空心思不重复自己，因而更着力于另辟蹊径，一新耳目，出奇制胜。

　　2004 年台湾三部曲第一部《行过洛津》问世。以一座小城、一出小戏、一个小人物，三者交缠的传记性书写，表现了清朝乾隆嘉庆年间，大陆移民筚路蓝缕开发建设台湾的那段波澜壮阔的历史。我知道下一部她将书写台湾日据时期，所以读了《行过洛津》后，就一直期待着第二部，急于想知道她将以什么招式表现日本军国主义占领五十几年的台湾社会。

　　乍暖还寒的春三月，我收到了盼望之中的新书。它从纽约跨洋而来，今年 1 月刚在台湾出版，书名有劲道颇具想象——《风前尘埃》。据作者自述，此乃取自日本平安朝诗僧西行和尚的一首和歌：

诸行无常，盛者必衰，来日无多。

正如春夜之梦幻，勇猛强悍者终必灭亡，

宛如风前之尘埃。

顾名思义，文本的主旨，该书名即昭昭然矣。

继这个别致、形象、火爆的书名给我的扑面冲击，文本巧思妙想的选材和书写策略，以及百科全书般的丰沛文化内涵，更令我惊讶和惊艳。

一、别出心裁，起用了属于殖民统治者阵营里的一个日本年轻女性无弦琴子作为叙事主体，由她出面，挪移镜头，将历史画面拉近推远，从日据时期结束多年后，倒着追述了自己外祖父家族的台居历史，细密而宏阔地展现出了那个扭曲的时代。

一部揭示日本殖民者统治台湾的历史小说，没有用被殖民的本土人作为叙述主体，不是用台湾人的视角去回顾和开启那段历史，却起用了属于殖民统治者阵营里的一个日本年轻女性无弦琴子，用她串场，像节目主持人般，调度全场演出，挪移镜头，将历史画面拉近推远，从日据时期结束多年后，倒着追述了自己外祖父家族的台居历史，细密而宏阔地展现出了那个扭曲的时代。

这种主持人式的别致表现方式，让我想到了香港三部曲的第三部，《寂寞云园》即采取了主持人式书写，主持人也是主要当事者的后代；不同的是，《寂寞云园》用的是双主持，其中一人是作者的化身，而《风前尘埃》则一人而已。

另外，用战后的日本人去追述、审视那段自己国家、甚至家族，侵略掠夺别国的历史，所言事实，是否能够令人觉得更有可信度些。当然，以此寄托了作者希望日本人能够正视历史，应该多些自我反省的深刻用心。

近十几年来，出于政治、经济等多种原因，1945 年日本投降至今，已经"光复"超过一个甲子的台湾，竟然又出现了日本热。"日本依然活在当地人的生活里"，对日据时期"眷恋不忘"。有关日本殖民统治的研究成为显学，著述数量多得惊人，研究领域巨细靡遗。举凡政治、历史、文学、医学等想得到的领域，几乎无所不包，甚至连助产士产婆，自琉球到台湾讨生活的娼妓都有专著问世。是为招徕日本游客也好，还是出于什么其他政治目的，复兴日据时期的一些日本遗迹，竟然"当作古迹来拯救"。台湾的这种形而上和形而下的日本潮，不但为施叔青的撰写提供了助力、资料，也启发并促成了她的如此书写策略。

具体而言，花莲曾经有过三个日本移民村，现实的花莲，为开展旅游，热心复兴日据时期的一些建筑。为此，文本开篇，花莲县政府派人到日本寻访当年的相关史料的这一设计，便十分合情合理。由此而引出家族三代与台湾有密切关系、现实仅存的日本女子无弦琴子出场，就顺理成章不显得突兀。

《风前尘埃》不同于散点透视的《行过洛津》，有点类似香港三部曲，同样书写了一个家族的历史。不过这个家族不是被殖民的台湾家族，而是其对立面的日本家族。日本人在别人的地盘上当家做主繁衍生息，本就不是那么光彩，所以文本把日本家族史写得曲折隐晦，明明暗暗，不似香港三部曲那般明晰贯通理直气壮。

文本开篇，即是两个太鲁阁族男人和一个真阿美族假日本人的女子造访无弦琴子，他们受花莲县政府之托，专程到日本寻访日据时期在花莲日本移民村生活过的日本人，特别邀约无弦琴子的母亲"横山月姬夫人回去参加'庆修院'的开光典礼"。所谓庆修院，即"吉野布教所"，是日据时期特别为移居台湾日本人建设的日式佛堂，为日本人宗教与精神寄托之处。

无弦琴子的外祖父横山新藏本是名古屋一家和服绸缎店的小伙计，为了求发展，带着新婚妻子横山绫子到台湾花莲日本移民村当了警察，在血腥镇压太鲁阁族人后，升任统治看管太鲁阁族的某警察住在所巡查部长。他和横山绫子在台湾生的女儿横山月姬，却阴差阳错与领导太鲁阁族人反抗日本统治者的首领之后哈鹿克·巴彦，热烈相爱。横山月姬的父亲横山新藏希望女儿嫁给日本人，坚决反对并千方百计破坏女儿的恋情，最终将哈鹿克以莫须有的罪名杀害。

日本战败后，在台日本人被全部遣返回国。老年的横山月姬患了痴呆症，唯一能记忆、念念不忘的就是自己和太鲁阁青年哈鹿克的那段恋情。但她不敢正视过往的自己，把恋情假托成同学真子的故事，断断续续讲给女儿无弦琴子。她对女儿生日的反复不确定说法，让无弦琴子怀疑自己的日本姓氏，产生了身世之谜。

为了寻找病中母亲念兹在兹的当年出生并度过青春美好岁月的花莲移民村——具体而言是花莲三个移民村中最大的吉野移民村村外小弓桥下的三块青石板，也为一解自己的身世之谜，无弦琴子数次到台湾寻踪觅迹。

故事随着无弦琴子的脚步、视角、体验、回忆，以及作为等，曲折展开……

二、以小博大，在日本统治台湾长达五十几年中，作者选择第五任总督统治时期作为重点书写时段，并撷取、缝合历史的碎片，突出表现了殖民者妄图征服被殖民者采取的武力镇压、隔离、同化，及经济剥削和掠夺等手段，反映了日据时代的台湾人民的反征服的抗日斗争及社会众生相。

依然走的是香港三部曲小说化历史的路子，《风前尘埃》既是虚构的文本，却又必须忠实于历史事实。在研究、统观日据时期浩繁的历史资料基础上，施叔青决然将其笔墨集中在第五任总督陆军大将佐久间左马太的铁腕统治阶段，并将故事重点落脚于台东花莲一带。

施叔青之所以选择花莲作为小说主要发生地，与她曾经在花莲东华大学客座教授时的一段经历有密切关系。当她有比较充足的机会与过去了解甚少的台东花莲亲密深入接触后，她发现，花莲不但是个多种族的地方，而且留有不少日据时期的遗迹。这使她产生了浓厚兴趣，便利用课余休息节假日，频繁深入，对该地域的人文历史、地理物产、文化习俗等等，全面细致认真地加以考察。

当我从文本中读到无弦琴子在花莲一带探访母亲当年足迹的那些

描写时，觉得走在太鲁阁天祥酒店小路上的那个身影简直就是施叔青自己。可以说她把个人对那一带大自然的感受、体察都给了书中的无弦琴子。还可以说，是花莲遗留的殖民地色彩，催生了她的兴趣，于是寻根溯源，找到了书写《风前尘埃》的落笔点。并由此，她找到了、并选择了佐久间左马太这个殖民统治者。

佐久间左马太是日本治台的第五任总督，在位九年（1906年4月1日至1915年5月1日），并死在任上，是日本治台时间最长的统治者，也是文本中唯一真实存在过的历史人物，他的所作所为，颇能代表日本殖民者占领台湾的罪恶本质和勃勃野心。在他的任内，做过的几件大事，就发生在花莲。

之一，佐久间的前任四个治台总督，基本将台湾汉人轰轰烈烈的抗日活动镇压下去，并曾发动过多次对原住民的讨抚，却未见成效。比如，东部山区的太鲁阁族，从日据开始，即与日本统治者整整缠斗了十八年之久。

佐久间继任后，所做的大事之一，就是特别制定了"五年理蕃政策"（1910—1914），计划以五年时间彻底征服原住民。在他看来，"天皇领台，岛内没有一寸土地不属于皇土"。于1914年5月至8月，亲自出马，以压倒对方的绝对优势兵力，用先进的机枪大炮，向手持猎枪蕃刀的太鲁阁族进行灭绝式屠杀，三千多太鲁阁人死于炮火轰击。之后，为解除其武装，挨家挨户查抄枪支，将猎枪全部没收，使太鲁阁人如鸟失双翼，彻底失去战斗能力，退回到弓箭蕃刀原始时代，并将其圈囿在高山峻岭之间，设电网岗哨，令其与外界隔绝。稍有反抗，就会遭到无情斩首火焚活埋。

殖民者占领殖民地，最终目的当然是为了经济利益。佐久间"把目光放在殖民地的资源开发，全力为母国开拓资本。他一上任即进行全岛土地总点检，派出两千个林业专家，在台湾高山峻岭间做地毯式的测量分类，做未来发展规划"。

日本统治者占用原住民的生存土地，利用丰富的资源，制造樟脑，开采矿产，拓垦土地，淘取砂金，肆意攫取财宝。

文本还进一步揭示，日本统治者在台湾的一切建设措施，明"为台湾，实则为自己"。比如，卫生署，颁布"台湾产婆规则"，快速增加台湾人的出生率，是为殖民政府增加劳动力。到处修桥铺路，为的是更方便转运殖民地财物。

之二，在血腥镇压原住民同时，佐久间任内还在东台湾花莲建立了三个日本移民村。从建立移民村的地域选择，也可看出其深具用心。殖民者认为，如果让日本移民居住在人口稠密的西部，他们可能会被台湾人同化掉，所以选择地广人稀的台东，作为实验基地。

在台湾建立移民村既可疏解日本本土人口过剩的压力，更可实现对台湾的实质性占领。佐久间对此并不讳言，说："内地农民在这土地生活，日本才真正领有台湾。"

建在花莲的三个日本移民村，自成格局，从房舍建筑到生活习俗，完全照搬日本，设有独立的学校、医院、神社等各类生活服务机构。本岛人不得进入移民村。这些日本移民，原来也是些比较贫困的乡下佃农，刚到台湾时，还勤劳耕作，时间一久，便有了殖民者的优越感，自觉高本地人一等，不再下地耕田亲力亲为。

佐久间把花莲作为日本国土的延长线，制定了全盘规划，精心经营，短短几年，就把花莲建设成了一个"距离母国一千里外最美丽的内地城市"，"站在街头，就像日本城市一样"，"恍若走进内地的街头一角"。

随着台湾工商业的发展，日本工商人士大批拥入台湾，建立移民村的策略便没有再继续下去，而是顺应形势发展，变换了统治手段，以"渐进的内地延长主义"为原则，"实行内台一体的同化政策"，将日本本国内所制定的法律，扩大到台湾实施，日语被强制作为通用的"国语"。连少数族裔的原住民的"祈祷词"都得"混入日语，让族人祭拜的精灵神祇与日本神明混淆在一起"，还命令"族人在家中设立神龛，参拜神社"。可见同化政策之深入。

所谓同化，就是要把台湾人全面日本化，把台湾变成日本国土。当然，这并不意味着，殖民者从此平等看待台湾人，台湾人永远是下等民族。比如同工不同酬，严格限制本岛人活动范围等。文本中有个叫范姜义明的汉人，从日本留学回台后，依然吃饭穿衣住宿以及行为举止等等，无不彻底日化，自以为和日本人无异，但日本人并不把他当成自己人，他不得不在"限制本岛人入山"的禁令前惶惑却步，"感到作为台湾人的悲哀"。

之三，日本统治者梦想，并认为自己能长期霸占台湾，所以佐久间大兴土木，耗费台湾巨资，兴建了全岛最高、成为台湾新地标的总督府。其庭院囊括了全台树种，建筑装饰极尽奢华。反讽的是没等1945年日本投降，佐久间本人尚来不及享用，任期未满十年，便因镇压原住民时摔下悬崖不治身亡。象征永续统治殖民地的豪华总督府，成为历史的罪证。

文本在精笔细写佐久间统治期间发生的几件大事同时，亦不忘游目扫视，让读者不仅对太鲁阁族人、阿美族人、全台湾，甚至连同时被日本殖民的朝鲜在内的状态，以及日本对中国大陆和东南亚国家的罪恶行径，皆有详而略的全局性了然，从而深刻揭示并有力批判了日本军国主义，建立所谓"大东亚共荣圈"的政治野心。

三、挖掘资料，利用作为日本文化符号的和服沦为战争宣传工具的事实，见证日本侵略者的罪行，反映日本特有的民族性格，警示日本军国主义死灰复燃的可能性，表现了作者深切的现实关怀。

我认为，《风前尘埃》中最妙的一笔，莫过于对战时和服的描写。

如此妙招，亏施叔青想得出，也做得到。我可以想象，当她发现日本人用身上穿的和服当作战争宣传广告这一事实时，是何等震惊和兴奋。

她精心设计，让外貌柔美、画面血腥的战争和服——美丽的毒蛇，披着人皮的豺狼，带着隆隆战火，爬过东北、长城、南京、重庆，以及南洋各国，让日本军国主义的罪行和政治野心，毫无掩饰、赤裸裸地自我招供在世人面前。日本教科书不是不承认这段罪恶历史吗？其所创造的和服战争宣传广告，岂不狠狠打了自己一记耳光。

在人们的一般常识里，报纸、歌曲、电影、戏剧、收音机、海报，甚至玩具，都可以作为宣传工具，却很难想象，穿在身上的衣服也可用来当战争广告。

美国东岸一所常春藤大学的博物馆，为纪念二战结束五十年，筹划一个"1931—1945年日本、英国、美国后方织物展"。无弦琴子作为日方负责人的助手，在日本广为收集。她惊讶地发现："从日本在长春建立满洲国到二次大战结束投降，整整十五个年头，日本后方的平民百姓为了呼应对前线作战的军人的支持，把炫耀军事实力的枪炮、轰炸机、坦克、战舰，以及军士们在中国大陆、南洋各地攻城略地入侵的战争场面，画成写实逼真的图案，织在和服上。后方的百姓穿上这种服饰，不仅可宣传战争，表现军民团结一心，同时也感觉到参与了前线的战斗，爱国不落人后。"

宽袍大袖的和服上画着日本太阳旗的军机君临万里长城上空，成排军机轰炸重庆，持枪带炮的日军压境，南京陷落前的暗夜肉搏。

和服的腰带同样充满暴力。女性的衣物不如男性的那么剑拔弩张，多用象征隐喻的图案。比如，腰带上织绣樱花，"象征自我牺牲，戴着它的女人誓为天皇国家而死"。一件日本建立伪满洲国后，厂商供给日本女性移民的和服"上半身太阳旗与满洲国旗并列，和服下摆浮现几朵美丽的菊花，以之象征天皇王室，在中国领土建立满洲国，扶立逊帝皇帝溥仪，对日本帝国意义非凡"。

连小孩子的衣服也不放过，"男婴胸前穿的肚兜被画成战士出征的盔甲背心，男婴额头绑着日之丸的国旗头巾，手上握着手榴弹，成群向浪涛前进，未来的战士跨海而去打击敌人"。

有件男婴满月的小和服，"衣长不及一尺半，质地是上乘华贵的织物，身上的图案赫然是日军入侵南京火光冲天的情景。另外还有一件，也是男婴第一次参拜神社穿的，场面更为血腥。小和服背面右上角斜刺一只大炮，炸弹从战斗机丢置下来，焦土一片的地上有一幅地图标出被轰炸的南京的位置"。

连包袱皮也有文章可做，"有一件丝织的包袱巾，边缘一圈铁灰色，框住茶褐色的里圈，画着一个番薯形状的台湾岛地图，沿着纵观铁路从北到南，标示出各地的物产：蔗糖、樟脑、木材、砂金、稻米、凤梨，还可看到温泉的记号，右边下角是日军骑马进城的背景，背景是个古风的城门，欢迎的百姓分立街道两旁，小孩手上摇着日之丸的日本国旗"。

"美国教授得到一件男人的铁灰色丝织羽褛，穿在和服外的大褂，背上印有一幅大东亚共荣圈地图：标示1931年日本的领土，包括满洲国、东三省、朝鲜、冲绳、台湾、小笠原诸岛及日本本土。"

和服上的这些图画，不打自招，非常强有力地揭示和证明了日本军国主义侵略战争的罪恶和建立所谓"大东亚共荣圈"的政治野心。

和服的战争图画设计者将战争美学化，把杀人的枪炮焰火，兰花一样点缀在烧焦的草原上，轰炸机投下的炸弹升起螺旋状的浓烟，也被处理得如烟如幻。日本作家保田与重郎，写了《作为战争的艺术》，宣扬为了艺术，何妨世界毁灭的法西斯主义谬说。

如此战争美学，令人堪忧和值得警惕。联系现实，作者愤慨地反讽：时至今日，东京火车站前右派的宣传单，不分昼夜声嘶力竭地鼓吹军国主义法西斯思想，日本政治首脑，不顾亚洲被侵略过的国家的坚决抗议，一再朝拜靖国神社的日本战犯，是否暗示这些和服有再次被穿上的可能性！

应该感谢施叔青关于战争和服的发掘，她为此落力的文字笔墨，应该记一大功。

四、巧思妙想，在殖民与反殖民的敌对斗争中，施叔青精心笔墨，设计了两个对垒阵营里的一对男女的狂热恋情，其所隐喻的意义引人深思。

文本出场和直接间接涉及的人物众多，基本分属日本殖民者阵营和殖民地的各类台湾人，以及当时同样被殖民的朝鲜人。在殖民与反殖民的敌对斗争中，施叔青精心笔墨，描绘了两个对垒阵营里的一对男女恋情。

警察长横山新藏的女儿横山月姬热烈地爱上、并主动献身给被日本统治者残酷镇压的太鲁阁族头领的儿子哈鹿克·巴彦。

显然，横山月姬和哈鹿克·巴彦的缠绵爱情是文本着力描写的一个故事，横山月姬是文本中事实上的女主角。但十分吊诡的是，横山月姬本人始终没有正式出过场。她的出生、她的经历、她的爱情、她的老年，总之她的一生，均靠女儿无弦琴子的叙述、视角、回忆，甚至想象展现的。她是个鲜活的隐身人。这也是文本的一个特点。

　　无弦琴子质疑母亲的这段爱情，她原以为这是母亲"为日本统治者的残酷道歉，在罪疚感的驱使之下，把自己作为一种赎罪补偿"，但是当她到了"立雾山"上后，"山清水灵的自然，使她对这段恋情的看法有了改变"，推翻了她"为国族背负十字架而献身的论断"。

　　文本中有这么一段诗情画意的文字描绘："无弦琴子想象哈鹿克和他的莉慕依（横山月姬的爱称）躺在山林深处，幕天席地，以丛林为屏障相依相偎，一股暖流缓缓地从地心涌出，注入这对肢体绞缠的男女，温暖他们的四肢，微风轻轻拂过他们裸露的手臂、肩膀，撩起一阵阵爱的性感的痉挛。大自然潜藏着美妙的性爱。哈鹿克和他的莉慕依耳鬓厮磨闻嗅令他们神驰的花香，吮吸大地的甘露，被空气间浓浓化不开的爱的能量紧紧地包围着。"

　　当无弦琴子与大自然亲近后，感觉自己内在起了微妙的变化，山林之美，星移日出的宇宙奥秘，让她的"被外物俗世所连累的心，放松了下来，感官从沉睡中苏醒过来"，因此她"开始有点懂得这一对与天地合二为一的恋人"。

　　作者虚构横山月姬与哈鹿克在大自然中结合的神话般爱情故事，显然有其深刻寓意。是否可以理解作：人类只有回归自然本源，天人合一时，才能去除国别、种族、阶级、贫富，种种人为的束缚，获得超凡脱俗、纯真的爱情。或者也可以说：纯真的爱情，是造物者的赐予，像美丽山河般，不染纤尘。表现了作者对爱情的一种见解，以及理想和追求。

　　另外，这种生死之恋，与香港三部曲里黄得云与英国人的恋情类似，男女双方皆为两个敌对阵营的人。为什么，他们走的都是仇恨——爱情的路子？台湾三部曲之一的《行过洛津》里虽然没有写类似的爱情，但男主人公，从客居到决定定居认同异地的结尾，与前两者性质不同，方式类似。作者想要表达和告诉我们些什么？值得深思。

无弦琴子一直怀疑自己的父亲不是日本人。但她最终也没有弄清楚父亲到底是谁。或说是她母亲与哈鹿克的私生女，但从无弦琴子毫无太鲁阁人少数民族体貌的特征的事实看，她不像是哈鹿克的女儿。我倒觉得她该是横山月姬与范姜义明的女儿。横山月姬在哈鹿克被其父横山新藏栽害罪名诬陷处死彻底失望之余，为报答范姜义明多年对她的痴情，曾主动献身，有过一夜情。

把无弦琴子的生父解读作哈鹿克，还是范姜义明皆无不可，重要的是她已经不是纯种的日本人。当年日本人不但瞧不起台湾人，就连从移民村返国和湾生（在台出生的日本人）的日本人，都颇受歧视。如：无弦琴子的外祖母横山绫子，"逢人便说月姬是被扔在名古屋绸缎店前的弃儿，由她捡回来养大的，把女儿出生在台湾当作见不得人的事，被扔的弃儿怎样也比在那穷山里成长的女儿来得体面吧"。

不要说日本军国主义者发动侵略战争带给日本普通百姓的巨大灾难，仅此事例，亦可见殖民者害人的同时，也害了自己的国族同胞。

《风前尘埃》的可圈可点处、值得认真研究处甚多。比如，"二我""真子""无弦""无箭"等的意义象征。之外，让作者用力多的，还有大量历史文化和中日民间风俗的细节穿插，比如，对日本和服的织染、桃山时代的文化、能剧、屏风、茶道、文学、传说、神话、中草药、人类学家和植物学家的种种发现的描绘等等。文本深具百科全书性，其庞杂的知识性和趣味性，使之具有极强的可读性和极高的认识价值，表现了作家施叔青本人丰富的文化学养。

期盼着台湾三部曲的第三部。施叔青将继续挑战自我，永不言倦。

读罗思凯 《海隅看云起》

罗大姐嘱我为其即将出版的《海隅看云起》写点文字。自忖才疏学浅难堪重任。

突然想到这句话："恭敬不如从命。"就谈点感想吧。

读完罗大姐的书稿后，"距离"和"专栏"两个词、两个意象，紧紧萦绕着我，挥之不去。

先说"距离"。商务印书馆出版的《现代汉语词典》关于这个词有两解。第一解："在空间和时间上相隔"；第二解："相隔的长度"。其实不用看词典，一般人都知道"距离"的这些含义。我想说的是，对于人，尤其是现代人，彼此的"距离"，真能完全取决于时间、空间，或者长度的"相隔"？"距离"仅仅意味着时间、空间和长度吗？

每天坐在电脑前，困乏时望望窗外，小区楼群虽说90年代末才出生，却面色憔悴衰颓，似乎比人还老得快些。十几座楼里的居民都是北大和清华两所大学的，其中有教过我的老师，也有先后在同一系读书时有些交往的同学。时、空、长度，相隔不谓不近，却居然很少相遇，即使有幸走在小路面对面了，也仅客客气气寒暄几句。更有甚者，与我同住一楼，同居一层的几户邻居，也只是在开门关门之间或电梯里偶然碰上打个招呼而已。

为此常兴感叹：人与人之间的距离真是越来越远了。

但另一方面，由于交通的快捷，电话、尤其电子信箱的方便，世界各地的友好，反而随时可以谈心聊天。天涯咫尺。

所以又生出另一番感叹：世界真是越来越小，人与人之间的距离我与罗大姐多次相逢，第一次在洛杉矶，第二次在法兰克福，最近的一次是上海。罗大姐书中的一些身影，如：痖弦、李惠英、王蓝、张天心、刘冰、刘於蓉、朱小燕、吴玲瑶，乃至林奇梅等诸位，竟然也是我的相识，彼此有过或至今仍有着多多少少疏疏密密的交往。

著名诗人痖弦先生在台湾《联合报》任上时，20世纪90年代初，因为工作有共性，我们曾书信往来，也曾在他主编的版面上发表过几篇小文，第一次去台湾做文化交流时，还蒙他拨冗到我房间小坐。后来他卸任、移民了，断了音信，但关于他的消息，我的耳中从来没有缺失过，所以看到罗大姐关于他的描述，备感亲切。

海峡两岸交流协会会长李惠英女士，是我十分敬重的前辈老友。70年代末，经朋友介绍认识她后，便因她传奇性的经历和为海峡两岸和平统一所做的坚忍不拔的努力深深感动，为她写下过几万文字。她每到北京，都会约我见面。

我第一次去美国，在西岸开完会后，单飞东岸，应约到马里兰州老作家吴崇兰家小住。在吴家刚认识的女作家谭焕瑛不但天天开车带我游玩华盛顿，参观各类博物馆，还热情地在她家为我隆重接风。时为华府华文作家协会会长的张天心带着许多娇艳的大桃子出席，他用暗哑的声音解释，喉咙生病动了手术无法出声，只能用琴表情达意。座中有台湾《独家新闻》的董事长、著名作家姜伟民等。张天心娴熟地拉着京胡，他的干女儿声情并茂婉转歌喉，欢快热烈了聚会气氛。那之后，我在厦门再次见到儒雅活泼京胡随身的张天心，会议期间正遇八月中秋，他施展才能，琴声绕梁，令人难忘。满以为与他再见不是什么困难的事，却突然惊悉他杀人入狱。我特别在自己编的杂志上为此发了消息。了解内情后，更百感交集。从罗大姐的文中，让我比较全方位地认识了张天心的为人及才艺。痛乎！惜乎！人生无常！

　　《蓝与黑》的著名小说让我仰慕台湾著名前辈作家王蓝。他到美国后，我们联系上了，他寄给我一本自己的大画册，也寄来了那本著名的长篇小说，并不讳言希望在大陆出版。我一口气很快读完，其中核心内容与敏感政治太密切了，无法删改，只得抱憾。选了几幅他的京剧人物画，刊在杂志上。王先生已经作古，我却始终未有能力一了他的心愿。政治，一般人都希望离它远点，却终究无法躲开它的缠绕。

在洛杉矶，新文化运动协会会长刘於蓉女士曾带我参观位于"小台北"的长青图书公司，认识了温文尔雅风度翩翩的刘冰先生。於蓉、小燕、玲瑶已经成为好友，英国的林奇梅女士虽然还未曾谋面，却也在电话里多次听到过她优雅和煦的声音。

我和他们之间远隔重洋，教育、成长、生活背景差异巨大，却因"文学"牵线，比身边的邻居亲密了许多。

如此看来，人与人之间的距离，隔膜的不是时空和长度，而是缘分。可谓"有缘千里来相会，无缘对面不相亲"。

再说"专栏"。罗大姐的这本书基本是她的"专栏"文章结集。设想如果没有"专栏"可写，罗大姐是否还能成熟此书？在汉语不是所在国通行语言的海外，华文文学杂志稀少罕见，华文报纸的副刊成为作家们驰骋文笔的宝贵园地。为了保证文章质量，不少副刊实行"井田制"，分割江山承包给个人。

我认识的不少香港、海外作家多是"专栏"写家。看那些文章，上天入地，家长里短，题材琐细广泛。每天交卷，或者定期交卷，"逼"得写家们不得不认真留意周遭的一切，认真读书补充营养。坚持写下来，对生活的观察理解加深加强了，文笔磨炼精良，表现技巧娴熟提高。日积月累，集子有了，如果想进一步写长篇，现成的丰厚生活素材可供差遣。人都有惰性，写作谋不了稻粱，如果没有"专栏"逼迫，世上可能会少了很多可供欣赏的美文。

作家成就"专栏"，"专栏"造就作家。

罗大姐受古文影响较深，文笔凝练且多引用古典诗词。她的作品带着"专栏"文章的特点，眼观六路，耳听八方：大到军售，小到帽子、扣子、手杖；写人物细腻动情，论时政愤慨激昂。

走笔至此，仿佛淳朴亲切的罗大姐就在身旁。

祝愿她在美丽的海隅快乐安康，文思伴着涛声澎湃流淌！

宝刀犹刃赵淑侠

前几年到法兰克福参加海外华文女作家协会第八届双年会时，见到久违了的淑侠大姐。虽经岁月碾磨，巴黎专业美术设计师出身的她，衣着明艳入时，站在许多比她年轻的女作家中，赫然超群。那种从骨子里沁出的高雅气度、大家风范，是任何模仿和刻意打扮都学不来的。

之前，常有关于她的信息传入耳中：家变、离开居住了三十几年的欧洲移民美国、沉湎于麻将悠闲度日，云云。在会中与淑侠大姐叙旧后，不免关心起了她的创作，鼓动她学用电脑，再谱新篇。

未料，会后不久，我就接到了她的电子邮件。

去年收到来自美国、加拿大、欧洲、新加坡等海外华文作家赠送的长篇小说、散文集、传记、作品合集等近二十几本新书，其中竟然有淑侠大姐的两部。

在看到台北出版的"姐妹书"——赵淑侠的《忽成欧洲过客》和她妹妹赵淑敏教授的《肖邦旅社》散文集不久，又读到她在北京出版的长篇小说《凄情纳兰》：前者是她从欧洲移居美国八年的散文创作结集，后者则是她近几年呕心沥血苦心经营、距《赛金花》出版整整二十年后的另一部长篇历史人物传记小说。

显然，淑侠大姐已经从创作的冬眠期苏醒过来，休整一番后，重新披挂上阵。

淑侠大姐祖籍黑龙江，生于北平。少年时代适逢抗战，颠沛流离度日，1949 年前举家迁居台湾。她从小酷爱读书，十来岁就能把曹禺的《北京人》《日出》《雷雨》《原野》等剧本背得滚瓜烂熟，因而曾以当演员为人生第一目标。日后虽然没有圆了演员梦,却在欧洲担任多年美术设计师后,于20世纪70年代,转向专业文学创作。著有长篇并短篇小说集:《我们的歌》《落塞》《春江》《塞纳河畔》《赛金花》《西窗一夜雨》《当我们年轻时》《湖畔梦痕》《王博士的巴黎假期》等,散文集《异乡情怀》《海内存知己》《雪峰云影》《天涯长青》《情困与解脱》《交学女人的情关》等,德语译本小说有《梦痕》《翡翠戒指》《我们的歌》。出版作品总计三十余种。其中长篇小说《赛金花》及《落第》拍成的电视连续剧,在台湾黄金档播出,皆创骄人的收视率。

台湾文艺协会小说创作奖,中山文艺小说创作奖,世界华文作家终身成就奖,这些奖项,都是淑侠大姐创作成就的荣誉见证。她曾任海外华文女作家协会第八任会长,是"欧洲华文作家协会"永久荣誉会长,亦为瑞士全国作协,国际笔会会员,及中国大陆人民大学、浙江大学、华中师范大学、黑龙江大学等院校的客座教授。

我与淑侠大姐相识二十几年。她奔走筹划,将散沙般的欧洲华文作家联合起来,于1991年在巴黎成立了全欧范围的"欧华作家协会",并担任会长后,就集结欧华作家的作品寄给我,我将之作为"专辑",刊发在主编的杂志上。这不但是欧华作家首次集束亮相,也是欧华作家首次集体走出欧洲。那个时候,书写靠笔,信件靠寄。从欧洲各国组织这些作品邮达北京,想来花费了她不少精力和时间。至今,欧华作协为推动欧洲华文文学创作,依然在不懈地努力着。作为创会会长、并为"永久荣誉会长"的赵淑侠,将在欧华文学史,乃至世界华文文学史上,留下浓墨重彩的一笔。

话题再拉回到淑侠大姐近年的两部新作。

《忽成欧洲过客》由"生活美学""心灵感悟""天涯纪行""我在纽约的日子",及"难忘的人物"等几个专辑组成,可见其内容的广博丰饶。

耗时两年创作,在台湾和北京先后出版的《凄情纳兰》,描绘了清代著名词人纳兰性德幽怨凄美至情至性的一生。

纳兰性德出生于康熙时代的相国之家，二岁识字，四岁骑马，十三岁通六艺，十八岁便参与编译经解达 1792 卷，不足三十一岁与世长辞。

淑侠大姐创作《凄情纳兰》的用心由来有自。

她的母亲出身于松花江流域叶赫族，正黄旗，是"执笏"的满族贵胄之后。她自己虽然没有受过满族贵族教育，却对满族历史情有独钟，对清代第一词人纳兰性德的优美词句，如"山一程，水一程，身向逾关那畔行，夜深千帐灯。风一更，雪一更，聒碎乡心梦不成，故园无此声"之类词句，从初中时就朗朗上口。所以她在这部长篇中，特别放了纳兰性德的八十首词，既用之推动情节发展，也起到推广其词的作用，并以期带动读者阅读中国古典诗词的爱好和风气。

为《凄情纳兰》的撰写，她特别到存有中文书籍的纽约图书馆查找资料，又从友人处借书，请大陆专家代买相关的图书，将这一大堆文字材料整整看了八个月，认真考证辨伪后，才开始动笔。

作为历史人物传记小说，她撰写《凄情纳兰》时，务求接近史实，对历史人物，不信口开河，对历史大事、年代以及人物之间的关系等，尽力做到有依有据，不胡编乱造。其文字精简有力，亦古亦今，不拘泥于传统，也不故作新潮。

我夜以继日看完了这部长篇，并不断推荐给朋友们阅读。作者以"凄情"为关键词，生动形象地刻画了纳兰性德的绝世才情、凄美爱情、千古憾痛，诚如旅法著名华文作家吕大明女士所评："纳兰性德一生的命运，一生凄艳的感情生活，甚至那种文学天才如拜伦、雪莱、济慈昙花似短短的一生，透过赵淑侠写小说的功力，生动得像一出古希腊悲剧，让读者感动，震撼，凄然泪下。"

欧华著名华文作家余心乐则从另一角度解读该书说："上帝塑造了人类的亚当与夏娃，赵淑侠则在她的文学生命里创造了'文学女人'与'文学男人'这一阴与阳的匹配。"

《凄情纳兰》于去年底，获得首届"中山杯"优秀小说奖，这是中国大陆评论界给予淑侠大姐这部新著的赞美和肯定。

赵淑侠宝刀犹刃！在文学道路上，她永远不会停下脚步。

永远的白先勇

遥控板无意间翻到北大校园电视台，画面正流动着接近尾声的白先勇先生和他的青春版《牡丹亭》纪录片。白先勇的青春版《牡丹亭》是近年来海峡两岸许多媒体炒得沸沸扬扬的一个重要文化题目，从校园电视台得知它即将在北大百年大讲堂上演。名剧送到家门口，又和白先生认识较早，多有交往，决心不放过欣赏的机会，也算表达一份支持吧。

大约在 1985 年夏，白先勇到了上海。我当时工作的杂志社和出版社最早发表和出版过他的作品，所以领导委派我和另一位同事专程到上海看望他。当时韦君宜社长做决定出版了白先勇反映同性恋题材的长篇小说《孽子》后，在社会上颇引起了一番争议，所以对白先生的到来十分重视。

上海复旦大学陆教授的女儿把我们带到白先生的住所，敲门之后，未见其人，先听到一声抑扬顿挫花腔式的回应："来——了。"这一声"来——了"，竟让我感觉很像戏曲舞台上旦角出场前的幕后叫板。出现在眼前的白先勇，中等偏高匀称的身材，皮肤白皙红润，五官精致，双眼皮的大眼睛女儿般的水汪汪，说起话来神情活泼气韵飞扬，令我不由得遗憾，可惜他是男儿身，让世间少了一位绝世佳人。

当白先勇听说我也姓白，顿觉亲切，问我是否是回民。我们将出版社和杂志的问候带到后，也随他从上海到了南京，一同参观游览，并参加了他和南京大学中文系研究生的座谈。记得白先勇当时讲得较多的话题是《红楼梦》。他在美国加州大学圣塔芭芭拉校区当教授，专门开过《红楼梦》的课程。

生于广西桂林，长在重庆、南京、上海、香港，后来到台湾念中学，读大学，留学并定居美国。他在读台湾大学外文系时期，即以小说创作和主编倡导现代主义的《现代文学》杂志成名。他的短篇小说集《台北人》和《纽约客》在海峡两岸不同出版社以不同的书名陆续出版，我也经手刊发和出版过他的作品。研究他的创作的专家学者至今不绝，关于他的评传和专论，络绎问世。他的不少作品在两岸被改编成电影。短篇如《永远的尹雪艳》《游园惊梦》《玉卿嫂》《金大班的最后一夜》《谪仙记》等已被奉为小说经典，他的文学创作成就，得到海峡两岸及世界华文文学界的公认。

20 世纪 90 年代后期，我应邀去美国参加白先勇先生学校举办的"世华文学研讨会"。会议快结束时，他问我愿不愿意去他家坐坐，我欣然坐上他的车子前往。他的家在一片茂密的林木中。开了几天会，园子里缺少主人关爱的花木在夏日阳光下有些蔫头耷脑提不起精神，他痛惜地先让花木们喝足了水，然后将我领进客厅。大致参观了他的住宅，一言以蔽之，那是一种纤尘不染的雅致。从家具摆设到字画条幅，他的家很像他的小说，中式的内涵，西式的包装，传统而现代，严谨而流畅。既是学者的书房，又略带点闺房气。他为我在客厅拍了几张照片，大有到此一游，立此存照的味道。

他告诉我正着手撰写白崇禧先生的传记。儿子为父亲作传，其中的况味自不待言。谈到出版，他觉得其中有些内容会比较敏感，可能一时之间在大陆问世会比较复杂。

在这次会面的前几年，白先勇的同性好友王国祥先生身患重病，他不辞辛苦长途跋涉到台湾和大陆遍访名医寻药，就像白娘子为许仙盗灵芝草那么虔诚和义无反顾。有一次他将去石家庄找一位老中医路过北京，我曾和北大中文系汪景寿教授陪他游览颐和园，希望借此缓解一下他的焦虑之心。

从 1954 年便开始密切交往的同性伴侣，五十五岁的王国祥，久病不治，撇下了三十八年相处的好友形单影只。最痛苦的岁月已经过去，所以坐在他的客厅，我才敢、他也才能，一同谈起这段经历。在王国祥去世后，他一度手不能写，脑不能思，痛苦得麻木了自己。这让我想到他在一篇文章里曾说过的话："异性情侣，有社会的支持、家庭的鼓励、法律的保证，他们结成夫妻后，生儿育女，建立家园，白头偕老的机会当然大得多——即使如此，天下怨偶还比比皆是，加州的离婚率竟达百分之五十。而同性情侣一无所持，互相唯一可以依赖的，只有彼此一颗心；而人心唯危，瞬息万变，一辈子长相厮守，要经过多大的考验及修为，才能参成正果。"（见《白先勇文集·写给阿青的一封信》）

他说正撰写有关的纪念文字。我赶紧邀约，希望首先给我的杂志发表。白先勇先生没有食言，写好后就寄给了我，授权在大陆首发。篇名《树犹如此——纪念亡友王国祥君》，字字句句寄托了他对过世伴侣的深切缅怀与痛悼。

从北大校园电视台，看到白先勇为之奋斗了二十多年振兴昆曲艺术的新成果，看到他为青春版《牡丹亭》如何操心劳力，具体到演员服装面料的选择，刺绣的讲究，都事必躬亲。我赶紧到北大百年大讲堂购票，不料还是去迟了。整本戏分三场演出，首场的票早已售罄阙如。

白先勇和昆曲结缘于 20 世纪 40 年代，九岁的他第一次在上海美琪大戏院观看了梅兰芳和俞振飞两位大师演出的《游园惊梦》，也许那时就在他的心中种下了昆曲的种子。他的著名小说《游园惊梦》，便字字句句融入了他对昆曲的热爱。80 年代初白先勇在台湾参与了《牡丹亭》的制作。也曾奔走于上海和南京之间观看昆曲名家演出。90 年代初他再次参加《牡丹亭》的制作，力邀上海昆曲名旦华文漪到台北演出，剧中角色用的扇子，都经过他严格的选择。

2001 年 5 月 18 日，中国昆曲艺术被联合国教科文组织在巴黎总部宣布成为世界"人类口述和非物质文化遗产代表作"，于首批十九个入选项中，名列榜首。这无疑对热爱昆曲艺术的白先勇是巨大的鼓舞。从此，他更视振兴昆曲艺术为己任，主动把重担扛在自己肩上。

为此，他接受香港大学和香港文化促进中心的邀请，举办了四场面对香港大中小学生和普通民众的昆曲推广讲座。年轻学子对昆曲的喜爱，启发他认识到，欲使昆曲艺术得以延续，必须走年轻化道路。从此他萌发了打造青春版《牡丹亭》的梦想。

卓著的文学声名，显赫的家世背景，都是他得以打造青春版《牡丹亭》的巨大助力，但是假如没有他对振兴昆曲艺术"之死矢靡它"的决心和坚毅努力，也不可能有如今斐然的成绩。寻求合作伙伴、募捐筹资、选择并培训演员，以及在两岸的宣传和演出，这是个十分繁重而具体的系列工程，每走一步，都倾注了他的滴滴心血。

北大百年大讲堂座无虚席。绝世佳人杜丽娘和翩翩公子柳梦梅，两位演员的形貌完全契合了观众对这一对传奇男女的美好想象。在鸦雀无声的观众席中，大多数是年轻人，也有行动不便的著名老教授。

剧场休息的时候，我突然听到了白先勇的声音，他在向观众说明演"春草"的演员患了感冒，所以接下来有一场戏无法上演。原来，白先勇就在现场。据说，场场如此，他已经和青春版《牡丹亭》融为一体，把它当作了自己的家。

北大的观众始终保持了一流的修养，礼貌而热情。表演结束，谢幕活动层层进行，最后出场的是真正的明星白先勇。大讲堂响起持久风暴般的掌声，左右手携着他的金童玉女，向观众一再致谢。他说自己读书的台湾大学与北京大学渊源深厚，所以到了北大有种回家的感觉。当他说到如此受欢迎，明年再到北大演出时，观众的情绪达到高潮。

白先勇将带着青春版《牡丹亭》，带着杜丽娘和柳梦梅四百年的爱情青春梦，到世界巡演，把它打造成传世的顶级艺术精品。他和他的文学著作及艺术作品，此起彼伏，永远不老。

浪迹天涯，笔走武侠

——美籍华人小说家萧逸

　　萧逸，是我结识的第一位著名武侠小说作家。

　　他给我的感觉是独特的：这是位书剑走江湖的飘逸之士，但不像我见过的照片那么显得孔武有力。

　　在北京饭店刚坐定，他说："我们见过面吧？"我摇了摇头，他大概看错人了。果然，他后来告诉我，刚同郭良蕙在亚运会上分手，乍一见我，还以为是她到了呢。

　　顺着话题，谈到亚运会。开幕式和闭幕式他都在现场，有一次还坐在贵宾席。

　　他说："好极了，我从来没见过这么精彩壮观的场面！"

　　看得出来，他的兴奋是由衷的。

　　"我一直不停地鼓掌，有一次全场掌声都尽了，只有我还站着身子在拍手。很奇怪，问了些大陆的观众，却说感觉一般。我认为，实在太好了！"

　　我笑笑，当然他不能明白，北京人对大场面有点司空见惯，难有外来人那么强烈的感动。

　　曾同白先勇谈到亚运会开幕式，他激动地叫了一声："哇！我第一次见识了群众运动。"白先勇说话时，总是热热闹闹的，连周围的空气都欢蹦乱跳起来。

　　我把白先勇的话告诉他。

　　他说："我们在北京见了面，他是我中学同学，在美国也常有来往。他正在争取北京人艺上演他的《游园惊梦》，好像没谈成。"

"有志者事竟成。白先勇有韧的战斗精神，迟早会成功的。"这是我的祝愿，也将会成为事实。

"我觉得您的《甘十九妹》很应该改编成电视连续剧，如果上演，可能会万人空巷呢。"

提到这部书，马上有组工笔重彩画面在我脑海里。白雪，夕阳，一个红衣红帽人，引着一乘翠帘红顶小轿，凌空虚步飘然停在武林名门岳阳门前。轿中人有旷世姿容，绝代风华，她便是丹凤轩的女弟子甘十九妹。情与仇纠葛，爱与恨搏击，故事别致奇特，场景如诗如画朦胧含蓄，招式扑朔迷离莫测高深。

我十分喜欢这部书，我的同事们看了也直叫好，

对将此书改编成电视连续剧，他早有此愿："台湾名演员林青霞和秦汉是我的朋友，他们都想担任其中的一个角色。大陆有的电视台想拍，但提出要合资，我哪有那么多钱。"

在文联大楼见到赵寻后，又重拾此话题。赵寻表示愿意促进，他是电视艺术委员会的重要负责人，有他支持，好似于暗夜中见曙光。我恭喜萧逸找对了人。他很高兴。

《甘十九妹》之外，我还看过他的《无忧公主》，书架上还有另外几种，不再敢拿起来，一上手，就要茶饭无心，不到最后一页恨不能觉也不睡了。

他的书很行时，国内已有几个省市在出版；《长剑相思》《剑气红颜》《风萧萧》《西风冷画屏》《饮马流花河》《龙飞杜鹃窝》等，与金庸、梁羽生、古龙并受欢迎。

有种说法，男爱看金庸，女爱看萧逸。此话也许道出些二者作品的不同。但并不尽然，我说看了他的书直叫好的同事全是男性，而我对金庸的一些书也读得津津有味。

萧逸的小说，写情和人性的成分很重；对武打，他的功夫大多用在氛围的营造，气势的描写上，真到开打过招，笔墨却比较节约。

我问他怎么想起来写武侠小说？他说，当学生很穷，想挣点钱试

写了一本，从此便欲罢不能了。由台湾写到美国，现定居洛杉矶，靠一支笔养全家五口人。

专门靠写作养家糊口的作家恐怕在全世界也数不出多少来，萧逸就是这凤毛麟角中的一位，而且从出道至今，已经坚持了几十年。可见其作品对读者的号召力。他说："最多的时候，我的作品同时在十七家报刊上连载，台湾、香港、东南亚各地区同载一部作品。"

谈到写作习惯，他运用时间的办法出奇得正规，严格执行八小时工作制。每天上下午按时关在写作间看书和写作，下午六点钟以后，决不再动笔。"我是专业写作，不能像有些人那样晚上写白天睡，晨昏颠倒，岂不连和太太在一起的时间都没有了。"

萧逸写武侠小说，本人也颇有侠士风。著名气功师严新是他的好友。我知道严新现在在美国表演气功很轰动，不料支持他去美国，为他贴海报造舆论，甚至提供食宿的正是面前的萧逸。他说严新一住进他家，家里的灯不亮了，电脑系统也紊乱了，他坐在严新面前，热得直冒汗想跑开，严新吃纯素，放进有肉的冰箱里的蔬菜也不吃，锅碗盆勺全得另备。这次来京，还带着严新写给他的书法去琉璃厂装裱。据说是带功写的，我们曾展开看过，没察觉出什么异常。

作为一位作家，尤其是武侠小说作家，更需要熟悉各种奇奇怪怪的人和各类奇奇怪怪的事，这都是小说的灵感和原型。他计划写部《大气功师》，知道大陆已经有人写了一本。自然，武侠小说作家笔下的大气功师，当会是另一副模样。希望能早日读到。

萧逸是山东菏泽人。几年前的中秋佳节时，中央电视台曾播放过一个叫《天涯共此时》的纪录片，专门报道台港及海外华人的生活。其中就有他回山东菏泽观牡丹的镜头。他经常到大陆来，对祖国的山山水水满怀着诚挚的爱心。

不久，他将又要去南美旅行，浪迹天涯。他常在世界各地不停地奔走。而条条路，最终都在他的作品里交会。

当代 "隐者"
——国际新移民华文作家笔会会长少君

　　最近少君从信箱里发来他受邀访问武汉后的新作《感受武汉》，洋洋洒洒两万多言，号着武汉的人文地理、文化传统、发展建设、民俗民风等全方位脉搏，感应着作者深厚的心理积淀，浓墨重彩，才气纵横，将生猛热辣的武汉三镇表现得可亲可爱，可圈可点。这是继去年撰写《阅读成都》之后，他近期再次为国内城市下功夫制作名片。

　　2005 年暑期，少君和夫人带着一双放假的儿女应邀到成都访问，受到成都市政府热情款待，一番参观游览后，写下沉甸甸的《阅读成都》。

　　前此，少君也曾为不少城市或国家制作名片写过游记，如《人间天堂温哥华》《维也纳交响曲》《德意志巡礼》《聚焦意大利》《再见！达拉斯》《凤凰城闲话》《走近澳门》《上海印象》《缘聚泉州》《烟雨南京城》等，它们在海内外多家报纸连载，想来已经替这些城市或国家拉了不少游客吧。

　　成都一家出版社将《阅读成都》出版后，迅疾在当地和上海开展起面向海内外、为期近一年的"《阅读成都》有奖征文活动"，重奖奖励获奖者，发奖前先选邀参与者到成都做"五一黄金周"旅游活动，同时定于今夏在成都举办"第二届国际华裔作家笔会"。从读书出发，连锁运作，别出心裁，将成都这座城市轰轰烈烈、血肉丰满地推荐到了世界。智哉！

　　我认识少君近十年，既是编者和作者，加之前后同出一所大学校门的亲切，往来比较频密。20世纪80年代，一脸诚恳朴实，为人热情坦诚的少君，以本名钱建军毕业于北京大学物理系声学专业后，曾任职国内《经济日报》记者，赴美留学攻读经济拿到学位，当过美国几所大学的研究员，是美国TII公司副董事长。经商的少君，奔波于世界，出席经贸会，涉足科技园，往来上层官场，交接企业大亨……业余坚持写作，因为很早涉足网络书写，故有"中文网络文学鼻祖"，或"中文网络文学始作俑者""华文网络作家第一人"之誉。在中国香港、中国台湾、美国，出版了七八本文学及经济类著作。

我曾将少君纪实性作品《人生自白》，在主编的杂志上设专栏选载，其笔下三教九流、生猛鲜活的社会各色人物，为他招来不少追星族。从此，北美著名网络作家少君，走进祖国大陆文坛，著作为国内出版社青睐热销。

回中国，少君是个成功的美籍华人；在美国，少君是融入主流社会的新移民。几年前，刚交"不惑"之年的少君突然宣布退休，并把家从达拉斯搬到凤凰城。他说，算了算自己挣的钱够下半辈子过中产阶级生活，便信服一位佛学大师的建议，急流勇退，卜居凤凰城南山下归隐。

这个决定说起来容易，做起来不简单。世人哪有嫌钱多的！多少亿万富翁不是还在变着花样地积累财富！

儒家主张"达则兼济天下，穷则独善其身"。陶渊明归隐山林，名为"不为五斗米折腰"，但说得透彻点是官场失意，不然"归去来兮"中何来"惆怅而独悲"的酸楚！而无论从哪方面讲，少君都不属于"穷"者。

当时我很不理解，也不大相信，身强体壮、活得如鱼得水、踌躇满志、在滚滚红尘中色彩斑斓的少君，真能耐得住寂寞。后来的事实证明，少君的"归隐"不是消极无为的"放下""出世"，不是去"独善其身"，而是人生的积极再出发，是实现自我的再生，是理性的大智慧大洒脱。

他自幼喜欢文学，上大学时就想学文科。虽然读了声学物理，不免有些"身在曹营心在汉"，常和中文系接触并热衷参加学校里的文学社团活动。

走上社会，移居美国，五花八门的职业，眼花缭乱的际遇，都不能使他忘情对文学的挚爱。归隐后的少君很少享受"采菊东篱下，悠然见南山"的逍遥，他用充足的时间和丰富的阅历储备投入写作，同时报考了国内南方一所大学深造，三年后获得文学博士学位，并受邀担任国内多所大学的客座教授。

声学物理学士、经济硕士、文学博士，如此风马牛不相及的学科跨越，写照了少君多姿多彩的人生。

《北美华文创作的历史与现状》《新移民》《一只脚在天堂》《人生笔记》《网络情感》《爱在他乡的季节》《大陆人》《未名湖》《少君文集》《西域东城》《少年偷渡犯》《人生自白》《凤凰城夜话》《漂泊的奥义》等，少君的这些散文、小说、纪实、诗歌，及研究类著作，在中国大陆源源出版。他也成为国内研究界关注的对象，甚至有青年学子以其作品撰写了博士论文。正如大陆著名港台海外华文文学研究专家陈公仲教授所说："对少君的阅读研究，没有渊博的知识，聪慧的才智和深厚宽广的文学功底，是难以入其门径的。少君的作品，看似平实、浅显、简洁、明快，可所展示的社会生活图画，极其广阔浩瀚，所触及的形形色色人物更是遍及全球。少君的作品已经超越了地域的、国家的、种族的界限，可称之为当代生活的'百鸟林'。"

少君还是位积极的文学活动者和组织者，先后担任美国得州和亚利桑那州华文作家协会会长，热心地把一些北美新移民作家带到国内文坛，并协助其著作出版。在海外新移民作家，尤其是大陆新移民作家日渐人数增多，创作成绩普遍提升，并为越来越多的读者所认知的现状下，国际华文新移民笔会于 2004 年在美国正式注册成立，少君被推为首任会长。

最近少君告诉我最多的信息，就是由《阅读成都》发起征文活动后所产生的社会影响和效应。如果说，以往的一些城市游记，不过是他信手拈来之作，而自《阅读成都》后，他似乎已将这种书写，当成了一份自觉的责任。为生之、育之、教之的祖国，为中华民族在世界之林的伟大复兴，添砖加瓦，贡献心力，已成为少君这个当代"隐者"，给国内城市精心制作名片的巨大动力。

文人报国，添新途矣。

北美新移民华文文学研究开拓者陈瑞琳

我因故不能应邀出席 5 月在南昌举办的小说节，瑞琳从美国休斯敦出发前与我相约，她参加完活动后，我们在北京团聚。刚交 6 月，我就看着月历，算计着瑞琳现身的日子。之前，同少君、张翎、王威等几位美华作家在京聚餐，不约而然，话题常涉及瑞琳。她是我们共同的好友，也是我们友谊圈子里可爱的开心果，哪里有她，哪里就欢声笑语不绝。每有聚会，少了她，总像做菜少放了点盐。

如约，瑞琳到了北京，电话里兴高采烈地咬着一口普通话加台湾国语，将她在南昌、井冈山、南京、上海世博会等地行程中的收获和欢乐相告。瑞琳热情似火，开朗爽直，善交游，待友真诚，她在北京有不少旧友新朋等着聚会。在京停留的数天日程，排列得如同一线影视红星密集的赶场，不过她还是把与我和几位朋友的约会安排在了前头。

是日晚，当到达我自己指定的中关村某餐馆门前时，才发现这家餐馆前两年早已搬迁。无奈之下，我和一位早到者给正在路上的朋友们电话相约在附近的一个电脑商城门前聚集。不一会儿，走近一位身披红花大披肩，头顶蓝条纹巴拿马式大草帽，裙履飘舞，笑脸如满月，令人目眩的"吉卜赛女郎"。哦！是瑞琳。

瑞琳，陈姓。十二岁开始发表作品，十六岁考入陕西西北大学中文系，堪称早慧。20 世纪 90 年代初，陪赴美攻读博士学位的丈夫，离开喜爱的大学教职和当博士的愿望远离家乡。同多数中国改革开放后出国的新移民一样，经历了打工谋生的艰苦。丈夫学成定居，她在休斯敦华人聚居区开书店，办报纸，编杂志，做电台节目，独立开辟了立足的天地。因为工作，常与台湾移民打交道，所以练就了一口普通话加台湾国语的综合语音，听起来有点矫情。

如今的瑞琳是海外华文新移民国际笔会会长，休斯敦《新华人报》发行人兼社长，并受聘国内多所大学，如南昌大学、陕西师范大学的客座教授。

在文学事业方面，她是北美著名散文家和评论家。之所以能走上散文创作和文学评论双栖之路，她说多得益于国内著名评论家林非和肖凤夫妻的启发指点。

在她初到美国的那些日子，远离了学术，远离了文学，生活苦，身体累，暗夜中常自嗟叹：这样的生活难道就是自己想要的吗？在她痛苦徘徊之际，林非和肖凤夫妻不断写信关怀，激励她说："痛苦也是生活，体验就是财富，只要你写下来就能成为作家！"为此，她下定决心，要提笔写下异域的冲击，写出新一代移民的甘苦！

从小不乏文学细胞的她，勤奋笔耕，成果累累。我主编《世界华文文学》时，读到她的作品，欣赏她的才华，约稿刊登，成为她首次在母国文坛的亮相。她的作品，常见于海内外报纸期刊，叫好叫座，多获奖项。第一部散文作品《走天涯——我在美国的日子》于1998年问世后，又陆续出版了《蜜月巴黎——走在地球经纬线上》《家住墨西哥湾》等散文集。2009年，新书《家住墨西哥湾》出版未久，就荣获了全球"中山杯"华侨文学奖的散文优秀奖。

瑞琳的散文，情感真挚丰沛，辞彩斑斓华美。北美著名作家刘荒田称其散文写作中，"总是处于一种'飞扬'的状态，踏踏实实地展现自我与人生，神思妙想若天马行空，感情如涌泉不择而出，以感性营造有情天地、意象世界"。

创作和评论对于一位作家来说，往往难于同时兼顾，但瑞琳做到了，而且做得有声有色，成绩斐然。

看到海外从事华文文学评论的人甚少，她觉得应该担当起这个使命。林非认同她的想法，鼓励说："天降大任，你的心其实从来就没有离开过学术，为自己的目标努力吧！"从此她含辛茹苦，不为职称，毫无报酬，博览群书，认真爬梳，发掘北美一个个新移民默默写作者。只要见到好书，不管是否认识作者本人，她都会为之执笔。积少成多，集腋成裘，皇天不负有心人，她渐渐写出了影响，写出了品牌。不少作者以能被她评论为荣，有些篇作还被若干大学中文系选为海外华文文学教材的参考论文。她亦被称为"北美新移民华文文学研究开拓者"和"凿碑立传的匠人"。

时下学院派的有些论文，一脸的严肃板正，喜欢引用西方当红文论当作容器，找些被评对象与之相近的内容装进去，以彰显自己的学问高深，对文本本身反而缺乏深入分析研究。瑞琳的论文，立足文本分析，思考缜密，生动活泼，笔端常带感情，读来既受启发又兴味无穷。因而她的论文集《横看成岭侧成峰——北美新移民文学散论》于2005年底荣获中国作家协会《文艺报》的"理论创新奖"，在北京人民大会堂，她出席了隆重的颁奖典礼。

在发掘评论北美新移民作家的基础上，也在2005年，她与西雅图新移民华文女作家融融联合主编了《一代飞鸿——北美中国大陆新移民作家小说精选与点评》，四十多位新移民作家集体在书中亮相。该书在美国和中国北京先后出版。台湾的一代文学前辈，如王鼎钧、董鼎山、郑愁予、赵淑侠、赵淑敏、丛甦等出席了纽约的新书发布会。北美华文作家协会会长马克任发言中特别指出，北美华文创作有五个重要年代，第五个重要的里程碑就是《一代飞鸿》为标志的大陆新移民作家的崛起和成熟。他说："在他们身上，寄托着北美华文文学的希望和未来。"

归去来兮，不为避世。美国—中国—中国—美国，在祖籍国和立足国之间飞来飞去，已经成了瑞琳生命的常态。她结束了北京的停留，在机场向我电话作别，特别喜气洋洋地告知，此行为准备撰写的长篇小说找到不少宝贵的素材。我一向认为瑞琳的文笔很适合写小说。果然，不甘寂寞，喜欢求新求变的她，又将开始新的文学征程。祝福她！

白舒荣学术年表

1964 年

毕业于北京大学中文系。

1982 年

由北京语言学院调入人民文学出版社《当代》，分工负责西南地区、部队和台港文学。

1984 年

4 月加入中国作家协会。

1985 年

转入人民文学出版社和中央统战部合办《华人世界》杂志任编辑部副主任。

9 月参加《华人世界》在深圳举办中国著名作家同港台海外华文作家文学交流活动。

1986 年

人民文学出版社不再合办《华人世界》，另创刊《海内外文学》。

12 月参加在深圳大学举办的"第三届台港及海外华文文学研讨会"。

1987 年

在人民文学出版社评为副编审。

1988 年

正式调入中国文联出版公司（当时的称呼），担任《四海——台港澳海外华文文学》（以书代刊杂志）任编辑部主任。

1989 年

参加在上海复旦大学"第四届台港暨海外华文文学研讨会"。

1990 年

1 月《四海——台港澳海外华文文学》创刊。主编为秦牧。任编辑部主任执行编委，本人退休前陆续担任副主编、杂志社社长兼执行主编，无论何职始终是杂志的实际操办负责人。

1991 年

中央人民广播电台举办每年一次"海峡情征文奖"，从第三届开始应邀担任顾问，直至第九届结束。推荐台港海外不少华文名作家获荣誉奖。

7 月参加在广东中山举办的"第五届台港暨海外华文文学研讨会"。

1992 年

2 月应香港龙香文学社邀请赴港文学交流；随后应新加坡文艺协会邀请赴新加坡文学交流。

9 月策划并主持评选的"首届台港澳暨海外华文文学游记徐霞客奖"在人民大会堂举办颁奖活动。

1993

由国家新闻出版署评定为编审。

中国作协成立台港澳暨海外华文文学联络委员会，受聘为委员，直至其撤销。

8 月参加在江西庐山举办的"第六届世界华文文学研讨会"。

1994 年

11 月参加在云南举办的"第七届世界华文文学国际研讨会"。

12 月应邀参加在新加坡举办的"首届世界华文微型小说国际学术研讨会"。

1996 年

4 月参加在南京举办的"第八届世界华文文学国际研讨会"。

1997 年

1 月参加中国文联访问团赴新、马、泰做文化交流。

7 月参加菲律宾华文作家协会在马尼拉举办的"菲律宾华文文学研讨会"。

1998 年

《四海——台港澳海外华文文学》更名《世界华文文学》。

4 月参加中国作家访问团赴台湾文化交流。

8 月赴美参加圣塔芭芭拉大学举办的"世华文学研讨会"。

10 月参加中国作协在泉州举办的"北美华文作家作品研讨会"。

11 月参加在北京举办的"第九届世界华文文学国际研讨会"。

1999 年

10 月参加在泉州华侨大学举办的"第十届世界华文文学国际研讨会"。

2000 年

11 月主持评选的"首届盘房杯世界华文小说优秀奖"在昆明颁奖，十个国家和地区十五位华文作家获奖，做"广南文化之旅"。

2001 年

3 月应日本创价学会会长池田大作邀请赴日本文化交流。

2002 年

2 月参加中国文联出版访问团赴美国文化交流。

2003 年

11 月主持评选的"第二届世界华文文学优秀散文盘房杯"在昆明颁奖，获奖者同特邀海外华文作家数十人做"滇西文化之旅"。

2004 年

2 月参加中国作协台港澳暨海外华文文学联络委员会在广西南宁举办的"台湾作家杨逵作品研讨会"。

9 月参加"首届新移民作家（昌大）国际笔会"；转赴威海参加山东大学举办的"第十三届世界华文文学国际学术研讨会"。

9 月赴法兰克福参加"海外华文女作家第八届年会"。

12 月赴印尼万隆参加"第五届世界华文微型小说研讨会暨第九届亚细安文学营"。

2005 年

1 月参加中国作家访问团第二次赴台湾文学交流。

4 月参加在厦门举办的"第六届东南亚华文文学研讨会"。

12 月参加暨南大学中文系在增城举办的"首届世界华文文学高峰论坛"。

2006 年

7 月参加"国际新移民华文作家第二届（成都）笔会"；转赴吉林参加"第十四届世界华文文学国际学术研讨会"。

9 月参加在上海举办的"海外华文女作家第九届年会"。

10 月赴文莱参加"第六届世界华文微型小说研讨会"。

2007 年

10 月参加在厦门举办的"第七届东南亚华文文学研讨会"。

10 月参加香港世界华文文学联会访问团赴新、马、泰国文化交流。

2008 年

6 月应美国拉斯维加斯华文作家协会邀请赴美文化交流。

10 月参加在广西举办的"第十五届世界华文文学国际学术研讨会"。

2009 年

9 月参加在厦门举办的"第七届东南亚华文文学研讨会"。

2010 年

8 月赴曼谷参加"第十二届亚细安文学营会议"。

9月初参加亚洲华文作家协会在巴厘岛举办的"亚洲华文作家第十二届会员代表大会"。

9月参加在厦门举办的"第七届东南亚华文文学研讨会"。

2011 年

9月赴香港参加世界华文文学联会成立五周年纪念活动后转赴上海，参加上海侨办举办的"世界华文作家品味上海"活动。

11月在广州参加中国世界华文文学学会与"世界华文作家协会"联合举办的"共享文学时空——世界华文文学研讨会"；转赴福州参加"国际新移民华文作家（闽都）笔会"。

12月参加在港穗两地举办的"第三届世界华文旅游文学国际学术研讨会"。

2012 年

4月参加在上海举办的"世界华文文学学科建设研讨会"。

4月参加在荷兰举办的"中西文化文学国际交流研讨会"。

6月参加在西安师大举办的"世界华文文学高层论坛"。

10月中参加在中国湖北武汉市举办的"海外女作家协会第十二届双年会"。

10月底参加在福州举办的"第十七届世界华文文学国际学术研讨会"。

2013 年

6月参加亚洲华文作家协会在泰国曼谷举办的"第十三届会员代表大会"。

8月参加吉隆坡马华文协举办的"文协四十年——文化的弘扬与创新推介礼暨文化论坛"。

10月参加"海外华媒看广东——海外华文媒体作家品读广东"活动。

11月参加在香港、澳门举办的"第四届世界华文旅游文学国际学术研讨会"。

12月参加在深圳举办的"海外汉学视域中的华文文学研究"学术论坛暨中国世界华文文学学会机构负责人会议。

2014 年

4月参加在江苏徐州举办的"华文文学与'中国梦'书写学术讨论会"，"首届世界华文文学大会暨第十八届世界华文文学学术研讨会筹备会"；转赴澳门参加"第五届我心中的澳门全球华文散文颁奖典礼"。

11月参加在广州举办的"首届世界华文作家大会暨第十八届世界华文文学学术研讨会"。

2015 年

6月在台北参加"文学山水（旅居文化）讲座——暨第五届世界华文旅游文学国际学术研讨会筹备会议"。

8月参加中国世界华文文学学会和世界华文文学联盟在广州和云南举办的"世界反法西斯战争胜利暨中国抗日战争胜利七十周年纪念"活动。

　　11月中参加在曼谷举办的"世界华文文学研讨会暨第七届文心作家（曼谷）笔会"。

　　11月底参加世界华文旅游联会在香港和澳门举办的"第五届世界华文旅游文学国际研讨会"及会议延续丹霞山考察活动。